KB098429

내려놓아라 / 사랑한다면

사랑한다면 내려놓아라

스얼 지음 / **홍지연** 옮김

다연
DAYEONBOOK

If You Love…

사실, 두려워할 것은 아무것도 없다

과거를 직면하지 못하면 미래를 향해 나아가기 어렵다.

당신 주변에서 쉽게 사라지는 사람은 분명 그만큼 가볍고 경박한 사람이다.

가장 훌륭하고 공평한 심판관인 시간은 절대 틀린 답을 내놓지 않는다.

C | O | N | T | E | N | T | S

PART 1

사실, 두려워할 것은 아무것도 없다

그 시절 우리는 다음 달 월세를 어떻게 마련할지 걱정했고, 몇 년이 지나도 지금처럼 가난할까 봐,
가난한 사람을 진심으로 사랑하게 될까 봐 두려워했다.
그러나 인생을 돌아보면 사실 기억나는 일도, 잊을 수 없는 인연도 그리 많지 않다.
참 즐거웠던 날은 그리 많지 않고, 정말 두려워해야 했던 일 역시 얼마 되지 않는다.
사실, 당신은 무엇도 두려워할 필요가 없다. 가다 보면 또 어느새 지나온 길을 돌아볼 날을 맞을 것이다.

PART 2

당신도 도시 전설의 주인공이 될 수 있다

뜨겁고 차가운 도시 전설은 끊이지 않는다.
당신과 나 같은 평범한 사람들도 그 마음에 전설적인 기개를 품고 용감하게 나서야 한다.
뭇 인생은 평등하다는 진실을 확인하고, 마음속에 영원히 사라지지 않는 꿈을 찾아나서야 한다.

PART 3

만나는 상대에 따라 달라지는 삶

고상하고 여유롭게 살고 싶다면서 진흙탕 싸움을 무서워할 필요는 없다.
근검절약하면서 정작 화려한 삶을 살지 못한 것을 안타까워할 수는 없다.
다른 결론을 원한다면 다시 태어나는 수밖에 없다.
소원하는 것과 필요를 모두 만족시키는 것이야말로 가장 멋진 인생이다.
그러나 대부분 결국에 둘 중 하나만 선택해야 하는데, 이때야말로 가장 지혜가 필요한 순간이다.

PART 4

함께한 이후의 진실

부부란 마치 함께 자라나는 두 그루의 나무와 같다.
다른 사람이 어떻게 보든 상관없이 당신은 상대가 무엇 때문에 힘들고 즐거운지,
또 얼마나 평범하고 촌스러운 사람인지 안다. 그것은 결혼한 여자들이 가장 실망하는 부분이지만,
또 이 현실을 받아들일 수밖에 없다. 이제 남자를 더 이상 의지할 수 없게 되었거나,
남자의 마음에 당신이 존재하지 않는다는 의미가 아니다. 두 사람의 감정은 새로운 단계로 접어든 것이다.
당신이 존재하는 가정은 남자에게 마치 어머니의 자궁과 같아서, 자연스럽게 휴식하고 숨 쉬는 공간이 되어
에너지를 공급해준다. 이것이 바로 남자가 원하는 가정이다.

PART 1

사실, 두려워할 것은 아무것도 없다

그 시절 우리는 다음 달 월세를 어떻게 마련할지 걱정했고,
몇 년이 지나도 지금처럼 가난할까 봐, 가난한 사람을 진심으로 사랑하게 될까 봐 두려워했다.
그러나 인생을 돌아보면 사실 기억나는 일도, 잊을 수 없는 인연도 그리 많지 않다.
참 즐거웠던 날은 그리 많지 않고, 정말 두려워해야 했던 일 역시 얼마 되지 않는다.
사실, 당신은 무엇도 두려워할 필요가 없다. 가다 보면 또 어느새 지나온 길을 되돌아볼 날을 맞을 것이다.

변하고 싶다면 과거를 내려놓는 것부터 시작하라

나는 어려서부터 지나간 것에 미련을 두지 않았다. 예전 일이나 지나간 인연 모두에 연연하지 않았다. 기억해야 할 것은 기억하게 마련이고 잊어야 할 것은 잊히리라, 그리고 시간이 모두 해결해주리라, 그렇게 믿으며 살아왔다.

한 친구는 이런 내 성격을 매우 부러워했다. 그녀는 10년 전 옷이며 종이 한 장도 아쉬워서 버리지 못하는 타입이었다.

“정말 피곤하게 사는 거지. 이사할 때 골머리를 앓게 만드는 건 귀중품이 아니야. 결혼할 때 받은 그 많던 보석은 어디로 갔는지 보이지 않는데, 예전 사진이나 옷들은 그대로 남아 있다니까. 기억도 마찬가지야. 예전의 세세한 순간들이 아직도 생생해. 누구와 어떻게 만났었는지, 또 엇갈렸던 인연을 어떻게 다시 만났었는지도 말이야.”

그녀에게 나는 이렇게 말했다.

"변하고 싶다면, 그 예전 것들을 버리는 것부터 시작해."

그렇게 그럴듯하게 충고한 지 겨우 1, 2년이 지났을 뿐인데, 어느새 나 역시 많은 것을 내려놓지 못하고 쌓아두었음을 발견하게 되었다.

복잡했던 지난 일들이 기억 속에서 희미해질 수 있었던 까닭은 관련된 물건들을 모조리 갖다 버렸기 때문이다. 컴퓨터가 바이러스에 감염되어 지난 몇 년 동안 찍은 사진이 모두 삭제되었지만 크게 아쉽지는 않다. 지금껏 써온 글들은 남아 있기 때문이다. 예전에 입었던 옷이며 신던 신발 하나 남아 있지 않지만 역시 아쉽지 않다. 물론 버리지 않고 남겨두어도 내 옷장에 새 옷을 위한 공간은 충분하지만 어차피 모두 지나버린 옛일 아닌가.

당신이 진정한 가정을 이루었다면 깔끔하게 과거를 정리해야 한다. 그렇지 못하고 추억을 곱씹고자 한다면 상황은 그야말로 치명적이다. 배우자 몰래 간직하고 있는 기억이 많을수록 상처받을 일은 더 많아진다. 세세한 순간순간을 추억하고 잊지 못한다면 과거 속에 더 깊숙이 빠져 현실을 팽개치기 십상이다. 당신의 마음 그릇이 작아서가 아니다. 너무 많은 것이 차 있어 공간이 비좁아진 탓에 현실을 받아들일 여유가 없기 때문이다. 자기도 모르는 사이에 마음 그릇이 가득 차버리고 나면 그제야 더 이상 앞으로 나아갈 수 없는 상태에 도달했음을 깨닫게 될 것이다.

요즘은 술과 담배 같은 끊기 힘든 취미를 가진 남자들과 마찬가지로, 서른을 넘긴 여자들이 깊이 빠질 만한 취미를 찾는다고 한다. 그들은 마작이나 쇼핑에 집중하고, 돈벌이에 혈안이 되기도 하며, 심지어 애인도 만든다. 그런데 그 원인을 따져보자면 모두 채워지지 않은 마음의 결핍 때문이다. 정작 채워야 할 결핍은 영원히 채우지 못하고, 도리어 결핍되지 않은 부분은 다른 것들로 가득 차서 발 디딜 틈 없이 복잡하다.

앞뒤 맞지 않는 이런 상황은 확실히 우스워 보인다. 애매하고 분명하지 못하며 너저분해서 깔끔하게 정리되지도 않는다. 그런데 실제 상황이다.

사리가 분명하다고 칭찬이 자자한 여자는 그 성품을 어떻게 연단鍊鍛하였을까? 내면의 결핍을 해결한 후 더 튼튼한 집을 세워 내실을 다지고 재정비한 것, 이것이 정답이다. 새로운 생명을 출산하는 듯한 고통을 잘 견디고 결실을 맺었다면, 붙잡고 있던 손을 반드시 놓을 줄 알아야 한다. 왜냐하면 그 시간은 분명 당신과 매우 밀접한 관련이 있었지만 동시에 지금의 당신에게는 가장 상관없다고도 할 수 있는 인생의 흔적일 뿐이기 때문이다.

한때 인연이었던 남자가 당신을 뿌리치고 저 높은 정상을 향해 성큼성큼 걷는다면 당신은 낡은 상념을 스스로 끊어내야 한다. 남자는 여자의 내면을 돌아봐줄 정도로 섬세하지 않다. 이미 그는 돌아올 수 없는 강을 건넜다.

잘라내야 할 부분들을 잘라내지 못했거나 차마 자신에게 칼을 대지 못한 인물들은 속에 쌓아둔 악독한 질투심을 타인에게 쏟아내곤 한다. 사리가 분명한 사람이 되고 싶다면 반드시 스스로에게 칼을 들어야 한다. 불필요한 생각을 잘라내고, 과거에 눌려 웅크린 채 살아온 자신을 일으켜 세워 앞으로 걸어가야 한다. 단, 조심하라. 까딱 잘못했다간 오히려 크게 상처를 입고 회복 불능의 상태가 될 수 있다. 전보다 더 둔하고 마비된 상태로 변해 자비와 연민조차 느끼지 못하는 사람이 될지도 모른다.

드라마에서든 현실에서든 주인공을 괴롭히고 착한 사람을 못살게 구는 상대방을 보면 한심하면서도 한편 불쌍하다. 말로 표현하기 힘든 이 통증은 마치 어머니를 향한 내 마음 같다. 어머니를 생각하면 항상 안타깝다. 비에 젖어버린 코트처럼, 입고 있어도 춥지만 벗어버리면 더 추운 사랑이다. 이렇듯 고통을 수반한 사랑이라 해도 이제는 더 이상 반항하거나 거역하고 싶은 마음은 사라지고, 그저 달게 받고 싶다.

이 통증은 내가 그동안 인연을 맺었던 수많은 젊은 여성을 아껴주고 싶게 한다. 지금껏 살아오면서 참 많이 아파하면서도 말로 표현하거나 누구에게 털어놓지는 못했는데, 세상을 더 깊이 알아갈수록 연민의 마음은 멈추지 않고 거침없이 발산된다.

당신은 아마도 예전보다 더 자주 울고 있을 것이다. 그 어느 때보다 사납게, 자주 눈물을 흘릴 것이다. 예전 같으면 절대 눈물을 보이지 않았을 일인데도 이제는 참지 못하고 '악어의 눈물'처럼 뚝뚝 흘린다.

예전과는 완전히 달라진 예민한 모습이다. 감수성 충만하고 사색에 잠기던 어린 시절의 모습이 아니다. 이것은 일종의 예고이자 경고이다. 그렇다. 당신에게 주어진 메시지다. 마음에 너무 많은 것이 들어와 가득 차버렸다는, 이제 정말 버려야 할 때가 왔다는 경고이다.

그렇다. 삶이란 늘 당신의 생각대로 흘러가지 않는다. 삶이 잔인한 것은 힘들고 독한 일들로 가득해서가 아니라 항상 당신의 낡은 생각에 반기를 들기 때문이다. 삶은 당신의 생각이 잘못됐다고 이야기한다. 그렇지 않다고 답할 수 있을까? 그만 멈추겠다고 할 수 있을까? 아니, 당신에게는 다른 선택의 여지가 없다.

삶이 당신에게 주는 선택지는 두 가지다, 앞으로 나아가든지 아니면 버려지든지. 당신은 둘 중 하나를 택할 수 있을 뿐이다.

그가 떠나면 죽을 것 같다고?
천만의 말씀!

남편과의 별거를 결정한 친구가 서운한 마음에 눈물을 뚝뚝 흘렸다.

"그 사람 밥은 누가 차려줄까? 빨래는 누가 해주지? 십 년을 같이 살아왔는데, 그 사람이 나 없이 혼자서 잘 살 수 있을까?"

나는 웃으며 말했다.

"별거하자고 한 사람도, 더 이상 사랑하지 않는다고 한 사람도 너야. 그런데 웬 힘든 척, 절절하게 사랑하는 척이야? 걱정 마, 그 남자가 너보다 더 잘 살 테니까."

한 달 후, 친구의 남편은 전화도 잘 안 받고 냉담한 모습을 보이며 변덕을 부리기도 했다. 두 달이 지나자 친구와 그 딸의 대소사는 남편과 전혀 상관없는 일이 되었다. 누구도 곁에서 괴롭히지 않자, 남편은 편안한 시간을 보내며 아예 싱글의 삶을 즐기기 시작했다.

어느 날, 갑작스레 차가 고장이 나는 바람에 친구는 습관적으로 남편에게 전화를 걸었다. 그런데 그는 "시간 없어"라는 한마디로 대화를 끝냈다. 남자는 정말 잊는 것도 내려놓는 것도 빨랐다. 지난 10년 동안, 주도권은 늘 그녀에게 있었다. 주변 사람들은 그녀에게 남편이 아니라 아들을 키우는 것 같다고 했다. 그런데 누가 생각이나 했을까. 운명의 수레바퀴는 돌고 돌아서 다른 쪽으로 기울어졌고, 그 속도는 생각보다 빨랐다.

이런 경우도 있었다. 6개월 전만 해도 자신에게 목매며 쫓아다니던 남자가 자기 앞에서 무지무지 행복한 표정으로 여자 친구와 찍은 커플 사진을 자랑하더란다. 그녀는 짜증을 내며 말했다.

"아니, 죽기 살기로 절절하게 매달리던 자기 모습은 진짜 생각이 안 나는 걸까요? 만약 내가 솔로라는 걸 알게 되기라도 하면, 아마 역전된 상황에 기뻐하며 콧대가 하늘을 찌를까 봐 걱정이에요."

헤어지기 전, 많은 남자의 고백은 항상 진지하다.

"앞으로 무슨 일이 생기면 무조건 나를 불러."

정말 그 남자가 24시간 대기 상태일 거라고 생각하는가? 그랬다면 일찌감치 그 꿈을 깨는 게 낫다. 그 남자의 말을 믿어도 좋다. 그 말을 되새기며 기억해도 괜찮다. 그러나 그 약속을 지키리라고는 절대 생각하지 마라.

모든 남자가 작정하고 과거를 잊는 것은 아니다. 고백하는 그 순간은 진심이다. 하지만 수컷은 천성적으로 먹이를 차지하기 위해 달려드는 동물이다. 흐르는 강물 위에 비춘 그림자는 과연 누구의 것일까를 생각하는, 사색하는 동물이 절대 아니라는 뜻이다.

남자와 여자는 목표를 향해 느끼는 감정이 다르기 때문에 완전히 상반된 기억 시스템을 가진다. 영화 〈이터널 선샤인Eternal Sunshine Of The Spotless Mind〉에서 과거의 기억을 완전히 지운 여자는 또다시 같은 사람을 사랑하게 된다. 그를 기억하지 못함에도 불구하고 그녀의 잠재의식은 여전히 동일한 부분에서 감동받는다. 무의식적으로 그녀는 그의 말하는 방식과 침묵하는 모습을 좋아한다. 그러나 이와 반대로 남자 대부분은 옛 기억을 지우지 않고도 완전히 새롭게 다시 시작할 수 있다.

영화 〈인셉션Inception〉 개봉 후 사람들은 꿈속의 또 다른 꿈이라는 기발한 생각에 감탄했다. 그러나 영화관을 나서는 내 마음은 비탄에 잠겨 있었다. 두 사람은 함께 완벽한 꿈이자 그들만의 세상을 창조했다. 그래서 여자는 그곳에서 벗어나고 싶지 않았고, 잠재의식의 한구석에서 계속 살아가기를 바랐다. 그러나 그녀가 사랑하는 남자는 현실과 꿈을 명백하게 구분하고 확정지었다. 남자에게 꿈은 그저 현실적 이익을 내기 위한 도구에 불과했다. 여자는 남자의 잠재의식이라는 새장에 자리한 채 남자가 돌아와서 자신과 함께 세월을 보낼 수 있기를 기대하며 영원히 기다리는 수밖에 없었다.

사랑에 깊이 빠진 여자는 꿈을 현실로 생각하고 잠에서 영원히 깨어나지 않기를 바란다. 꿈을 설계하는 사람이 된 남자들은 아주 손쉽게 그녀들의 머릿속에 생각을 심기도 하고 그 꿈 자체를 무너뜨리기도 한다.

꿈을 믿는 여자는 사랑스럽지만, 꿈만 믿는 여자는 현실적인 행복을 너무 많이 놓칠 것이다. 결국 남자들의 게임의 법칙을 깨닫는 날, 그녀들의 표정과 눈빛에 넘실대던 핑크빛은 사라지고 만다.

물론 모든 일에는 예외가 있다. 꿈을 설계하는 남자를 죽기 살기로 사랑하려는 여자도 있다. 어리석은 길을 굳이 가겠다면 말리지는 않겠지만, 꿈에 연연하는 그녀들은 마치 손에서 달달한 초콜릿을 놓지 못하는 어린아이와 다름없다. 어쩌면 그것도 일종의 행복일까? 적어도 우리는 허락하지 않을 행복의 맛이다. 우리는 이미 '달콤한 꿈에서 빨리 깨어'날 줄 알기 때문이다.

행복한 사람은
옛사랑을 잊는다

그녀는 흰목이버섯과 연밥을 넣어 만든 수프를 즐겨 먹었다. 좋은 품질의 목이버섯을 약한 불로 걸쭉해질 때까지 천천히 끓였다. 남자가 그녀를 만나러 온 날, 방에서 나온 그녀는 쌀쌀맞게 책 한 권을 건네며 그에게 말했다.

"부엌에 가서 지금 끓이고 있는 냄비 좀 봐줘."

그는 정말 한 시간 넘게 그 냄비를 지켜본 후, 그녀에게 가져다주었다.

이후 남자는 벤츠에 그녀를 태운 뒤 교외 농가까지 나가서 식사를 했다. 식사를 마친 다음 돌아오는 차 안에서 그녀는 잠이 들었다. 집에 도착하자 남자는 소중한 보석을 다루듯 조심스레 그녀를 안아 방으로 데려다주었다. 그러고는 웃으며 말했다.

"당신은 가슴에 뜨거운 불을 감추고 있군."

그는 과거에 깊이 사랑했던 여자가 있었다. 그 여자는 그에게 이렇게 말했다.

"지금은 결혼할 수 없어. 난 유럽에 가고 싶어."

그 여자는 야심이 있었고, 그만큼 능력이 있었으며, 버림받는 것을 두려워하지 않았다. 그 여자가 떠난 후, 그는 옷을 갈아입듯이 다른 여자들을 만났다. 그러다가 지금의 그녀를 만났다. 하늘이 무너지고 땅이 흔들리는 일이 있어도, 그는 그녀를 위해 한 시간 넘게 수프를 끓이는 것이 아깝지 않았다.

사람들 모두 두 사람이 잘 어울리는 한 쌍이라고 생각했다. 집안도 학력도 모두 비슷했고, 남자는 여자를 공주처럼 모셨다. 그러나 결국 두 사람은 부모들 간의 갈등 때문에 헤어졌다.

최근에 만난 그녀는 오히려 웃으며 말했다.

"나도 잘 기억나지 않는 일인데, 어떻게 그걸 다 기억하고 있어?"

그녀는 나중에 안정적인 미래가 보장된 남자를 만났다. 신혼집을 꾸밀 때, 남자는 짜증을 내고 불평을 늘어놓으면서 정작 일은 하나도 도와주지 않았다. 그러나 그녀는 별로 후회하지 않는다고 했다. 행복은 누군가가 완벽하게 세팅해놓은 것을 가만히 앉아서 누리기만 하는 것이 아니기 때문이다. 누구도, 설령 그가 황제나 황태자라고 해도, 절대 당신의 모든 문제를 해결해줄 수는 없다.

결국 오만과 편견을 내려놓는 그때가 되면, '같은 마음을 가진 사람을 만나 신뢰할 만한 감정을 나누고 서로에게 기대 결혼에 골인'한다. 대부분의 사람이 이런 결실을 맺는다. 남은 과제들도 하나씩 다 처리된다. 그 과정에서 당신이 더 사랑하는 다른 누군가를 만나더라도 처리해야 할 잡다하고 번거로운 일이 사라지는 것은 아니다. 단지 결혼을 할지 말지만 결정하면 된다.

우리는 스스로 남자를 고르고 시험해볼 자격이 충분하다고 생각하기 때문에 세상이 말하는 결혼과 더욱 멀어진다. 대부분의 골드미스가 그러하듯 신뢰할 만한 인물을 찾지 못해 실망하고 방황하다가 영원히 혼자 지내야 할지도 모른다고 생각한다.

'혹시 이 도시에서는 무슨 일에든 정원定員이 정해져 있는 게 아닐까? 정말로 성공도, 결혼도, 아이를 낳는 것도 모두 정원 초과라 그 마지막 마감을 놓친 것은 아닐까?'

사실 세상에서 말하는 복을 누리는 여자든, 독야청청 혼자 살아가는 여자든, 서로 다른 모습을 하고 있지만 결국 변해가는 것은 둘 다 마찬가지다. 둘 중 누가 더 완벽하다고 할 수는 없다. 그저 살다 보니 다른 사람이 된 것뿐이다. 그러나 언제부터 변화가 시작됐는지는 분명하지 않다. 그저 천천히 시작되었다. 예전에는 그렇게 질색하던 일이 지금은 별것 아닌 평범한 일이 되었다. 무엇보다도 힘들게 느껴지던 일을 지금은 자유자재로 할 수 있게 되었다. 절대 익숙해지지 않을 것 같던 일을 이제는 눈 감고도 할 수 있다.

사람들은 연애 상대와 결혼 상대는 다르다고 말한다. 그러나 사실은 자신이 변했기에 자연스레 다른 사람과 결혼하는 것이다.

누구나 경험하는 ‘떠돌이 인생’

부모와 자녀가 떨어져 생활하는 것은 이제 여러 가정에서 흔히 볼 수 있는 모습이다. 일찍부터 타지나 타국으로 자녀를 유학 보내는 경우도 있고, 이혼이나 직장 문제로 떨어져 지내는 경우도 있다. 이 시대의 소년, 소녀 들은 어려서부터 이렇게 ‘떠돌이 인생’을 경험한다.

그렇기에 『친애하는 안드레아親愛的安德烈』(타이완의 사회문화 비평가이자 작가인 룽잉타이龍應台가 아들 안드레아와 떨어져 지낸 3년간 보낸 편지를 묶은 작품)가 사람들의 심금을 울릴 수 있었다. 엄마도 아니요, 더 이상 사춘기 소녀도 아닌 나 역시 이 책을 읽으며 깊은 감동을 받았다.

10대 시절, 부모님께 편지를 쓴 적이 있다. 구체적인 내용은 잘 기억나지 않는다. 당시 억울하고 답답한 마음을 털어놓을 곳이 없었던 나는 참다 참다 결국 용기를 내 책상 앞에 앉아서 장장 세 장에 달하는 긴 편지를 써 내려갔다. 그러고는 불안과 기대를 동시에 품으며 부모님의 방에 편지를 두고 나왔다. 사실, 불안하고 안절부절못하는 마음보다는 기대가 더 컸다. 부모님이 내 고충과 바람을 알아주시기를 얼마나 기대했는지 모른다. 그러나 결과는 기대와 달랐다. 부모님은 이 편지에 대해 나와 깊이 있는 대화를 하지 않았을 뿐만 아니라, 먼저 이야기를 꺼낼 낌새도 보이지 않았다. 그저 어느 날, 대충 한마디를 남기셨을 뿐이다.

"그 편지, 우리도 봤다. 모두 별것 아닌 사소한 일들이더구나."

그 후, 부모를 향한 어린아이의 마음은 굳게 닫혀 다시는 열리지 않았다.

물론 이제 와 당시 부모님을 생각해보니, 그 마음도 이해가 된다. 나이를 지긋하게 잡순 어른들의 세속적인 마음으로는 '청소년의 고민'이 유치하게만 느껴졌을 것이다. 게다가 많은 형제자매에게 둘러싸여 살아온 부모님과 외동으로 자란 나의 성장 과정은 완전히 달랐다. 복작대며 생활해온 부모님과 달리 나는 더 외로웠고, 더욱 친구가 그리웠으며, 더욱 더 자유로운 공간이 필요했다.

이 사건이 기억의 저편 어딘가에 자리 잡은 채 먼지만 켜켜이 쌓여 잊히고 있을 무렵, 한 어머니가 딸에게 쓴 편지가 나의 기억을 불러냈다.

한밤중에 아는 언니로부터 연락이 왔다. QQ(중국에서 보편적으로 사용하는 온라인 메신저)에 로그인해서 딸이 남긴 메시지를 봐야 하는데 컴퓨터가 이상하다며 좀 봐달라는 부탁이었다. 딸이 있는 지역과 시차가 있기 때문에 이 메신저는 두 사람이 대화를 나누는 아주 중요한 통로였다. 대화창은 결국 열렸다. 하나뿐인 딸은 어느새 성년이 되어 있었다. 이제 곧 사랑의 설렘과 아픔을 알게 될 딸 생각에 그녀는 기뻐하면서도 동시에 걱정했다.

이야기를 나누던 중, 그녀가 갑자기 일어나더니 방으로 들어가 편지를 꺼내 왔다. 딸에게 쓸 편지의 초고라고 했다. 그녀가 읽어주는 편지를 가만히 듣다가 문득 내 어린 시절의 그 기억이 성큼 다가왔다. 나는 어떤 마음으로 부모님에게 편지를 썼던가? 편지의 마지막에 그녀는 간절한 마음으로 당부했다.

"누가 조금 잘해준다고 해서 그것을 사랑으로 착각해서는 안 된다."

이 한마디에 나는 울컥했다. 마음 깊숙한 곳에서부터 눈물이 솟구칠 것만 같았다.

그녀는 예전에 딸에게 이런 말을 해주었다고 한다.

"만약 네가 실수로 어린 나이에 임신을 한다면, 내가 엄마로서 가장 먼저 할 일은 너를 야단치는 게 아니라 가장 안전한 병원으로 너를 데려가는 거야. 그리고 안전한 방법으로 수술을 하도록 하고, 누구도 이 사실을 모르게 할 거야."

세상에 수많은 이별이 있지만, 그중에서도 가장 견디기 힘든 것은 생이별이다. 혈연으로 얽힌 가족이 살아 있음에도 불구하고 얼굴을 보지 못하는 생이별 말이다. 단순히 거리상으로 떨어져 있는 경우만이 아니라, 한집에 살면서도 낯선 사람보다 못한 관계로 지내는 경우도 있다. 이런 생이별 앞에서 많은 이가 돈을 주거나 실생활에 도움을 주는 방식으로, 가장 단순하고 간편하게 문제를 해결하려 한다. 이런 방식에 지쳐버린 사람들은 다른 것들을 돌아볼 겨를이 없어진다.

생이별 앞에서 무수히 눈물을 흘린 아이들은 어른이 된 후 고집불통의 성격을 갖고, 사람들과 거리를 두며, 누구도 쉽게 다가오지 못하게 벽을 쌓는다. 그런데 이들은 사실 곁에 누군가 다가와주기를 간절히 바라는 아이의 모습을 간직하고 있다. 또 조금이라도 잘 대해주는 사람에게 오히려 쉽게 마음을 열고 사랑과 신뢰를 보여준다.

언니의 편지는 결국 나를 울렸다. 세상 모든 것이 바뀐다 해도, 부모와의 인연은 세상에 태어나 죽을 때까지 바뀌지 않는다. 우리는 부모의 대가 없는 사랑에 감사해야 한다. 제대로 관심을 받지 못한 데서 비롯된 실망감과 방황은 스스로 사라지고 해결되기를 천천히 기다릴 수밖에 없다. 그럼에도 해결되지 못한 고통은 남은 인생 동안 운명이 해결해주기를 기다려야 한다.

이런 행운과 불행은 이미 결정된 운명임을, 나도 안다. 그러나 한편으로는 시간을 되돌려 부모님으로부터 편지를 받을 수 있기를 얼마나 바라는지 모른다. 어떤 내용이어도 상관없으리라. 한편 생각해보면, 그런 생이별의 아픔을 겪지 않았다면 과연 지금의 나로 자라날 수 있었을까 싶다.

똑똑함은 선택하는 것

예전에 바다 건너에 사는 사촌 여동생으로부터 편지를 받고 정말 놀란 일이 있었다.

"베이징 주임駐京辦主任(중국 정치 관련 소설로 유명한 왕샤오팡의 작품)을 읽고 나니 너무 낙담이 돼. 이 세상은 정말 캄캄하고 어두운 것 같아."

그녀에게 물었다.

"누가 그 책을 추천해주었니?"

그녀가 답했다.

"최근에 나랑 계속 애매한 관계를 유지하는 남자!"

그녀의 대답에 나는 냉소를 지었다. 동생은 졸업을 앞두고 있었다. 그 남자는 현실을 알려주겠다는 명목으로 사회 경험이 없는 어린 동생이 먼저 자신에게 귀를 기울이게 하기 위해서 머리를 싸맸을 것이다. 그러고는 마치 정말 그녀를 위해서 하는 말인 양 착각하게 만든 것이다.

"세상이 정말 다 그렇다니까. 이것 봐, 책에서도 이렇게 말하잖아."

동생은 그의 말이라면 철석같이 믿었다. 동생은 졸업 후 진로에 대한 걱정과 염려로 힘들어하던 시기였고, 마치 물에 빠진 사람이 지푸라기라도 잡는 심정으로 그 남자를 만났다. 사회 경험이 없는 그녀가 보기에 그는 젊고 말쑥하고 준수한 스타일, 그야말로 킹카 중에 킹카였다. 그녀는 불 속에 뛰어드는 나방처럼 그에게 빠져들었다. 그녀는 그다지 예쁘지도 섹시하지도 않은 데다 사회 경험도 없는 자신이 그와 함께하기에는 부족하지 않은가 걱정했고, 그런 남자와 인연을 맺은 것만도 정말 영광이라고 생각하는 것 같았다.

나는 동생에게 이 말만 해주었다.

"정말 좋아하는 여자에게 '돈을 벌려면 더럽고 치사해도 힘들게 몸을 혹사해야 한다'고 말하는 남자라니! 그 여자를 지켜주어도 모자랄 판에, 어떻게 험한 세상에서 살아남기 위해 더 독해지기를 바랄 수가 있어?"

따끔한 충고 한마디 덕분에 그녀도 정신을 차렸다.

소인배들이 기회를 타고 다가올 수 있는 것은 바로 당신의 마음속에 도사린 두려움과 욕망 때문이다. 소인배는 남들이 타인을 향한 연민 없이 수단과 방법을 가리지 않고 파고들기를 바란다. 이런 소인배들은 선善을 하찮게 생각하고 모든 사람을 악행으로 이끌고 싶어 한다.

남자가 돈 없고 키 작고 재능은 없을 수 있지만 저급해서는 안 된다. 여자가 못생기고 섹시하지 않고 여성스럽지 않을 수는 있지만, 인품이 후져서는 안 된다. 만약 소인배를 사랑하게 된다면 그는 당신의 수준을 바닥으로 끌어내리는 일등공신이 될 것이다. 그리고 소인배처럼 사는 것이 세상 이치라고 믿게 만들 것이다.

제정신이 든 사촌 동생은 소인배 같은 그 남자를 따끔하게 혼쭐내주어야겠다며 분노했다. 그런 그녀에게 내가 몇 마디 덧붙였다.

"그런 남자를 빨리 마주친 것에 감사해야지. 덕분에 일찌감치 귀중한 인생 수업을 들은 셈이잖니. 넌 아직 어리니까 분노는 던져버려. 그게 진짜 그 남자로부터 벗어나는 방법이야."

살다 보면 소인배가 우리 앞을 가로막는 경우가 있다. 그런 상황이 닥치면 세상의 불공평함을 원망할 수 있다. 그러나 원망보다 무서운 것은 그런 인물들의 행동이 정말 효과가 있다고 믿는 일이다. 그렇게 되면 그들과 같은 수준, 아니, 오히려 더 심각한 수준으로 떨어질 수 있다.

이 세상에는 자신의 모든 것을 버리면서까지 권력을 차지하려는 사람이 있다. 이런 경우 자신이 아무리 노력해도 출세가 불가능하겠다는 생각에 자기연민에 빠질 수 있다. 그러나 자기연민보다 무서운 것은 괜히 뱁새가 황새 따라가듯 어쭙잖게 그 사람의 길을 따라가는 것이다. 그렇게 되면 얻는 것도 없이 자신만 힘들어질 수 있다.

정말 강인한 내면을 가진 사람은 두려움이 없는 이가 아니라 바른 이치를 따르며 세상의 변화무쌍함을 아는 사람이다. 지난 몇 세기의 역사를 돌아보라. 권력을 등에 업고 제멋대로 굴던 수많은 사람과 달리 끝까지 바른 길을 갔던 인물들은 바른 이치를 곁에 두고 그에 따라 살았다.

누군가는, 선량함은 선택할 수 있지만 총명함은 태어나면서부터 주어지는 천부적인 자질이라고 했다. 그러나 나는 그 반대라고 생각한다. 총

명함은 선택할 수 있지만 선량함은 하늘이 내리는 것이다. 사람의 심성은 영원하지만, 총명함은 자신이 선택하는 것이요, 직접 그 길을 걷기 때문이다.

내가 생각하는 총명함은 일종의 성품이다. 강인한 내면이요, 바른 도를 지키겠다는 다짐이다.

선량한 사람의 '삼관三觀', 즉 세계관·인생관·가치관은 무너지지 않는다. 그는 계속 의구심을 가지고 총명함이 무엇인지 생각할 것이다. 그러나 선한 마음이 없는 자는 자신의 총명함에 우쭐댈 뿐 돌이킬 수 없는 길을 택하는 바보가 되기 쉽다. 사람이 무슨 일을 하든지 하늘이 지켜보고 있음을 기억하라. 세상이 아무리 어둡고 힘들다 해도 이 세상 어딘가에는 분명 당신 편이 있다. 그는 이렇게 말할 것이다.

"두려워하지 마, 내가 있잖아."

그 사람이 꼭 이성이나 연애 감정이 드는 상대일 것이라고 단정할 수는 없다. 그일지 그녀일지 모르는 그 사람이 바로 캄캄한 밤 같은 당신의 인생을 수놓는 별이자 한 줄기 빛이 되어줄 것이다.

그렇게 모든 사람은 누군가의 '빛'이 될 수 있다.

진정한 향수를 알게 될 때

애니메이션 〈귀를 기울이면耳をすませば〉은 성장에 관한 이야기를 다룬다. 책을 빌리다가 알게 된 소년과 소녀는 성장하면서 선택의 기로에 놓인다. 남들처럼 고등학교, 대학교를 진학할 것인지, 아니면 자신의 꿈을 좇을지 선택해야 한다. 청춘의 막막함과 첫사랑을 다룬 이 영화의 메인 테마곡은 팝송 'Take Me Home Country Road'다.

원곡은 존 덴버가 발표한 유명한 컨트리 팝 음악으로, 자유롭고 즐거운 미국 서부 카우보이의 흥이 잘 드러난다. 영화에서는 노미 유지野見祐二의 편곡으로, 은은하고 슬픈 색채를 띤다.

천진무구하고 앳된 목소리가 'Take me Home Country Road'을 부르는 순간, 타임머신을 탄 듯 머릿속으로 한 장면이 떠오른다. 구슬픈 마음을 억누르지 못하게 하는 그 장면은 다름 아닌 '집으로 돌아가는' 모습이다.

누구나 마음속에 고향으로 돌아가는 오솔길을 가지고 있다. 영원히 사라지지 않는 이 길의 시작은 저마다 다르지만, 모두 빠르게 지나가버린 세월에 대한 슬픔으로 끝을 맺는다.

그 길가에는 익숙한 구멍가게들이 서 있다. 아침에 밥을 가장 맛있게 하던 곳이 어디이고 바느질 솜씨가 일품이던 가게는 어디인지, 타이어가 터지면 어디에서 수리를 해야 하고, 쌀이며 기름은 어느 곳으로 가야 싸고 좋은 것을 살 수 있는지, 당신의 눈에 선하게 그려진다. 그 길 끝에는 언제나 당신을 기다리던 사람들이 서 있다. 그때 그 시절 모습 그대로다. 한 번도 변한 적이 없었다. 다만, 그 길이 아닌 세상에서 그들은 더 이상 존재하지 않을 뿐이다. 누군가는 흩날리는 바람 속에 자취를 감추기도 했고, 누군가는 세상을 떠나기도 했다.

그렇기에 오직 미야자키 하야오가 그려낸 세상에서만 그림 같은 고향 모습이 영원히 지속되는 것이리라. 마치 영원히 이어지는 꿈처럼, 마음속 그림을 그대로 그려내서 과거의 아름다운 기억을 환기시킨다. 그래서인지 혹자는 미야자키 하야오의 작품을 어른을 위한 애니메이션이라고 한다. 아름다운 화면에 담긴 슬픔은 어린아이가 이해하기에는 어려울 것이기 때문이다.

성장의 고통은 어른이 느끼는 슬픔의 시작에 불과하다. 진정한 향수를 깨달을 때에야말로, 서글픈 노래의 첫 소절을 제대로 느낄 수 있다. 왜냐하면 고통과 아픔, 그리고 더 많은 이별을 묵묵히 마음에 묻어둔 채 고향에서 멀리 떨어진 낯선 곳에서 열심히 노력하여 새로운 터전을 마련한 사람만이 향수를 조금이나마 언급할 자격이 있기 때문이다.

어른이 되면 각자의 인생마다 그에 따르는 슬픔이 있겠지만, 향수는 나라와 민족을 막론하고 모든 인류가 공통으로 느끼는 슬픔이다. 그 슬픔은, 아무리 익숙한 도시에서 살더라도 머릿속에 존재하는 그 길에 비할 수 없어서 느끼는 것이다. 그 슬픔은, 앞으로 넓은 바다의 물고기와 드높은 하늘을 나는 새를 본다 해도 지난 여름날 추억 속 고추잠자리에 비할 수 없기 때문에 느끼는 것이다. 그 슬픔은, 앞으로 아무리 그리워해도 그 이별의 슬픔을 쏟아놓을 상대가 없기 때문에 느끼는 것이다.

서둘러 결혼해서 가정을 이룬 아가씨가 있었다. 신혼여행도, 둘만의 시간을 가질 틈도 없이, 그녀는 생각보다 빨리 임신을 했고 육아의 세계로 들어섰다. 이제 밖에서 일어나는 일들은 그녀와 별 상관이 없어 보였다. 다른 사람들이 그녀를 걱정하며 도와주려 해도 한계가 있었다. 그녀의 여정을 가까이서 지켜본 사람들은 그저 쏜살같은 시간을 그녀에게 일깨워줄 뿐이었다. 가장 서글픈 순간에 이르렀을 때, 그녀는 자신을 집으로 데려다줄 길이 나타나 근심 없던 그곳으로 돌아가게 해주기를 얼마나 바랐는지 모른다.

결국 어린 시절에는 걱정이 무엇인지 몰랐음을 깨닫는 날이 오게 마련이다. 그러나 그 시절로 되돌아가는 길은 존재하지 않는다. 우리는 그저 앞으로 계속 나아갈 뿐이며, 결국 곁에 있는 가족도 우리를 웃게 만들 수 없는 지경에 이른다.

향수란 단순히 '돌아갈 수 없는 옛 시절'을 그리워하는 것만이 아니다.

홀로 헤쳐가야 하는 어두운 밤이며, 자기 힘만으로 뚫고 올라가야 하는 층층이 쌓인 구름이다.

영화에 등장하는 소녀는 노래를 부르면서 걸맞은 단어를 찾기 위해 애쓴다. 내내 만족하지 못하다가 나중에야 이해하게 된다. 그리고 소녀는 성큼 어른이 된다.

이런 인물은 중년이 되면, 말로 설명하기 어렵고 해소할 방법도 없으며 누구와도 나눌 수 없는 고독을 느낀다. 우리는 이것을 향수라고 부른다.

'순진'한 여자들이여,
연애는 더 이상 도피처가 아니다

여행을 꿈꿀 때면, 세상은 넓고 갈 곳은 많아 보인다. 그러나 반복되는 일상에 치이다 보면, 우리가 사는 세상이 얼마나 작고 초라한지 발견하게 된다.

타이완의 유명 일러스트 작가 지미Jimmy Liao의 작품 『왼쪽으로 가는 여자, 오른쪽으로 가는 남자向左走, 向右走』에서 왼쪽으로 가는 여자와 오른쪽으로 가는 남자는 간발의 차로 만나고 헤어진다. 현실에서도 역시 간발의 차로 믿음과 배신, 사랑과 전쟁이 결정된다.

어느 날 아침, 눈을 떠 휴대전화를 켜보니 두 여성이 난리를 치며 나를 찾고 있었다. 몽롱한 상태에서 급한 대로 전화를 받고 보니, 상황은 이러했다. A와 B가 대화를 나누던 중 A의 현 남자 친구가 B의 전 남자 친구였다는 사실을 알게 된 것이다. 그런데 이 남자의 연애 전적이 그야말로 화려했다. 심지어 여자들에게 이별을 고할 때면 집안에 큰일이 생겼다느니, 부모님이 억지 결혼을 시키려 한다느니 등 아침 드라마 같은 변명을 늘어놓았다. 결국 여자들은 차인 후에도 잔인한 운명에 눈물지으며 하늘을 원망할 뿐, 그 남자가 새 애인을 만나기 위해 이별을 고했으리라고는 생각도 못했다.

부모님은 힘든 타지생활을 하는 딸이 하루빨리 좋은 사람을 만나 가정을 이루길 바라신다. 아마도 뒷바라지하며 번듯하게 키운 당신의 딸들이 연애 문제 앞에서 어찌할 바를 몰라 발만 동동 구르고 있으리라고는 상상도 못하실 것이다.

그녀들은 또 어떤가. 오랫동안 기다려온 진정한 인연을 만난 것 같아 온 마음을 쏟았건만, 결국 헌신짝처럼 버려져 견딜 수 없는 고통에 눈물만 흘린다. 이런 상황을 어디 가서 이야기하겠는가? 내가 너무 순진했다고, 결혼할 나이가 되도록 그저 순진한 어린아이 같은 수준이었다고 어떻게 말하겠는가?

순진한 그녀들의 외로움은 참으로 미묘하다. 예전 친구들과는 연락이 끊겼고, 친한 친구들은 그녀의 사랑을 인정하지 않는다. 한편 그녀들은 과거의 시간을 그리워하면서 어른 세계의 이기심과 무정함에 치를 떤다. 언젠가는 강한 두 손과 뜨겁게 뛰는 심장이 자신을 어른의 세상으로부터 벗어나게 해줄 것이라고, 따뜻하게 보호하고 품어주는 세상으로 인도해줄 것이라고 늘 상상한다.

과잉보호를 받고 자란 여성들이 인생에서 처음으로 맞닥뜨리는 실패는 다름 아닌 연애 문제다. 사건 지 1년 후에야 남자 친구가 유부남이었음을 알게 된다. 밤중이나 새벽이 되면 늘 일정하게 오던 메시지, 알고 보니 그 남자는 다른 여자와 달콤한 대화를 이어가고 있었다. 하늘만큼 땅만큼 당신을 사랑한다던 그 사람, 뒤에서는 당신을 세상물정 모르는 여자라며 비웃고 다녔다.

똑똑하지 못하거나 능력이 부족하다는 사실을 인정하는 것은 그리 어렵지 않으나 배신, 버림받음, 바람기는 그녀들의 마음 깊숙한 곳에 상처를 남기고 만다. 이런 것들 앞에서 그녀들의 인생 가치관은 마치 도미노처럼 와르르 무너져 내린다.

이런 상황에 처한 그녀들을 만날 때면 나는 먼저 이렇게 물어본다.

"그 남자에게 돈 뜯기고 몸도 줘버린 거예요?"

그러면 그녀들은 하나같이 할 말을 잃고 어안이 벙벙해한다. 평소 따뜻하게 위로해주던 사람들만 보다가, 별안간 몽둥이를 들고 나타난 사람을 보니 흘러넘치던 눈물도 쏙 들어가버린다.

사지가 멀쩡하고 건강하다면, 통장 잔고가 넉넉하고 식욕을 잃은 것도 아니라면, 답은 하나다. 순진한 생각은 걷어치우고 성인 여자의 삶을 배우라. 연애 역시 머리를 굴려야 한다는 사실을 인정하고, 연애 상대에게 인격적인 문제가 있을 수 있다는 사실을 직시하라.

우리가 사는 이 세상에서 사랑은 더 이상 도피처가 될 수 없다. 오히려 그 반대다. 연애를 하다 보면 온갖 거친 풍랑을 마주하게 마련이고, 그러다 보면 꽁꽁 숨겨온 인격적인 약점이 드러난다. 약점 감추기도 한계가 있는 법, 결국에는 결점이 드러나 온갖 막장 이야기가 펼쳐진다.

함정에 걸려든 것은, 그 남자가 선수 중에 선수인 나쁜 남자여서가 아니라 여자들의 공허한 마음 때문이다. 곰곰이 생각해보면 너무 조급해했거나 자신을 사랑하지 못했음을 발견할 수 있을 것이다. 그렇지 않고서야 어떻게 그런 말도 안 되는 속임수에 놀아났겠는가?

그렇다면 이제 '순진'한 나는 점점 사라지는 것일까? 물론 그렇지 않다. 순진한 게 무슨 죄란 말인가. 그저 욕심이 없을 때 순진할 수 있듯이, 순진함과 당신의 욕망은 양립할 수 없는 것뿐이다. 당신이 원하는 것이 있다면, 순진함을 내려놓고 덤벼라. 가능한 한 빨리 부딪치고 이해하는 것이 바로 행복으로 가는 길이다.

사실, 두려워할 것은 아무것도 없다

10년 전 실연의 아픔을 겪는 내 곁에는 휴대전화도, 컴퓨터도, 웨이보(중국 소셜 네트워킹 및 마이크로 블로그 서비스)도, 웨이신(중국 모바일 메신저)도 없었다.

사람들이 뭐라든지 상관없었다. 그 겨울밤, 나는 학교 자습실에서 뛰쳐나와 떨리는 손으로 길거리에 세워둔 자전거 자물쇠를 열었다. 온몸으로 밤바람을 맞으면서 자전거를 타고는 가장 가까운 공중전화로 향했다. 남은 돈을 털어 전화카드를 사서 그에게 시외전화를 걸었다. 전화를 받은 그는 아무 말이 없었다. 나도 무슨 말을 해야 할지 몰랐다. 모진 말도, 욕도 할 줄 몰랐던 나는 그저 왜냐고 묻기만 했다. 잠시 후 카드 금액이 떨어지고, 전화가 끊겼다. 나는 조용히 교실로 돌아왔다. 마치 한바탕 꿈을 꾼 것만 같았다.

그때 그 장면만 기억할 뿐, 나머지는 모두 잊어버렸다. 그 후 많은 사람이 눈물 흘리는 모습을 보았다. 이유는 다양했다. 기세등등한 사람이든 조용하고 침착한 사람이든 상관없이, 무언가 그들을 건드리면 모두 심한 감기에 걸리기라도 한 듯 갑자기 펑펑 눈물을 흘렸다.

'참 이상도 하지! 어떻게 저런 반응을 보일 수 있을까?'

나중에야 나 역시 다르지 않음을 알게 되었다.

'왜 하필 나야? 왜 나는 더 행복해질 수 없어?'

너무도 쉽게 이런 절규가 마음에서 우러나왔다. 예외는 없었다. 한 치의 예외도 없다. 마치 결혼 공포증을 겪지 않는 여자가 없는 것처럼 말이다. 언제부터 시작되었는지 모르지만, 이 시대는 연애도 하기 전에 결혼을 두려워하는 단계로 접어들었다.

예전에 그녀들은 나에게 이렇게 말했다. 정말로 결혼을 갈망하는 때가 올 것이고, 그 시기에 좀 안정적이고 온화한 상대를 만나면 쉽게 결혼에 항복하게 될 거라고 말이다. 설마 나를 무너뜨릴 수 있는 최종병기가 다름 아닌 타이밍이었다니!

한 친구는 나에게 요즘 여자들이 무엇을 두려워하는지 모르겠다고 했다. 그 시절 우리가 두려워했던 것은 다음 달 월세라든지, 몇 년이 지나도 여전히 지금처럼 가난하면 어쩌나, 가난한 사람을 사랑하게 되면 어쩌나 같은 문제였다. 그 시절, 결혼이란 우리와는 너무 거리가 먼 문제였다. 그런데 이제는 주변 사람들을 비롯해 전국적으로 이 이야기만 하는 듯하다.

그녀들은 말한다.

"정말 짜증나는 게 뭔지 아세요? 겨우 쉴 틈이 나서 텔레비전이라도 틀어보면, '90년생'들이 브라운관 앞에서 짝을 찾고 있다는 거예요."

그러고는 나에게 묻는다.

"대체 세상이 어떻게 돌아가는 건지, 새파랗게 젊은 애들이 연애할 생각은 하지 않고 굳이 텔레비전에 나와서 '노처녀' 기분을 느끼려고 한다니, 이게 말이 되나요?"

많은 사람이 한 가지를 이야기하고 있다면, 정말로 그것을 손에 넣는 이는 극소수라는 뜻이다. 모든 사람이 그 한 가지를 찾아 헤매고 있을 테니까. 많은 사람이 고민하는 문제일수록 그 문제의 진정한 해답을 얻은 사람은 많지 않다는 것을 의미한다.

삶, 사랑, 결혼 같은 문제들은 영원히 사람들의 입에 오르내릴 주제다. 이런 주제에 대해 명확한 정의를 내리기란 불가능하다. 이런 주제들은 서로 연관되어 있기 때문이다. 그러므로 감정적인 문제를 정확하게 이해하려면 자신의 감정에 몰입하지 말아야 한다. 그렇지 않으면 영원히 이해할 수 없을 것이다.

우리가 가진 검은 공격하기에는 너무나 무디고, 우리의 미적 기준은 뒤섞여 분명치 않으며, 우리의 영혼은 비좁은 곳에 매여 있다. 작은 분노에도 이성을 잃고, 작은 상처에도 무너지기 일쑤며, 작은 배신과 모욕에도 쓰러져 영원히 일어나지 못한다.

인간은 뭔가 대단한 뜻을 품고 사는 듯해도, 실상은 낯선 사람과의 만남을 어떻게 대처해야 하는지, 어떻게 해야 상대방의 마음을 알 수 있는지 모르는 존재다. 자기 비하와 오만함이 들쑥날쑥하기 일쑤며, 상대가 날 정말로 사랑하는지 아닌지도 가늠하지 못한다.

그러나 인생을 돌아보면 사실 기억나는 일도, 잊을 수 없는 인연도 그리 많지 않다. 참 즐거웠던 날은 그리 많지 않고, 정말 두려워해야 했던 일 역시 얼마 되지 않는다.

사실, 당신은 무엇도 두려워할 필요가 없다. 가다 보면 또 어느새 지나온 길을 돌아볼 날을 맞을 것이다.

나이 드는 것을 왜 무서워하나

한 명은 귀가 먹었고, 한 명은 암에 걸렸으며, 나머지 세 명은 심장병에 걸렸다. 평균 나이 81세, 타이완에 사는 할아버지 다섯 명이 오토바이 전국일주를 계획하고 여행에 나섰다. 이 실화는 나중에 〈꿈꾸는 기사夢騎士〉라는 이름의 광고로도 제작되었다. 식당에서 고개를 늘어뜨린 채 힘없이 앉아 있는 할아버지들의 오토바이 여행을 누가 상상이나 할 수 있었을까. 의사도 예측하지 못한 일이었을 것이다.

> 어차피 죽을 인생, 그 마지막을 집에서 보낼 것이냐 아니면 길에서 맞이할 것이냐? 몇십 년 전 찍은 사진 속의 우리는 혈기왕성한, 그야말로 청춘인데 이제 죽은 친구를 제외하고 남은 건 우리 다섯뿐이다……. 할아버지들은 탁자를 치고 일어섰다.

"우리, 오토바이를 타러 가자!"

그렇게 여행은 시작되었다!

영상이 끝날 무렵 정지 화면이 등장한다. 할아버지들이 죽은 친구와 함께 찍었던 사진과 아내의 영정사진을 들고 몇 년 전 갔던 그 해변에서 있다. 몇 분 동안 회상이 이어진다. 어린 시절과 청춘의 모습이 지나가자, 손에 쥔 약과 진단서와 몸을 지탱하던 지팡이를 모두 던져버린 채 할아버지들은 자리에서 일어난다. 그리고 오토바이를 타고 밤낮을 보낸다.

몇 분 만에 일생의 이야기는 끝났다. 그러나 할아버지들은 전혀 아쉬워하지 않았다. 바로 '꿈'을 되찾았기 때문이다. 꿈꾸는 기사가 된 할아버지들은 청춘의 시간을 보내는 이들의 마음에 용기를 북돋아주었다.

2011년 여름, 중국에서는 지나가버린 꿈에 대한 영화가 개봉되었다. 우울증 때문에 여러 차례 자살을 시도했던 노인이 다시 삶의 희망을 발견하고는 함께 길을 떠난다. 영화 속 노인의 용기와 끈기는 수많은 사람의 심금을 울렸다.

세계 인구 중 노인 비중이 점점 높아지고, 고령화는 더 이상 피할 수 없는 문제가 되었다. 그런데 우리는 이런 문제를 진지하게 직면하려 한 적이 없는 것 같다. 게다가 중요한 것은 바로 나와 당신, 우리 모두는 늙어갈 것이며, 누구도 세월을 피해갈 수 없다는 사실이다!

나이 들어 자식에게 부양받으며 먹고살 걱정이 없으면, 얼마 남지 않은 인생을 안심하고 건강하게 보낼 수 있는 것일까? 재롱을 부리는 손자들을 돌봐주고, 손에는 아기 젖병 아니면 자기 약병을 들고 다니면서 병원을 오가는 삶, 이것이 정말 우리가 원하는 삶일까? 몸은 건강할지 몰라도 아마 마음은 점점 황량하게 변해갈 것이다.

고독은 보이지 않게 다가와 늙어가는 우리를 덮칠 것이다. 지금껏 별 문제 없이 편안하게 살아왔다 해도, 마지막에 이르면 누구도 피해갈 수 없다. 병으로 몸은 쇠해지고, 고독과 더불어 세상에서 밀려났다는 고립감에, 그렇게 강인했던 심장은 너무도 쉽게 부서지는 유리심장이 되었다. 과거에 얼마나 잘나갔었는지 누구도 듣고 싶어 하지 않고, 함께 오랜 시간을 보내려 하지 않는다. 그리고 노인도 꿈이 있다는 것을 아무도 믿지 않는다!

상상해보라. 세월의 흐름 앞에서 당신은 어떻게 해야 할까? 두렵지 않을까?

때때로 '인생이 앞으로 살아갈 시간도 충분한 4, 50대에 멈추면 얼마나 좋을까' 하고 생각한다. 인생의 황금 시기가 이렇게 지나가는 것을 가슴 아프게 바라볼 수밖에 없단 말인가?

두 사람의 나이를 합치면 100세 정도 되는 노부부가 있었다. 다른 사람들이 집에서 손자들이나 봐주고 있을 때, 이들은 배낭을 짊어지고 세계 여행을 떠났다. 때로는 소파에서, 때로는 공항에서 잠이 들기도 했다. 그들의 짐은 등에 맨 배낭이 전부였다. 외국어도 잘 몰라서, 간단한 회화나 보디랭귀지로 소통했다. 몇 년 전만 해도 거짓말처럼 들렸던 이야기들이 이제는 실화가 되었다.

세계 각지를 돌아다니는 것, 고향으로 돌아가는 꿈, 처절하게 사랑했던 그 사람을 찾아내는 일……. 이처럼 아직 이루지 못한 소망들이 있다면 이런 꿈들을 실행할 계획을 세워보라.

영화 〈레터스 투 줄리엣Letters To Juliet〉은 옛 사랑을 찾는 이야기다. 50년 전, 한 가녀린 영국 여성은 이탈리아 시골에서 열정적인 남자를 만난다. 그는 그녀에게 자신이 사는 곳의 아름다움과 정열을 이야기했고, 이에 매료된 여자는 다시 돌아와 그 남자와 함께하기로 약속했다. 그러나 그녀는 약속을 지키지 못했다. 사랑의 도피도 실패했다. 그녀는 안타까운 마음과 응어리를 편지에 쏟아낸 후, 편지를 바위틈에 숨겨두었다. 시간이 흘러 두 사람은 각자 결혼을 한 뒤에 아이를 낳았고, 수많은 일상 속에서 서로를 잊어갔다.

50년 후, 바위틈에서 편지를 발견한 젊은 여성이 그 여인에게 진실한 사랑을 되찾으라고 격려하는 답장을 쓴다. 백발 할머니가 된 여인은 놓쳐버린 사랑을 찾기 위해 멀리서 찾아온다. 실망스러운 일만 반복되던 중에 뜨거운 태양의 도시, 포도 농장에서 두 사람은 결국 재회한다. 그들은 과거의 아픔을 웃음으로 털어내고, 결국 부부의 연을 맺는다.

인생에서 후회하고 아쉬워했던 일을 50년이 지난 후에 다시 용기를 내어 수습하고 고백하여 원만하게 해결할 수 있다면, 게다가 운명이 허락하여 멋진 결말을 맺을 수 있다면, 나이를 먹는 것도 생각보다 그렇게 끔찍하지만은 않을 것이다. 오히려 사람들에게 희망과 감동을 줄 수 있지 않을까?

젊은 시절의 우리에게는 무언가 따져야 할 이유가 너무 많고 지고 가야 할 짐이 너무 많으며 선택의 여지도 너무 많다. 하나를 택하고 나아가자면 결국 길은 점점 좁아지고 한 발만 내디디면 막다른 골목에 이를 것 같다. 그제야 우리는 깨닫는다. 자신이 가장 많이 가지고 있던 것도, 그리고 가장 모자랐던 것도 바로 시간이었음을! 머리를 굴리고 계산해보아도, 결국 그런 시간을 들여서 꼭 해야 할 일을 했어야 함을 알게 된다.

세월이 흘러 어느 순간에 이르면 정말 해야 했던 일이 무엇인지 명확해진다. 인생에서 수많은 꿈을 이루었음에도 불구하고 한두 가지가 목에 걸린 가시처럼 우리 마음을 답답하게 하고 있음을 알게 된다. 그 순간에 이르면 지금까지 한 번도 잊은 적 없었던 꿈이 무엇인지 명확해진다. 그리고 포기했던 꿈을 사실은 한 번도 포기한 적이 없었음을 알게 된다. 그 일을 하면 죽을지도 모른다 해도 상관없다. 안 하면 당장 죽을 것 같으니까.

때때로 이런 생각을 한다.

'몇십 년이 흐른 후의 나는 어떤 모습일까?'

사실, 이런저런 모습을 상상하며 걱정하는 것은 소용없는 일이다. 결국 언젠가는 그 답을 얻게 될 테니까. 당신은 그 답을 안고 깊이 잠들었다가 다시 깨어나는 삶을 선택할 것인가? 아니면 그 해답을 안고 살며 한밤중에 그저 멍하니 앉아 있다가 당신의 슬픔이 무엇 때문인지를 누구도 알지 못하게 할 것인가?

인생이란 잔인하면서도 우습다. 힘이 넘칠 때는 어떤 일을 해야 할지 모르고, 정말 원하는 것이 무엇인지 알게 되었을 때는 이미 늙은 후다. 자신을 위해서 사는 것은 젊어서는 이기적인 선택이고, 늙어서는 사치가 되었다.

그러니 당신 주변에 나이 든 분이 빛나고 열정적인 삶을 살고 싶어 할 때 그들을 가로막지 마라. 왜냐하면 나도, 당신도, 우리 모두 세월을 피해 가지 못한 채 늙을 것이기 때문이다!

결국 그들이 빛나고 열정적인 삶을 살 때, 이 세상의 꿈은 완벽해질 수 있고, 세상에 늦어버린 꿈은 없음을 알게 되며, 의미 있는 죽음을 맞을 수 있다.

세상에서 가장 이상한 남녀관계

기억하는가? 낙엽 굴러가는 것만 봐도 울고 웃던 어린 시절, 우리 머릿속을 어지럽히던 그 문제 말이다.

'전 남자 친구와 계속해서 친구로 지내는 것이 가능할까, 그래도 되는 걸까?'

친구로 지내자니 사귀는 것도 아니고 안 사귀는 것도 아닌 상태라 결국 둘 사이가 애매해질 것 같다. 그렇다고 연락을 끊자니 한 다리 건너면 다 아는 사람이라 안 만나려면 지금 친구들과도 연락을 끊어야 한다. 그들에게는 뭐라고 둘러대야 하지? 또 실제로 그렇게 하면 남들 눈에 얼마나 속 좁고 못난 사람으로 보일까 싶다.

당시 내 룸메이트 중 하나는 전화를 할 때마다 전 남자 친구가 얼마나 나쁜 남자였는지 비꼬고 욕을 해댔다. 우리는 어안이 벙벙해진 상태로 그녀에게 물었다.

"아니, 왜 그렇게 모질게 굴어?"

그녀가 답했다.

"이 세상에는 스스로 괜찮은 줄 착각하는 남자들이 이해할 수 없을 정도로 많아. 그런 애들은 욕을 좀 해줘야 속이 후련하다고."

예전에는 누구를 만나도 진지하게 만났다. 이별 후에도 신중하게 대처하며 서로 조심스럽게 지냈었는데, 이제는 다 옛날이야기가 되었다. 한 친구는 헤어진 남자 친구에게 이성적 감정이 전혀 남아 있지 않고, 오히려 새 여자 친구를 사귈 수 있도록 돕는 데도 마음이 아무렇지 않은 데다 최근에는 서로의 연애 문제를 상담해주고 있다는 이야기를 했다. 자기 상황이 정말 이상하다는 평가도 덧붙였다.

10여 년 전, 타이완 가수 샤오야쉔蕭亚轩 · ELVA의 '가장 익숙한 낯선 사람'을 들었을 때, 이 곡이야말로 연애심리를 잘 짚어낸 노래라고 생각했다. 그런데 요즘은 상처받은 사람은 자신이라고 착각하는 남자나 '세상에 사랑을 뿌리고 다니며' 속을 긁는 남자를 대할 때 아무렇지 않고, 미워하는 마음도 생기지 않는다. 심지어 그런 남자들이 신뢰받는 사업 파트너로 자리 잡기도 한다.

그녀가 물었다.

"세상에서 가장 이상한 관계가 아닐까?"

이상하기도 하고 이상하지 않기도 하다. 여자 친구가 두 명인 것도 같고, 남자 친구가 두 명인 것도 같아서 이야기를 들었을 때는 정말 황당무계하기만 했다. 그런데 당사자들의 이야기를 듣고 있자니, 의도적인 것이 아니라 더 나은 선택의 여지가 없었던 건 아닐까 싶다. 마치 운명이 그렇게 이끈 것 같았다.

당신은 분명 원망하게 될 거라고, 질투하고 신경 쓰게 될 거라고 생각했을 것이다. 하지만 그렇게 되리라 '생각'한 것과는 달리 결과는 마치 얽히고설킨 드라마가 해피엔딩으로 대단원의 막을 내리듯이 모두 긍정적인 관계로 끝을 맺는다. 새로운 친구를 사귀면 상대방에게 보여주고 싶고, 업무상 중요한 선택을 하게 되었을 때 가장 먼저 의견을 구하고 싶은 상대가 된다. 혈연관계는 아니지만, 서로 신뢰할 수 있는 가족 같은 관계가 된 것이다.

이것은 좋은 일일까, 나쁜 일일까?

인생을 더 깊이 알아가고 더 멀리 내다볼 수 있게 되는 때가 오면, 예전에 감정적으로 응어리 쌓였던 갈등들은 사실 맞고 틀리고의 문제가 아니었음을 깨닫는다. 그저 서로 기대하는 바와 할 수 있는 바가 달랐던 것뿐이다. 당신이 자격 없다고 판단한 그 사람은, 그만의 기준에서는 이미 합격선을 넘길 만큼 최선을 다했을 수 있다. 결국에는 서로 한 발 물러설 때 서로에게 더 이상 요구하거나 실망하지 않으며, 절망하는 일도 자연스레 없어진다.

그래서 이혼 후에도 동거를 이어갔던 한 부부는 오히려 관계가 더 좋아지기도 했다. 또한 친구로 지내면 너무나 따뜻하고 안전하게 느껴지던 사람이 연인으로서는 전혀 맞지 않을 수도 있다.

그는 세상에서 가장 익숙한 낯선 사람이 아니다. 냉정한 세상에서 따로 설명하거나 추측하지 않아도 좋은 가장 안전한 관계이며, 이 도시에서 누구보다도 서로의 행복을 바라는 사람이다.

목숨을 걸고 첫눈에 반하는 불같은 사랑, 죽음도 갈라놓지 못하는 사랑을 하는 시대는 이미 지나갔다. 이제 더욱 강인한 내면을 가진 여성이 나타난 것이다. 그녀들은 사랑하면서 수많은 눈물과 오랜 시간을 쏟아왔는데, 아직도 어떻게 사랑해야 하는지 모르겠다고 말한다. 사실, 당신이 흘린 눈물과 쏟은 시간이 쌓여 더 나은 당신이 되고 더욱 멋진 인생을 살게 한다. 마치 사랑을 끝낸 후에 나타난 이상한 관계처럼 말이다.

겪어봐야 알게 된다. 이것이 바로 인생이 당신에게 선사하는 또 다른 위로가 될 것이다.

시처럼 살아가기

매년 4월이 되면 전국에 하이즈海子(서정적 시풍의 중국 시인) 바람이 분다.

바다를 바라보라, 꽃피는 봄이 왔다面朝大海, 出暖花開.

많은 청년의 마음을 흔들어놓은 이 시구는 이제 관광 명소나 바다 부근 건물에 세워진 광고 문구로 등장하면서, 사람들의 마음을 설레게 하는 표현이 되었다.

중국은 예전부터 시적 정취를 물씬 드러내는 나라요, 세계였다. 수천 년 전, 사람들은 이렇게 노래했다.

關關雎鳩, 在河之洲, 在河之洲, 君子好逑관관저구, 재하지주, 재하지주, 군자호구

구룩구룩 물수리는 황허의 섬 가에서 우네.

아리따운 아가씨는 군자의 좋은 짝이로다.

_중국 한시 '관저'의 한 구절

시는 곧 노래이자 삶이었다. 특별한 영감은 필요치 않았다. 흥이 올라 생생하게 읊으면 시와 노래가 되었다. 그러나 오늘날 사람들은 더 편리한 생활방식과 표현방식을 찾아냈고, 빠른 성장을 추구하면서 아름다움보다는 성공을 추구하는 데 초점을 맞추게 되었다. 이리저리 고민하며 머리를 써보아도, 이제는 시적 정취 근처에도 다가가기 힘들어졌다.

그뿐만이 아니다. 시에 심취한 사람은 현대 사회와 어울리지 않는 부류로 낙인찍힌다. 여자들은 맞선자리에서 시를 낭송하는 남자를 이야기가 통하지 않는 구닥다리 괴짜로 단정한다. 아름다움과 선함에 대한 기준은 물질적으로 변했다. '바다를 바라보라'고 하면 마음속 바다와 꽃피는 봄을 떠올리는 게 아니라 비행기 티켓과 휴가, 그리고 바닷가 펜션을 떠올리듯이 말이다.

그렇다면 시는 이대로 사라지는 것일까? 순풍에 돛단배처럼 무슨 일이든 술술 풀리는 잘나가는 인생을 살다가도 어려운 상황에 처할 때가 있다. 그때, 뜻대로 되지 않는 혼란스러운 상황 앞에서 마음에 숨겨진 아름다운 시정詩情이 드러난다.

신은 참으로 오묘한 지혜로 인간을 창조한 것이 틀림없다. 눈물을 먹은 후 꽃이 피고, 시련을 견디면서 땅이 굳어진다. 정예부대는 깊은 골짜기에서 나오고, 세찬 파도는 결국 넓은 바다를 향한다.

아마도, 그런 이유로 영화 〈시詩〉가 개봉되었을 때 한국 영화계가 놀라움으로 들썩였을 것이다. 고통과 시상이 충돌하고 시와 구원이 하나가 될 때, 그 고귀한 영혼은 봄날의 아름다운 노랫가락 속에 머무른다.

홀로 외손자를 키우며 생활하는 주인공은 손자가 저지른 잘못을 수습하기 위해 거액을 마련하여 피해자 어머니에게 전달한다. 막다른 길 같은 삶이지만, 그녀는 매주 깔끔하게 차려입고 우아하게 시 수업을 들으러 간다. 영감이 떠오르는 순간을 놓치지 않기 위해 손에는 늘 작은 수첩을 들고 다닌다. 나무 아래든, 비가 오든, 논밭을 거닐든, 그녀는 만나는 사람마다 환하게 웃으며 말했다.

"저는 어려서부터 꽃을 좋아해서요. 저 꽃들의 꽃말이 뭔지 아세요? 저는 요즘 매주 시 수업을 들으러 간답니다."

이 세상과 생활고 앞에 고개를 숙일 수밖에 없는, 노인성 치매 진단을 받은 주인공은 평생 마음에 담아두었던 고통을 시로 표현한다. 아름다움에 대하여 평생 간직해온 경건한 마음을 시에 헌상한다. 시에서 구원을 찾은 그녀는 자신과 걸맞지 않은 선택을 감수하며 온몸으로 손자의 인생을 구한다.

자신의 힘으로는 이미 죽은 소녀를 되살릴 수 없고, 손자의 마비된 양심도 구원할 수 없다는 것을 주인공이 몰랐을까? 원치 않는 일을 할 수밖에 없고 가기 싫은 길도 가야 하는 것이 인생이기에, 누구도 피할 수 없는 고통이다.

그래서 그녀는 시를 배우기 시작한다. 그리고 처음이자 마지막일 수 있는 자신의 작품을 완성한다.

그곳은 어떤가요
얼마나 적막하나요
저녁이면 여전히 노을이 지고
숲으로 가는 새들의 노랫소리가 들리나요
차마 부치지 못한 편지 당신이 받아볼 수 있나요
하지 못한 고백 전할 수 있나요
시간은 흐르고 장미는 시들까요

이제 작별을 할 시간
머물고 가는 바람처럼 그림자처럼
오지 않던 약속도 끝내 비밀이었던 사랑도
서러운 내 발목에 입 맞추는 풀잎 하나
나를 따라온 작은 발자국에게도
작별을 할 시간

문학 강좌에서 그녀 혼자만이 작품을 완성하고 스승에게 꽃을 선사한다. 그녀는 짧은 여생을 마치 시처럼 따뜻하고 향기롭게 살았다. 그녀는 점차 자신의 모든 것을 잊어가지만, 시 같은 그녀의 마음만은 남아 세상을 향해 나직이 말한다. "안녕"이라고…….

이 영화는 고통스러운 삶을 이야기하지만, 동시에 어떻게 하면 그 고통으로부터 벗어나 종지부를 찍을 수 있는지 보여준다.

진심 어린 시상은 아름다운 풍경을 마음으로 마주한 망망대해가 되게 하고, 감내하는 고통을 꽃 피는 봄으로 만든다. 시와 노래가 없는 나라는 문화도 영혼도 메말라버린 사막에 불과하다. 마음속에 시 하나 품지 못한 사람은 세상에 두 손 들고 항복한 것이며, 고통의 심연을 향해 걸어가기 시작한 것이다.

함께할 때,
부족함도 완벽해진다

여자에게 동성 친구가 필요한 이유는 무엇일까? 단순히 함께 수다를 떨며 외로움을 달랠 누군가가 있어야 해서일까?

여자의 우정을 다룬 영화는 미국의 〈섹스 앤 더 시티Sex and the City〉, 타이완 영화 〈여탕女湯〉 등등이 있다. 중국에서도 유사한 소재를 다룬 영화가 있었는데 주인공 직업이며 여러 설정이 〈섹스 앤 더 시티〉와 엄청 유사했다. 예쁜 외모의 작가, 워커홀릭, 온순하고 보수적인 여성, 그리고 자유와 방탕을 즐기는 친구 등 네 명의 '찰떡궁합'들은 매 회 옴니버스식으로 이야기를 이어갔다.

남편이 바람을 피운다거나, 몇 년 동안 유부남과 이어온 불륜관계가 결국 허무하게 끝났다거나, 시집 못 간 노처녀 이야기, 오래 교제한 남자 친구가 알고 보니 남자를 좋아하고 있다거나……. 이런 내용은 그야말로 드라마에서나 등장할 법한, 말도 안 되는 이야기들이다. 그러나 자신은 절대 이런 이야기의 주인공이 되지 않으리라 누가 확신할 수 있겠는가?

달라도 너무 다른 네 명의 여자가 함께할 때, 그들은 어떤 어려움이든 이겨낼 수 있을 것만 같다. 아마도 그들의 마음에는 다른 생각들이 존재할 것이다. 보수적 성격 때문에 어려움을 겪을 때면 자유로운 영혼이 되고 싶다, 너무 자유로운 생활 때문에 고독을 느낄 때면 따뜻하고 평범한 일상이 부럽다, 어디로 가야 할지 몰라 방황할 때면 카리스마 있는 누군가가 자신을 이끌어주었으면 좋겠다 등등…….

모든 것이 자기 뜻대로 돌아갈 때면 도리어 안정적인 경계 안으로 들어가고 싶은 마음이 들지 않던가? 여자들은 새로운 누군가가 되고 싶어 한다. 완전히 다른 인물로 변하고 싶을 때가 있다. 바로 이때가 자신과는 완전히 다른 성향의 친구들이 등장할 타이밍이다.

남자들은 별 의미 없는 주제를 가지고 열을 내며 대화를 나누는 여자들을 이해하지 못한다. 사실, 그녀들이 빠져 있는 이야기의 주제는 중요하지 않다. 중요한 것은 바로 평소 자신의 모습에서 벗어나 또 다른 자신이 되고 싶어 하는 심리이다. 평소 가사와 육아에 갇혀 지내는 여자가 딴사람이 된 것처럼 킬힐을 신고 쇼핑센터로 돌진하듯이 말이다.

저 높은 정상을 향해서 성큼성큼 앞으로 향하는 남자들의 모습을 바라보면서 여자들이 할 수 있는 일이란, 낡은 상념을 끊어내고 자신의 내면 기준을 끊임없이 낮추는 것이다. 그렇게 생겨난 큰 간극을 어떻게 메울 것인가? 그녀들은 위와 같은 사고 전환을 통해서만 질투, 잔혹, 불공평, 원망을 떨칠 돌파구를 찾아낼 수 있다.

그녀들은 상대방의 생활방식을 통해 그 영역에 대한 해방감을 맛본다. 본인에게는 없는 상대방의 완벽한 부분을 통해 일종의 위로를 얻기도 한다. 그리고 상대방의 부족한 모습을 통해 감사와 만족을 배운다. 우리 모두의 마음에는 결핍이 있기에 삶은 완벽하지 못하다. 그러나 우리가 함께일 때, 부족함 가운데서 완벽함을 볼 수 있다.

여자들은 자신과는 다른 여자들의 모습을 통해 각자의 아픔을 경험하면서 가장 알맞은 결론을 내린다. 보수적인 자아는 그녀들과 함께 광란의 시간을 보내고, 고독한 자아는 그녀들과 함께 이야기를 나누며, 예민한 자아는 그녀들과 함께 내려놓음을 배우고, 강인한 자아는 그녀들과 함께 가장 여성스러운 면모를 내보인다. 뜻대로 되지 않는 현실 속에서 이렇게나마 부족한 부분들을 조금씩 채워가는 것이다.

〈여탕〉의 마지막 장면에서 톈신天心과 진쑤메이金素梅는 목욕탕 안에서 웃고 농담하면서 누구에게도 꺼내지 못했던 슬픈 비밀들을 털어놓는다. 어제의 고통을 그렇게 씻어내고 나니 이제 새롭게 태어난 듯 상쾌하다. 이 세상에 여자들의 우정을 모르는 여자가 있다면, 그녀의 세상이 얼마나 끔찍할지 상상하기도 힘들다.

인생은 마치 판도라의 상자와 같다. 일단 욕망의 상자를 열어놓고 마음을 지키지 못하면 원망과 분노가 그 틈으로 파고들 것이다.

당신의 친구들, 바로 그녀들이 당신의 마음을 지켜주는 수호천사다. 물론 남자의 우정도 마찬가지리라.

자신만의
치유법 찾기

연휴 기간이 되면 휴가와 관련한 영화가 생각난다. 예를 들면 전형적인 할리우드 영화 〈로맨틱 홀리데이The Holiday〉처럼 말이다.

LA에 사는 아만다는 부족한 것 하나 없는 능력자이지만 연애에는 젬병이다. 런던 근교에 사는 아이리스는 옛 연인과의 지지부진한 관계로 마음고생을 한 연약한 심성의 작가다. 그녀들은 지긋지긋한 과거를 청산하고 주변으로부터 도피하고만 싶어 한다. 결국 서로 알게 된 지 24시간 만에 그들은 서로의 집을 바꿔서 생활하기로 하고 실행에 옮긴다.

아만다는 따뜻한 LA에서 눈 덮인 영국 작은 마을로 이동한다. 한밤중에 문 두드리는 소리에 나가보니 이상형의 남자가 서 있다. 술 취한 이 영국 남자, 바로 하늘이 보내준 크리스마스 선물이었다.

아이리스는 작은 마을에서 벗어나 호화로운 저택으로 이동한다. 초인

종이 울려 나가보니, 잘 빠진 스포츠카 안에 뛰어난 재능을 가진 작곡가가 기다리고 있다. 이제 그녀에게도 행복의 기운이 흐르기 시작했다.

평범한 여자들의 사랑 이야기를 담은 아주 전형적인 로맨틱 영화다. 그들은 키스를 하고 사랑을 나눈다. 눈물도 흘리고, 서로를 향해 달려가며, 약속을 지키고, 결국에는 해피엔딩으로 끝을 맺는, 보는 이의 기분을 좋게 만드는 영화다.

이슬을 머금어본 장미가 향기롭듯이, 사람은 누구나 자신만의 치유법이 필요하다. 드라마로도 치유가 가능하다. 자정 무렵 홀로 음료수를 마시며 〈귀여운 여인Pretty Woman〉 같은 영화를 본다. 다른 사람의 사랑 이야기에 눈물을 흘리면서 "내일은 더 나은 하루가 될 거야"라고 스스로를 위로한다. 컴퓨터 하드디스크에는 〈섹스 앤 더 시티〉 시즌1에서 6이 몇 년째 자리를 잡고 있다. 머리를 쓰지 않고 쉽게 울고 웃을 수 있는 영화들도 많이 저장되어 있다.

이런 치유법은 너무 착한 심성 때문에 다른 사람을 귀찮게 하기 어려워하는 사람들에게 적합하다. 남의 마음을 잘 이해하고 순해빠진 그녀들은 잠 못 들 정도로 괴로워도 침대에 누워 혼자 속으로 삭일 뿐이다. 카드 한도가 초과될까 봐 함부로 물건을 지르지도 못한다. 혹시 크게 실수라도 할까 봐 술친구를 청하지도 못한다. 그래서 그녀들의 인생에는 큰 실수가 없지만, 마찬가지로 멋진 순간은 더더욱 없다. 우연한 만남, 운명적 인연을 꿈꾸지만 모든 기회를 스스로 차단해버리기 때문에 그런 행운이 다가오지도 않는다. 천우신조로 막상 그 순간과 맞닥뜨려도 용기를 내지 못한다.

도시에는 사연이 많은 여자도 많고, 지루하기 짝이 없는 인생을 사는 여자도 많다. 재앙이라고 느낄 만큼 위기의 나이가 되면 전자는 온갖 수단과 방법을 동원해서 어떻게든 대책을 마련한다. 그러나 후자는 조용히 슬픔을 삭이고 참기만 할 뿐, 달리 대처하지 않는다.

자신이 하지 않으면 아무리 대단한 누구도, 아무리 좋은 무엇도 상황을 해결해주지 못한다. 결국 자신이 만들어놓은 새장 속에 갇혀 빠져나오지 못한다. 소위 아름다운 세상이라는 것은 동화 속에나 등장하는 속임수일 뿐이라고 굳게 믿는다.

어떠한 방법으로 치유하는가에 따라 내면의 성숙도를 가늠할 수 있다.

강인한 사람은 치유가 필요 없는 이가 아니다. 마음의 쓴 뿌리를 안정적이고 든든한 치유법으로 해결하는 방법을 아는 사람이야말로 진정한 고수다.

혹자는 낙관론자와 비관론자는 선천적으로 정해진다고 하지만, 사실 후천적으로 결정되는 경우가 많다. 예를 들어 남을 사랑하는 법, 자신을 사랑하는 법, 상처를 치유하는 법, 삶을 잘 사는 법이 그렇다. "난 원래 이런 사람이야"라는 말로 변명하는 사람은 나약해서 그렇다. 그리고 나약함은 모든 행복을 물리치는 근본 원인이다.

어느 날, 당신에게 무슨 일이 생겼는데 돈도 없고 해결책도 없는 데다 그저 놀란 마음에 식은땀만 나는 상황이 온다면 얼마나 비참하겠는가. 가장 나약한 사람은 갈 곳도 없고, 피할 곳도 없으며, 말할 사람도 없는 이들이다. 그 순간의 고독은 사람을 세상 누구보다 쓸쓸하게 만든다.

그러니 힘들다고 해서 집에 틀어박혀 하루 종일 울며 미친 듯이 정크

푸드만 먹고 내내 드라마만 보면서 해결하려 들지 마라. 슬프고 아픈데 괜히 소리도 내지 않고 억울하게 속으로만 삭이면, 나에게도 미안한 노릇이고 고통 또한 제대로 해소되지 못한다.

누군가의 포옹이나 키스가 없어도 괜찮다. 적어도 당신에게는 짐을 꾸려 여행을 떠날 두 손과 두 발이 있지 않은가. 마음과 동행하는 여행을 떠나 여자로서 후회 없이 살아보라. 어쩌면 자신에게 가장 적합한 치유법을 찾을 수 있을지도 모른다. 당신이 원하기만 한다면 말이다.

끝까지
사랑하는 방법

무더운 날씨 속에 점차 서늘한 가을 기운이 흘러 들어오면서 '신혼인법'에 대한 논쟁 역시 점점 사람들의 관심에서 멀어지고 있다. 폭풍처럼 몰아치던 비난의 여파가 잦아들었을 때, 평정을 유지하고 옳고 그름을 생각할 수 있는 사람이 얼마나 많을지 모르겠다.

사람들을 쉽게 동요하게 만드는 민감한 영역인 집과 결혼은 언제부터 그렇게 원수지간처럼 얽히게 된 것일까.

내가 아는 한 여성은 내 기준으로 보았을 때 지금껏 한 번도 진정한 연애를 한 적이 없다. 그녀는 누군가의 부담이 되고 싶지 않았기 때문에 쇼핑도 잘 하지 않고 자신을 꾸미는 데 투자하지도 않으며 그저 악착같이 돈을 벌었다. 왜 그렇게 열심히 돈을 버냐고 물었을 때 그녀는 이렇게 답했다.

"집과 차를 마련할 능력이 없는 사람을 사랑하게 되면 어쩌나 싶어서요."

순진한 태도로 연애에 접근하는 이들은 사랑과 결혼을 잘 모른다. 게다가 하루아침에 감정 문제에 관해 전문가의 도움이 필요할 정도로 혼란을 느끼는 사람이 많아졌다. 그들이 사랑하는 법을 잊어서가 아니라, 세상이 채워놓은 족쇄에서 벗어나지 못하기 때문이다.

영화 〈끝까지 사랑하기將愛情進行到底〉에서 감독이 삽입한 평범한 사람들의 이야기는 정말 감동적이었다. 세상의 기준과 사랑 사이에서 균형을 잡을 용기를 갖춘 사람만이 끝까지 사랑을 지켜낼 수 있다. 이것이 바로 이 시대의 사랑이다.

많은 사람이 감정보다 현실이 앞서는 상황을 비극이라고 생각한다. 하지만 나는 오히려 이에 대해 긍정적이다. 어찌 되었든 사회가 전반적으로 부富에 끌려가는 이 시대에 아직도 현실에 굴복하지 않고 자신의 감정을 지키려는 사람이 많다는 의미이기 때문이다.

많은 사람이 과거에는 진짜 사랑해서 결혼했다고, 집이며 차며 조건을 따지지 않았다고 말한다. 그것은 그 시대니까 가능했다. 그때는 반드시 집을 마련하지 않아도 되었고 차를 타고 다닐 필요도 없었다. 즉, 부모님 세대의 결혼관을 잘 생각해보면 그때는 또 그만큼 현실적이었다. 그러니 시간이 흘러 지금에 와서 부부간에 서로 등을 돌리고 어려워하는 것을 나쁘다고만 해서는 안 된다. 우리가 나빠진 것이 아니다. 끝까지 사랑을 지키려는 사람들에게 사회가 너무 많은 압박을 가하고 있는 것이다.

내 주변에는 집을 마련하지 않고 결혼한 친구들이 많다. 또 인생을 바꾸기 위해 자신의 몫을 다 내려놓고 새로 시작한 사람도 많다. 시끄럽게 떠들어대는 언론에서 벗어나 결혼을 생각해보면, 사실 결혼 문제가 그렇게 심각한 것 같지는 않다. 그저 미디어가 우리를 겁쟁이로 만들었을 뿐이다. 그래서 미리 굴복할 준비를 하거나 이미 굴복하기로 결정해버린 것이다. 텔레비전의 커플 매칭 프로그램에 나온 여자들이 남자의 키, 직업, 성격, 조건을 따지고 있을 때, 한때는 높은 뜻과 이상을 품었던 남자들이 집을 마련하기 위해 자아를 내려놓아야 하는 그때, 신혼인법이 여자를 취약 계층으로 내몰고 있다며 많은 여자가 펄펄 뛰며 욕했다. 겉으로는 당당하고 기고만장해 보이는 남자들은 도리어 현실에 제대로 맞설 용기가 없었다. 그들은 그저 이번 기회에 무거운 부담을 덜어내고 책임감에서 잠시 벗어나고 싶어 했다.

난리통에 별의별 일이 많이 생겼다. 예전에는 '삼불三不' 원칙이 있었다. 먼저 나서지 않고, 거절하지 않고, 책임지지 않는다는 의미였다. 그러나 이제는 생리적 욕구만을 추구할 뿐 많은 사람을 만나는 것조차 낭비라 여기며 차라리 서로에 대해 잘 모르는 상태를 더 좋게 여긴다.

사실, 사랑과 결혼은 마치 시대라는 나무를 타고 올라가는 덩굴 같다. 당신이 약하면 사랑과 결혼도 약해서 작은 바람에도 모두 날아간다. 그러나 당신이 강하면 사랑과 결혼도 강해져서 비가 오고 바람이 불어도 절대 흔들리지 않는다. 사실은 나무는 다 똑같다. 단지 많은 사람이 나무만 보고 덩굴을 보지 않으면서, 나무에 들러붙어야만 생존할 수 있으리라 착각할 뿐이다. 그리고 자신 역시 뿌리와 생명력을 가진 하나의 등나무임을 잊고 만다.

어쨌든 모든 인생은 끝이 있다. 짧은 인생을 허비하지 말고, 자유롭게 사랑하라.

원하는 사람과 필요한 사람이 달라서 비롯된 고통

쌀쌀한 날씨가 계속 기승을 부린 탓에 이번 봄은 유난히 늦게 시작됐다. 어쨌든 자연의 법칙에 따라 봄이 왔다. 봄은 나뭇가지에 새싹이 돋아나게 했고, 살랑이며 다가온 봄에 사람들의 마음도 함께 두근거린다.

밸런타인데이가 있던 그 주간에 친구가 실연을 당했다. 사랑이라는 감정이 연애로 이어지지 않는다면 인연이라 부를 수 없겠지만, 누군가에게는 실연 자체도 인연이 될 수 있다. 잘못된 사랑을 통해 진정한 자아를 찾을 수 있고, 자신이 바라던 사람과 필요한 사람이 다름을 인정하게 되기 때문이다.

실연당한 이 친구는 밸런타인데이 당일에 두근거리는 마음을 안고 몇십 킬로미터 떨어진 도시로 향했다. 친구는 미래의 시어머니를 만나기 위해 불안해하면서 기다리고 있었다. 그런데 생각지도 못한 일이 벌어졌

다. 시어머니를 뵙기는커녕 함께 그곳으로 향했던 그 사람마저 사라진 것이다.

친구는 새벽 네 시가 될 때까지 낯선 도시의 거리를 정신없이 헤매다가 눈물을 쏟으며 돌아왔다.

두 사람이 함께일 때 그녀가 물었다.

"정말 나랑 결혼할 거야?"

그가 답했다.

"내가 너 아니면 누구랑 결혼해? 나 아니면 누구한테 시집갈 생각이야?"

정말 여자를 잘 다루는 남자였다. 그녀는 입에 발린 말일 거라고 생각하면서도 그의 말을 마음에 담아두었다. 그런데 눈 깜짝할 사이에 그 사람이 사라진 것이다. 분명 서로 맞지 않는다는 걸 알면서도, 그녀는 달콤한 꿈에서 깨어나고 싶지 않았다. 누구보다도 그 사실을 잘 알고 있었지만, 너무 손에 넣고 싶어서 망설이다가 결국 속만 시끄러워지고 생각을 어지럽히고 만 것이다.

이런 여자들은 결혼이 아닌 연애를 꿈꾸는 것이다.

요즘 결혼 적령기 여자들은 결혼하기 위해 무던히 애를 쓰지만, 바라는 것은 많고 포기는 못해서 힘들어한다. 별다른 이유가 있는 것이 아니다. 연애 기간이 너무 짧았다거나, 자유롭게 연애도 못해봤고, 마음껏 응석을 부려본 적이 없다는 것이 그 이유다. 이렇게 이리저리 재고 따지면서 어떻게 사랑을 이야기할 수 있겠는가?

어느 숲 속 구석에 한 선녀가 괘종시계 몇 쌍을 지키고 있었다. 그것은 바로 연인들의 시계였다. 그런데 짝을 이룬 시계들 중 서로 시간 차이가 나는 경우가 많았다. 심지어 되돌릴 수 없을 정도로 심각하게 뒤틀린 것들도 많았다.

왜 매일 함께 시간을 보내는 연인들이 같은 시간대에 머무르지 못하는 것일까? 선녀가 말했다.

"몸은 함께해도 마음의 시간이 서로 다르게 흐르기 때문이랍니다. 만약 모든 연인의 마음이 같은 시간에 머무를 수 있다면, 이 세상에 사랑 때문에 상처받는 사람이 그렇게 많을 리가 없지요."

서로 다르게 흐르는 시간 속에 머문다면 아무리 서로를 사랑한다 해도 결국은 고통스럽다. 내 마음은 UTC+8 시간대, 중국 남부에서 1년 내내 드높은 하늘을 바라보며 그곳에 펼쳐지는 따뜻한 봄 햇살을 맞으며 지낸다. 그런데 당신의 마음은 표준시, 잿빛 도시 런던, 맑은 날씨가 언제 흐려질지 종잡을 수 없는 곳에 머무르고 있다.

당신이 나에게 묻는다.

"네 꿈은 아직도 여전하니?"

나의 꿈은 여전하다. 단지 그 꿈이 다른 시간대로 옮겨졌을 뿐이다. 이제 나는 예전 그곳에서 당신을 기다리지 않는다. 당신이 포기하기로 결정한 그 순간부터 우리는 점점 멀어졌고, 세상은 그대로인데 우리는 변해갔다. 지금의 내가 바라는 것을 당신은 알 수 없을 테니, 당연히 내가 바라는 것을 줄 수도 없을 것이다.

그래서 행복한 여주인공은 항상 잘 알고 있다. 누가 자기와 같은 시간대에 머무르고 있는지, 누가 자기가 필요로 하는 남자인지, 누가 진정 자기의 꿈을 완성시켜줄 남자인지를 말이다.

그리고 불행한 여주인공은 주로 자신과 다른 시간대에 머무르는 남자를 택한다. 그들은 영원히 같은 시간대에서 살지 못하고, 각자 하고 싶은 말을 하며 각자의 행보를 보인다. 남자는 그녀가 마음으로 간절히 원하는 것이 무엇인지 영원히 알 수 없다.

자신이 무엇을 바라는지, 어디에 머무르고 있는지를 분명히 알아야 한숨이 멎는다. 자신이 원하는 바는 누가 대신 답해줄 수 있는 문제가 아니기 때문이다.

고상하고 여유롭게 살고 싶다면서 진흙탕 싸움을 무서워해서는 안 된다. 근검절약하면서 정작 화려한 삶을 살지 못한 것을 안타까워해서는 안 된다. 지금과 다른 결론을 원한다면 다시 태어나는 수밖에 없다.

소원하는 것과 필요를 모두 만족시키는 것이야말로 가장 멋진 인생이다. 그러나 대부분 결국 둘 중 하나만을 선택해야 하는데, 이때야말로 가장 지혜가 필요한 순간이다.

연애를 통해 보는 인생관

구랑위鼓浪嶼 해변의 작은 호텔에서 새벽 공기를 모닝콜 삼아 아침을 맞았다.

어젯밤의 일이다. 다 같이 저녁 식사를 하려는데 일행 중 솔로인 한 남자가 갑자기 외출을 하겠다고 했다. 우리는 물었다.

"어디로 가는데요?"

그가 답했다.

"방금 액세서리를 산 그 작은 상점에서 우연히 미녀를 만났어요. 그녀가 아직 돌아갈 배를 타지 않고 구랑위에서 절 기다리고 있거든요."

입이 떡 벌어질 일이었다. 아까 우리 여자 둘이서 친구들에게 줄 선물을 고르느라 바쁠 때 다른 남자 두 명은 지루함을 참으며 옆에서 기다리고 있다고만 생각했다. 그런데 그가 이런 만남을 가졌을 줄이야!

일행 중 한 여자는 이런 무책임한 만남을 자신은 도무지 받아들일 수 없다고 했다. 만에 하나 이상한 사람을 만나면, 만일 결과가 안 좋으면, 혹시 상대가 돈이 없어서 내가 돈을 내야 하면 어떻게 하냐는 것이다. 또 위험할 수도 있지 않느냐고 했다.

그녀의 말에 우리는 모두 웃었다. 생각이 너무 많은 사람은 이런 우연한 만남이 어차피 불가능하며, 이런 상황을 이해할 수도 없기 때문이다.

사람들은 말로는 "운명적인 만남을 원해!"라고 한다. 그러나 사실 이런 만남에 적합한 세상이 아니다. 주변 풍경이나 분위기는 충분히 훌륭하지만, 원칙에 매여 사는 사람이 많기 때문에 수많은 아름다운 단어가 부정적으로 변질된다.

운명적 사랑은 사전에 계획하지 않고 미리 준비하지도 않은 상태에서 이루어지는 아름다운 경험이다. 오랫동안 마음 가는 대로 살지 못한 도시인들이 내면의 영감에 자유를 줄 수 있는 기회이기도 하다. 이 기회가 반드시 목숨을 거는 사랑으로 이어지는 것은 아니다. 대단한 결실이나 진정한 사랑을 추구하는 것이 아니기에 실수를 범할 수도 있다. 그러나 용기를 내어 마음의 문을 연 사람만이 모험을 감행할 때 얻는 쾌감을 맛볼 수 있다. 굳이 마음을 둔하게 마비시킬 필요는 없지 않은가.

현대인은 너무 세속적인 삶을 살고 있다. 그들은 삶을 포용할 유연한 태도를 가지고 있으면서도 자기 자신에 의한 굴레에 갇힌다. 고집스럽게 변해 새로운 것을 쉽게 수용하지 못하게 되어버린다.

늙음의 표지는 성숙하고 진중하며 과묵해지는 것이 아니다. 도전을 시도하지 않고 낯선 상황을 거부하는 것, 이것이 바로 늙어간다는 표지다.

모퉁이를 지나면 사랑이 기다릴 것이라는 말도 믿지 않고, 눈 깜짝할 사이에 사랑에 빠질 수 있다는 것도 믿지 않는다. 심지어 부적합하고 원칙에 어긋난다는 이유로 자신도 모르는 사이에 새로운 것을 향한 열정을 가로막는다.

그럴 수도 있다. 너무 많은 일을 겪고 나면 마음도 쉽게 지치기 때문이다. 하지만 많은 사람이 한 번도 제대로 된 사랑을 해본 적이 없으면서 마음의 문을 닫고 그 앞을 굳건히 지키며 진심을 간직한 누군가가 나타나 문을 두드려주기만을 기다렸다. 이들은 자기 자신이 문을 닫아버렸다는 것, 진심을 다해 삶을 살지 않았기 때문에 인생의 무수한 아름다움을 놓쳐버렸다는 것을 몰랐다.

한 친구는 예전에 이렇게 말했다.

"삶은 여행이야. 그래서 경험이 중요하지. 코너를 돌 때마다 새로운 풍경이 우릴 기다리고 있기 때문에 인생은 헛되지 않은 거야."

중년의 나이에 안정된 의사생활을 접고 낯선 곳에서 창업을 준비한 사람이 있었다. 위기의 순간도 많았지만 그는 후회하지 않았다. 예전에 함께 창업하려던 이는 정작 결정의 순간에 머뭇거렸다. 현재의 평안한 삶을 내려놓기가 힘들었던 것이다. 그는 누구나 자기 마음의 결정에 따르는 것이므로, 그 사람을 이해할 수 있다고 말했다.

사람은 각자 다른 길을 걷는다. 누군가는 힘든 길이 지나면 분명 넓고 좋은 길이 있어야 한다고 생각하는 한편, 누군가는 그런 기대를 걸어본 적이 없다. 어쩌면 후자가 너무 각박하게 산다고 생각할지 모른다. 왜 자신을 괴롭히며 소중한 인생을 불안하게 보낼까?

사실, 답은 단순하다. 인생은 짧기에 매 순간을 다채롭게 보내야만 의미가 있기 때문이다. 최선을 다해 노력해도 볼 수 있는 세상은 전체에서 만분의 일도 안 되기 때문이다. 평온한 척 위선을 떨지 않고 진정한 미소를 지을 수 있기 때문이다.

다양한 인생 경험을 해본 사람만이 정말로 슬퍼해야 할 일은 그리 많지 않음을 안다. 왜 그리도 상처받는 것이 두려울까? 왜 모퉁이를 돌아도 사랑은 오지 않을까? 왜 자신의 인생에 회의가 드는 것일까? 신이 당신에게 무관심해서가 아니다. 당신은 자신이 너무 많은 것을 바란다는 사실을 모르고 있다. 어떻게 그 많은 행운이 한 사람에게만 몰릴 수 있겠는가?

고집스러우면서도 단순한 성격의 한 친구가 왜 세상 물정에 눈을 떠야 하며, 왜 여러 문제에 대한 해답을 굳이 알아야 하는지 나에게 물었다. 그녀는 인생을 설렁설렁 보내도 괜찮다고 생각했다. 나는 그녀에게 말했다.

"언젠가는 결국 부딪쳐야 하는 문제들이잖아. 굳이 힘들게 도망 다닐 필요가 있을까? 매도 먼저 맞는 게 낫다고, 기회를 놓치고 나서 울고불고 하지 마. 인생은 마치 서핑과 비슷해. 거센 바람과 파도를 겪은 후에야 그 파도를 타고 갈 수 있지. 자꾸 피하기만 한다면, 거친 파도에 덮이고 말 거야."

도시에 사는 수많은 여자의 얼굴에 더 이상 밝은 빛이 보이지 않는다. 그녀들은 누군가 자신들에게 어떻게 하면 사랑을 찾을 수 있는지 알려주기를 기대한다. 그러나 정말 사랑을 하고 싶다면 우선 사랑이 당신을 찾아내게 만들어라.

당신은 모래처럼 많은 사람 속에서도 반짝반짝 빛나는 존재인가? 여기서 말하는 빛은 아름다운 외모나 섹시함과는 무관한 것으로 일종의 향기이면서 신호이다. 마치 꽃이 피면 봄이 온 것을 알 수 있듯이 말이다. 만약 당신이라는 씨앗이 그저 땅속에 묻힌 채 움트지도 못하고 있다면, 어떻게 봄이 올 수 있겠는가?

만약 당신이 더 이상 운명적인 만남도 믿지 않으면서 세속적인 연애 법칙도 받아들이지 못하는 여자라면, 이것은 이래서 안 되고 저것은 저래서 안 된다고 따지고 있다면, 당신의 삶은 계속 미완성으로 남을 것이다.

하룻밤 사이에 누에고치에서 나비로

한 여인의 성장은 때로는 하룻밤 사이에 이루어진다.

바로 오늘 아침이었다. 내가 아직 달콤한 잠에 빠져 있는 그 시간에 친구 완즈가 딸을 낳았다. 친구들 중 가장 어린아이 같았던 그녀가 제일 먼저 엄마가 되었다. 마치 한바탕 꿈을 꾼 것만 같다.

대학 시절 량징루梁靜茹(중화권 인기 여가수)가 하룻밤 사이에 자란다는 의미의 '일야장대一夜長大'라는 노래를 불렀다. 그해 어느 비 내리던 밤, 깊었던 내 사랑이 내리는 비와 함께 흘러가버렸다. 실연은 하룻밤 사이에 소녀였던 나를 어른으로 자라게 했다.

고통은 우리를 가장 빨리 성장하게 한다. 실연을 겪어본 적 없는 사람이 내려놓음과 아끼는 마음의 의미를 알 리 없다.

3년 전, 완즈는 한 남자 때문에 밤새 뒤척이며 잠을 이루지 못했다. 그녀는 그에게 많은 것을 주었지만 남자는 어떤 진심도 보여주지 않았다. 남자가 새 애인을 사귀는 동안 완즈는 왜 자신은 그의 애인이 될 수 없는지 이해할 수 없었다. 그녀는 온 마음을 다해 그를 사랑했다. 그렇게 고통스러워하며 눈물을 흘리고 난 후에는 심지어 현재 생활을 다 포기하고 그의 곁으로 가서 조그만 희망이라도 있을까 살펴보려고 했다.

그러나 실망에 실망을 거듭하던 그녀는 결국 깨달았다. 그는 처음부터 자신과 다른 세상에 있었음을, 또한 자신은 그의 선택을 영원히 이해할 수 없을 것임을. 그 남자 또한 알고 있었다. 자신은 그녀에게 상처만 줄 뿐이며, 두 사람이 함께하지 않는 것이야말로 그녀를 위한 최선의 선택임을 말이다.

이후 완즈는 훌쩍 어른이 되었다. 어린아이처럼 제멋대로 굴거나 성질을 내지 않았고, 더 이상 현실로부터 도피하지 않았다. 그리고 소중하게 여긴다는 것이 무엇인지 깨달았다.

그 후 그녀는 사람들의 이야기에 귀를 기울이고 진심어린 충고를 건네는 멘토로 활동하게 되었다. 지금의 남편을 만난 것은 그 무렵이었다. 그는 예전의 그녀처럼 감정에 빠져 허우적대고 있었다. 그를 통해 과거의 자신을 본 그녀는 아무것도 따지지 않고 그를 도왔고, 결국 두 사람은 가정을 이루었다.

다들 불안감을 안고 사는 이 도시에서 그녀는 오직 사랑 하나만 믿고 집도 없는 그와 결혼했다. 그녀는 어머니에게 결혼을 인정받고 축복받기 위해 끝까지 노력했고, 결국 원하는 바를 이루었다. 그녀보다 더 똑똑한 여자들도 절대 해낼 수 없는 일을 그녀가 해낸 것이다.

시간이 흘렀지만 두 사람은 여전히 자기 집을 마련하지 못했다. 오직 사랑 하나로 가정을 이룬 두 사람은 덜컥 임신을 하게 되었다. 입덧은 상당했다. 완즈는 울기도 했고, 두 사람 사이에 다툼도 있었다. 그러나 둘 중 누구도 이 사랑을 포기할 마음은 없었다.

이것이 바로 도시 곳곳에 존재하는 사랑 이야기다. 평범한 사람들의 평범한 인생이다. 이들은 어쩔 수 없이 타협하고 인내해야 할 때도 있고, 더 나은 기회나 선택지가 없는 상황에서도 최소한의 기준과 존엄을 포기하지 않는다. 가능한 것을 선택한 후 그 하나를 끝까지 고수한 이유는 바로 곁에 있는 사람을 위해서이다. 그 사람을 위해 노력하는 것이다.

미디어에서 '빵과 사랑 둘 다를 얻을 수는 없는가'를 놓고 열렬히 토론하지만, 대부분의 사람은 이런 문제를 고민할 여유 없이 살아간다. 그들은 이미 인생을 어떻게 살지 선택했기에 최악의 상황에 대비하며 최고의 결과를 기대할 뿐이다.

나는 이같이 묵묵히 살아가는 사람들의 모습을 많이 봤다. 당신은 이런 질문을 던질 수 있을 것이다.

'어떻게 그렇게 용감할 수 있을까? 그들이 사랑을 종교처럼 믿기 때문일까?'

아니, 신앙이라는 말은 너무 무겁다. 그들이 묵묵히 살아갈 수 있는 까닭은 두 사람이 서로를 만나고 선택했기 때문에, 이것이 바로 자신들의 인생이기 때문이다. 다른 이유는 없다.

블록버스터 영화에서 세상을 구하는 히어로가 그렇지 않은가. 그들은 자신들에게 내재된 힘이 얼마나 강력한지 모른다. 그저 엉겁결에 받은 운명일 뿐 그들이 매우 도덕적이거나 고상하지는 않다.

우리가 인생에서 히어로가 되고 싶은 이유는 고상함 때문이 아니다. 도덕적 가치를 추구하느라 빵 대신 사랑을 선택하는 것이 아니다. 사랑을 포기할 수 없기에 내린 결론이다. 이성적이라서 사랑 대신 빵을 선택하는 것이 아니다. 나약함을 이겼기에 할 수 있는 선택이다. 그러나 어떤 선택을 하든, 그것은 모두 인생의 또 다른 시작일 뿐 결과를 의미하지 않는다. 누가 인생에서 최후의 승리자가 될지는 끝까지 가봐야 알 수 있다.

만약 그런 상처가 없었다면, 그 잔인한 사람이 없었다면, 그녀는 남의 아픔에 공감하고 타인의 과거를 품어주는 여인이 될 수 없었을 것이다. 자신이 무엇을 힘들어하는지 잘 알아야 남에게 강요하지 않을 수 있다. 하룻밤 사이에 자라는 성장통만이 우리를 누에고치에서 벗어나 나비로 날아오르게 한다.

가장 적당한 자리,
시간이 찾아줄 것이다

몇 년 전, 나이도 많고 외모도 그저 그런 한 여자 동료가 정말 괜찮은 남자와 결혼했다. 그러자 많은 사람이 뒤에서 수군대며 대체 무슨 수를 쓴 것인지 알고 싶어 했다. 나 역시 궁금하기는 마찬가지였다. 당시 나는 성형수술과 다이어트로 자신을 꾸민 여자만이 돈 많은 남자를 차지할 수 있을 거라고 생각하는 수준이었기 때문이다.

얼마 지나지 않아 나는 곧 그녀의 좋은 점들을 발견했다. 그녀는 맛있고 저렴한 식당이 어디인지 잘 알고 있었다. 어디로 가서 일을 처리하고 어떻게 서류를 준비해야 하는지도 잘 알고 있었다. 집 안 인테리어도 직접 나서서 아늑하면서도 우아하게 꾸몄다. 하루 종일 수다를 떨며 지내는 어린 여자들 속에서 그녀는 마치 하늘로부터 내려온 능력자, 걸어다니는 백과사전 같았다. 번거롭고 짜증스런 일이 생겨도 그녀는 늘 침착하게 대처하며 제자리를 찾았다.

그녀는 삶에서 자신에게 가장 잘 맞는 자리를 찾았을 뿐이다. 지구가 계속 존재하는 한 그녀의 의미와 가치는 사라지지 않을 것이다. 마치 우리에게 없어서는 안 될 114 전화번호, 구글 지도 서비스, 네이버처럼 말이다. 바로 이런 그녀를 필요로 하는 남자와 만났기에 두 사람은 단숨에 마음이 맞아 결혼에 골인하였다.

어쩌면 사람들은 그녀의 이런 능력을 대수롭지 않게 여길지도 모른다. "사랑은요?", "열정은요?"라고 질문할지도 모른다. 그러나 얼마 지나지 않아 당신도 알게 될 것이다. 당신이 눈물을 흘리면서 대체 사랑이 무엇인지, 열정의 유통기한은 얼마인지 묻고 있었을 때, 그녀는 자신의 자리에서 담담하고 성실하게 삶을 이어갔으며, 대부분의 사람보다 행복하다고 느꼈음을 말이다.

우리가 원하든 원하지 않든 상관없이 자신의 자리를 찾아야 한다. 이 자리는 돈과 남자가 줄 수 있는 것보다 훨씬 더 큰 안정감을 선사할 것이다.

그녀는 자신이 예쁘지도 않고 애교도 없으며 크게 잘나지는 않았다는 것을 알고 있었다. 하지만 그녀는 참을성이 많고 노력할 줄 알며 심리적으로 안정적인 데다 유쾌한 사람이었다. 그래서 남들과 갈등도 없었고 불안해하지도 않았다. 그렇게 자신의 길을 꾸준히 걷다 보니 결국 다른 사람들을 깜짝 놀라게 할 수 있었던 것이다. 마치 안정된 우량주가 폭등이나 폭락 없이 매일 잔잔하게 주가가 오르다가 결국 엄청난 다크호스가 되는 것처럼 말이다.

그러나 많은 사람이 이런 봄날을 기다리지 못한다. 그녀들은 빨리 연애를 하고 싶어 한다. 빨리 손에 무언가를 쥐고 싶어 하고 빨리 결혼을 하려고 조급해한다. 왜 그렇게 급할까? 그녀들도 그 이유를 모른다. 그냥 다들 빨리 해야 한다고 하니까 자신들도 따라서 뛰어야 할 것 같을 뿐이다.

그렇게 조급해하고 불안한 마음을 계속 이어가다가 그녀들은 결국 자신의 존재마저 잊고 만다. 자신이 누구인지, 자신이 가장 잘하는 것이 무엇이며, 어떤 자리에 있을 때 가장 안정되고 만족감을 느끼는지 모르는 상태에서 그녀들은 이렇게 낙심한다.

'왜 진정한 사랑이 아직도 오지 않는 것일까? 왜 나는 아직도 시집을 못 간 거지?'

인위적으로 삶의 시계를 빠르게 돌리는 경우가 너무 많다. 태어난 지 몇 개월 안 된 돼지와 태어난 지 3개월도 안 된 닭이 죽음을 맞는다. 연애 기간도 짧아졌고, 평균 결혼 기간도 짧아졌다. 그나마 아기가 엄마 배 속에서 태어날 때까지 열 달을 기다려야 한다는 사실만은 수천 년 동안 변하지 않았다. 그런데 이러다가 아기도 5개월 만에 낳겠다며 속성 출산이 등장하는 것은 아닐까?

지금부터 한번 천천히 가보자. 시간은 당신이 상상하는 것보다 더 많은 것을 줄 수 있다. 아무것도 모르던 소녀가 한 사람의 인생에서 구세주로 변할 수 있고, 수줍음 많던 남자가 당신이 우러러보기에 충분한 영웅으로 변할 수 있다.

사실, 충분히 신뢰할 만한 사람이 부족한 것은 아니다. 시간이 흐르다 보면 결국 우리 모두는 서로 필요로 하는 그런 사람이 되어갈 것이다. 만약 당신이 그에게, 그리고 그가 당신에게, 서로가 서로에게 충분한 시간을 준다면 얼마나 좋을까.

재촉하지 않는 사랑을 하자. 서로 손을 맞잡고 더 멀리 동행할 그 사람을 찾아보자.

물처럼 담백한 군자의 사귐

보양 음식 재료인 해삼은 물이나 기름에 녹아버린다는 독특한 특징이 있다. 바다에서 태어나 다시 바다로 녹아드는 해삼, 사람들은 이를 문학적으로 표현하여 '고결하게 세상에 나왔다가 다시 고결한 모습으로 돌아가는(홍루몽紅樓夢의 등장인물 임대옥林黛玉이 읊은 시 장화음葬花吟의 한 구절)' 것이 마치 바다의 임대옥 같다고도 한다. 혹자는 또 익살맞게 현실적으로 표현하기도 한다.

"완전 계정 삭제네!"

보통 은행 계정이 필요 없어지면 쓸데없는 유지비를 들이지 않기 위해 기존에 등록한 계정을 삭제한다. 혹은 개인정보 유효기간제에 의해 일정 기간 동안 로그인 이력이 없는 인터넷 포털사이트의 계정이 휴면정책의 적용을 받는다. 이것이 일반적인 계정 삭제 개념이다. 그런데 요즘 세대에게 계정 삭제는 좀 다른 의미다.

이제는 오프라인에서 적용되는 신분 외에 온라인상에서의 신분 역시 매우 중요해졌다. 사람들은 온라인 커뮤니티에서 특색 있게 장식한 다양한 사진을 올리고 글로 프로필을 작성한다. 개인 다이어리를 공개하거나 취미를 기록하기도 한다. 성격이 판이한 사람들끼리 이웃도 맺고, 소수의 커뮤니티 스타도 등장한다. 그렇게 오랜 시간 서로 왕래하다 보면 그곳은 하나의 작은 사회가 된다.

사람들이 모이면 사회가 형성되고, 사회가 있는 곳에는 옳고 그름의 가치가 형성된다. 옳고 그름을 나누기 시작하면 사람들은 곧 싫증을 느끼고 도피하려 한다. 그래서 계정 삭제가 생긴 것이다. 삭제해야겠다는 생각으로 몇 번 가볍게 클릭하면 단 몇 초 만에 그간의 모든 희로애락과 소통의 기록이 완전히 사라진다.

반응이 느린 나는 그런 상황에 항상 놀란다. 멀쩡한 한 사람이 어쩜 그렇게 간단히 사라져버릴 수 있는 것일까? 나중에야 그녀가 어쩔 수 없이 사라지게 되었다는 것을, 사라지기 전에 그 징조가 보였다는 것을, 그리고 온라인상의 솔직한 표현 뒤에는 사실, 말 못할 사정도 있음을 알게 되었다.

반응이 느린 나는 이런 경우도 자주 본다. 온라인에서 누구보다도 사이좋은 친구였던 두 사람이 갑자기 다시는 안 볼 사이처럼 서로 욕하며 싸우기 시작한다. 오가는 말 중 어느 것이 진실인지 구별하기 어렵다. 가장 가까운 사람이 등을 돌려버리면 그의 한마디 한마디가 치명적인 증거가 되기 때문이다. A가 속이 좁은 건지, B가 뻔뻔한 건지 알 수 없다. 누가 둘 사이를 중재하지도 않는다. 그저 누구 편이 더 많은지 지켜볼 뿐이다. 결국 사람들 입방아를 견디지 못하는 쪽이 조용히 자신의 계정을 삭제하면서 싸움에 종지부를 찍는다.

물론 새로운 애인이 생기면 얼른 과거 흔적들을 깨끗이 지워야 한다. 마치 한여름 밤의 꿈처럼 과거 사랑했던 기억을 한낱 농담거리로 간주하며 눈물을 머금고 삭제, 삭제를 클릭한다.

세상에는 남들이 버리고 간 쓰레기를 처리하기보다 멋진 불꽃을 감상하고 싶어 하는 사람이 더 많다. 세상에는 어지러운 국면을 수습하기보다 열정적으로 미래를 계획하고 싶어 하는 사람이 더 많다. 세상에는 이러쿵저러쿵 남들 싸움을 구경하려는 사람은 많지만, 세상이 어떻게 돌아가든 상관하지 않고 조용히 자기 길을 가려는 사람은 적다.

한때 인터넷에서 다음 문제를 놓고 떠들썩했던 적이 있었다. 지금 세대 사람들이 죽고 나면 그 사람의 온라인 메신저나 메일 계정, 블로그 번호를 다음 세대에게 물려주어야 할까, 아니면 완전히 삭제해야 하는 걸까, 그것도 아니면 영원히 남겨두어야 할까?

굳이 죽음 이후를 생각하지 않아도 답을 알 수 있다. 이미 많은 사람이 온라인 세상에서 여러 번 삶과 죽음을 경험했다. 어쨌든 그런 삶과 죽음은 아주 쉽게 이루어질 수 있고, 계정을 없애고 다시 복구하는 일도 매우 간단하게 처리될 수 있다.

화려한 말주변이 없는 나는 곁에 가장 오랫동안 남아 있는 사람들이 결국 담백한 사람들임을 발견했다.

장자莊子는 다음과 같은 가르침을 남겼다.

> 군자의 사귐은 맑은 물같이 담담하고 소인의 사귐은 단술과 같이 달콤하다. 담백한 사귐은 더욱 친하게 되고, 달콤한 사귐은 쉽게 끊어진다. 까닭 없는 만남은 까닭 없이 헤어지는 법이다君子之交淡若水, 小人之交甘若醴, 君子淡以親, 小者甘以絶, 則無故以合者, 則無故以離.

예전에는 물처럼 담백한 관계가 어째서 군자의 사귐이라는 건지 이해하지 못했다. 시간이 흐른 후에야, 겉으로는 요란하고 화려해 보이는 대부분의 관계가 사실은 참으로 친밀하지는 않음을 알게 되었다.

차 한 잔 마시며 많은 말을 나누지 않아도 잔잔한 웃음이 오가는 사이야말로 진정한 친구다. 시간이 흐른 뒤에야, 몇 마디 말에 열정을 가득 담아 가장 친한 친구처럼 다가왔던 이들은 곧 곁에서 사라지기 쉽다는 사실을 깨달았다. 고요한 물은 깊이 흐른다는 정수유심靜水流深은 모든 인간관계에 적용될 수 있는 성어다.

예전에는 많은 재능을 가진 사람들이 부러웠다. 어떤 소재로든 멋진 글을 써서 세상을 흔들 수 있는 능력이 부러웠다. 하지만 물처럼 담백하고 고요한 풍격을 좇는 것도 나름대로 좋은 점이 있었다. 선천적으로 비범한 재능을 타고나지 못했기에 딴생각을 품지 않고 신중하게 처신하여 오히려 세상에서 그 진면목을 발휘할 수 있는 까닭이다.

그래서 누군가 나에게 "그 사람은 어떤 사람 같아?"라고 묻는다면 이렇게 말해줄 것이다.

"곧 알게 될 거야. 시간이 흐른 후에도 아직 네 곁에 남아 있다면 괜찮은 사람일 것이고, 사라져버렸다면 뭐 더 말할 필요도 없지."

그래서 요란한 사랑은 대부분 불구덩이에 뛰어드는 나방이나 신기루 같아서 순간의 즐거움만 남길 뿐이다. 만약 당신이 그러한 사랑을 추구하고 있다면, 그 사랑의 불꽃으로 인한 고통을 감내하고 쾌락이 지나간 후의 공허함을 견딜 준비를 해야 할 것이다.

과거를 직면하지 못하는 사람은 확실히 그다음 걸음을 내딛기 어렵다. 쉽게 사라지는 사람은 확실히 그만큼 가볍고 경박한 사람이다. 시간은 가장 훌륭하고 공평한 심판관이다. 결코 틀린 답을 내놓지 않는다.

어쩌면 나이 들 자격이 없는 것일지도

인생에서 이제 늙어가기 시작했지만 10년 정도의 기간을 두고 아직 완전히 늙지는 않은 단계를 '초로初老' 상태라고 부른다.

초로 상태에 접어들면 다음과 같은 증상이 나타난다. 쓰던 물건을 잘 못 버리고 쌓아두다 보니 집이 점점 비좁아진다. 한 번 밤을 새우고 나면 며칠 동안 그 후유증으로 정신을 못 차린다. 회사 동료들이 당신에게 손윗사람 대우를 하고, 주변에는 결혼하는 사람보다 '돌싱'의 비율이 더 높아지기 시작한다.

나는 요즘 초로 상태에 들어선 듯하다. 하루는 남편 동료가 나를 '형수님'이라 부르며 깍듯이 대해주었다. 그런데 그의 '형수님'이라는 한마디가 내 마음을 찌르고 흔들어놓았다. 얼마 전만 해도 어디를 가든 동생 취급을 받았는데, 이제는 다른 사람을 돌봐주어야 하는 중년의 아줌마가 되어버렸다. 그래도 그저 다른 사람 모르게 마음이 흔들렸을 뿐, 특별히 우울함에 빠진 것은 아니었다.

그런데 나와 비슷한 연령의 다른 여자들의 경우, 길에서 동네 아이들이 해맑게 '언니'라고 불러주면 괜히 우쭐대곤 한다. 이것 역시 명백한 초로 상태의 특징이다. 위층에 사는 아이로부터 할머니 소리를 들은 후 밤새 끙끙 앓던 우리 엄마처럼 말이다.

이렇게 난감한 상황에서 그나마 다행인 것은 서로의 손을 맞잡고 함께 어려운 상황을 헤쳐나가는 금슬 좋은 부부가 주변에 많다는 점이다. 얼마 전만 해도 주변에 결혼하는 사람이 많아 축의금 폭탄을 해결하느라 머리를 싸맸는데, 이제는 오랜만에 전화한 친구가 대뜸 "나 이혼했어"라고 말한다. 이것이야말로 정말 사람을 혼비백산하게 만드는 폭탄일 것이다.

또 다른 초로 상태의 특징은 다음과 같다. 최신 유행곡은 마음에 안 들고, 요즘 유행하는 말은 잘 못 알아듣는다. 결말이 빤한 트렌디 드라마보다는 가족 드라마가 더 흥미진진하다. 젊은 여자들의 몸짓과 어투 등 작은 부분 하나하나를 다 트집 잡게 된다.

내가 아는 한 90년대생 여성은 말할 때마다 인터넷식 표현을 섞어 쓰는 것을 좋아했다. 특히 말 중간에 '잉'을 붙이는 것이 제일 이상했는데, 그녀는 어쩔 수 없다는 듯 투정을 부리며 "잉잉잉" 하곤 했다. 대체 그 단어가 무슨 뜻인지 물어보았더니, 일본 만화에서 많이 쓰이는 표현으로 얼굴을 가리며 우는 것을 나타낸단다. 나는 결국 그녀를 향해 따끔하게 한마디 했다.

"말을 하려면 제대로 해야지, 적어도 사람이 알아들을 수 있는 말을 써야 할 것 아니니?"

그런데 그 순간, 이 장면을 어디선가 본 것 같았다. 10여 년 전, 내가 편집부에서 연수를 받을 때였다. 그때 편집장은 온통 빨간 동그라미로 체크된 원고를 붙들고 안타까워하며 소리쳤다.

"너희 상식이 있는 거야, 없는 거야? 우리는 지금 뉴스 원고를 쓰는 거지, 에세이를 쓰고 있는 게 아니라고! 사람들이 알아듣게 써야 할 것 아니야! 아니, 그건 둘째 치고 무슨 오탈자가 이렇게 많아! 다들 대학을 제대로 다니긴 한 거야?"

지금에야 당시 선배들이 어떤 마음으로 우리를 보았는지 알 것 같다. 그때의 우리는 건성으로 대충대충 일했고, 충동적으로 쉽게 화를 냈다. 또 나약하기 짝이 없는 자존심과 인간성에 대한 헛된 믿음을 가졌다.

당시 나는 온통 빨간 동그라미로 점철된 끔찍한 원고를 보며 구시렁댔다.

"아니, 오탈자 두 개 가지고 뭘 그렇게 화내시는 거야. 그리고 '의'와 '에'를 누가 그렇게 세밀하게 살펴본다고 그래?"

하지만 덕분에 기본적으로 갖추어야 할 상식적 태도가 내 머릿속에 정확히 각인되었다. 지금도 간곡했던 편집장의 부탁을 기억한다.

"언론인은 절대 화려한 장식으로 사람들을 현혹해서는 안 돼. 모든 사람이 알아들을 수 있게 말해야 해. 경제와 관련된 이야기라고 해서 전문용어만 잔뜩 늘어놓아 사람들을 기겁하게 만들어서는 안 된다는 뜻이야."

그때 나는 태어나서 처음으로 직업윤리, 직업의 목적, 맡은 일을 성실하게 이행하는 것이 무엇인지를 깨달았다. 그 세대 언론인들은 휴가를 챙겨 여행 갈 생각은 하지 못했고, 밤샘 작업도 마다하지 않았다. 특종을 건졌을 때는 당사자의 흥분을 주변 사람 모두가 느낄 수 있을 정도였다.

그로부터 10여 년이 지났다. 이제 후배들 앞에 선 나 역시 직업윤리, 목적, 삶에 대해 가져야 할 기본적 태도가 무엇인지 가르쳐주지 않을 수 없다.

일본 다큐멘터리 〈스시장인 : 지로의 꿈〉은 위에서 말한 세 가지에 대한 답을 보여준다. 도쿄 오피스빌딩 지하에 자리한 작은 스시집이 어떻게 미슐랭 최고 등급인 별 세 개를 받을 수 있었을까? 86세 주인은 평생 한 가지, 스시를 만드는 일에만 몰두했다. 그의 식당에서 일하는 제자들은 최소 10년은 수련해야 요리를 할 수 있다.

예전에는 지루하게만 여겨지던 일이 왜 흥미롭게 느껴질까? 과거에는 언급할 가치도 없다고 생각한 일의 가치가 왜 비범하게 생각될까? 왜 새로운 것을 뒤로한 채 오히려 케케묵은 전통을 고수하는 데 관심을 두기 시작했을까? 나는 이런 모습이야말로 바로 초로 상태에서 가장 곱씹어볼 만한 가치 있고 중요한 의미를 지닌 것이라고 생각한다.

우리는 이제 최신 유행가 가사를 잘 못 알아듣는다. 그리고 예전에 불렀던 노래, 예전 영화, 옛날이야기를 그리워하기 시작한다. 멀리 떨어진 고향과 나이 드신 부모님에 대해 복잡한 감정이 생기기 시작한다. 한쪽 가슴에는 따뜻한 정이, 다른 한쪽에는 깊은 슬픔이 자리하여 슬픔과 따스함이 공존한다. 우리는 새로운 생명의 탄생과 동시에 점점 늙어가는 자신과 대면해야 한다. 우리는 자주 선택, 희생, 더 많은 책임, 더 깊은 무력감 앞에 선다. 이는 누구나 나이가 들어가면서 반드시 직면해야 하는 부분들이다.

그러나 이런 과정을 거치는 우리에게 과거와 제대로 이별할 기회는 주어지지 않는다. 많은 사람을 잃어가고 많은 기억을 잊어버리는 일들이 너무나 갑작스럽게 일어나는 것 같다. 그 무엇도 제대로 작별 인사를 할 수 있게 우리를 기다려주지 않는다.

만약 당신이 아직도 무책임하고 마음대로 행동하던 청춘 시절만을 생각하며 살고 있다면, 많은 돈을 쏟아서라도 젊은 시절의 외모를 유지하려고 애쓰고 있다면, 아마도 당신은 나이 들 자격이 없는 사람일 것이다. '작별 시간이 없다'는 잔인한 사실이 '산소호흡기로 생명을 유지하듯' 청춘에 머무를 이유가 될 수는 없기 때문이다. 그저 마음으로 조용히 '안녕'이라는 한마디를 남기고, 주어진 인생의 길을 걸으면 된다. 이것이야말로 제대로 '상실'을 마주하는 어른이 갖춰야 할 모습이다.

이 세상에는 젊음이 지나가버렸음에도 여전히 그 나이에 걸맞지 않게 사는 사람이 많다.

"안녕, 잘 지내"
인사 한마디

중년에 이르면 다들 운명에 대한 탄식이 절로 솟아오른다.

친구와 나, 두 명의 유부녀가 전설의 슈퍼문을 바라보며 함께 탄식했다.

"지나고 보니 운명이 존재한다는 사실을 인정할 수밖에 없구나."

친구는 어려서부터 아버지처럼 교양 있고 온화하며 노련한 일 처리 능력을 갖춘 남자와 결혼할 것이라 생각했다. 자신이 뚱뚱하고 연애에 서투른 남자와 결혼하리라고는 상상도 못했다는 그녀의 고백에 나는 크게 웃었다. 나는 어려서부터 잘생긴 남자와 별로 인연이 없었다. 나중에 속 깊고 연륜이 있는 성숙한 남자에게 시집을 가리라 생각했지, 잘생긴 외모에 단순 명료한 성품의 남자와 결혼할 것이라고는 상상도 못했다. 소가 뒷걸음치다 쥐를 잡은 격일까, 아니면 뜻을 이루지 못한 것일까?

나는 지금까지 여러 사람의 만남과 이별을 보아왔다. 이제는 더 이상 다른 사람을 걱정하며 밤잠을 설치지 않는다. 대학 시절에는 같은 기숙사에서 생활하던 친구 중 한 명이 사랑에 빠지면 같은 방을 쓰는 모든 친구가 그와 함께 달콤해했고, 한 명이 실연을 당하면 모두 실의에 빠졌다. 이제 그 시절로 돌아갈 수 없을 것이다. 이제는 예전에 친했던 사람들이 요즘 어떻게 산다는 말을 들어도 마음이 흔들리거나 놀라지 않고 평정심을 유지한다. 끽해야 탄식 어린 한마디를 남길 뿐이다.

"각자 자기 운명대로 사는 거지. 어디서든 행복하게 지내길……."

마음이 차갑게 식어버렸기 때문일까, 아니면 이성이 감정을 이겼기 때문일까?

고향에서 결혼식을 하게 된 친구가 일찍부터 친한 동창들에게 청첩장을 돌렸다. 그런데 결혼식 전날 내내, 그녀는 결혼식에 못 가서 미안하다는 사과 전화를 받아야 했다. 일이 너무 바빠서, 휴가를 내지 못해서, 너무 멀어서, 하필 회사 연수가 잡혀서 등 이유는 다양했다. 결국 누구도 이렇게 단호하게 말해주지 않았다.

"비가 오든 뜨거운 햇볕이 내리쬐든 꼭 결혼식에 참석할게."

그리고 그녀를 가장 난처하게 만든 것은 따로 있었다. 한 착한 친구가 결혼식에 가지 못해 미안하다며 한마디 덧붙였다.

"혹시 은행 계좌번호를 알려주면 축의금을 보내줄게."

이런 말까지 듣고 나니 그녀는 더 이상 담담하게 냉정을 유지할 수 없었다. 그녀는 펄펄 뛰며 자신의 엄마에게 불만을 터뜨렸다. 결혼식에 와달라는 친구의 말에 남자 친구에게 굳이 월차까지 쓰게 하고는 차로 세 시간을 달려가 결혼을 축하해주며 축의금도 전했는데, 그 사람은 지금 자신에게 미안하다는 전화 한 통도 없다고 말이다.

그러자 어머니가 조용히 한마디했다.

"내 나이쯤 되면 주변에 친구가 많을 필요가 없다는 걸 알게 될 게다. 적은 수의 친구만 알고 지낼수록 삶이 더 실속 있고 풍요로워지지."

예부터 벗은 많을 필요 없다고, 평생을 함께할 지기 두세 명이면 충분하다고 하지 않는가.

자신이 어떤 사람인지 그 진면목을 빨리 드러내준 사람들에게 감사해야 한다. 안녕이라는 인사 한마디 없이 자연스럽게 당신의 세계에서 사라져주었으니까. 냉담한 태도가 때로는 남은 인생에 커다란 깨달음을 주기도 한다.

몇 년 전이었다. 졸업 시즌에 한 테이블에서 남녀가 서로 대작하며 술잔을 비우고 있었다. 마치 그렇게 해야만 이별의 슬픔을 달랠 수 있는 듯했다. 하지만 그 시절의 누가 알았겠는가. 여자는 시집가고 애를 낳아 완전히 딴사람이 되고 남자는 자신 있게 맨손으로 성공을 이루게 될 것이라고……. 여자는 살찌고 얼굴도 변해 예전 모습을 찾아볼 수 없게 되고 남자는 돈을 많이 벌어 성공하게 될 것이라고 말이다.

세상에 존재하는 다양한 인연은 세월이 흐르면서 다 흩어지지만 그 가운데 하나가 남는다. 이런 인연은 오랜 시간을 함께하면서 서로가 서로의 인생에 증인이 되어준다. 부부, 절친한 벗, 아버지와 아들, 어머니와 딸의 인연이 바로 그러하다. 이러한 인연은 숙명이나 이성과 지혜와는 무관하다. 서로를 소중하게 생각하는 마음이 강렬하기에 어떤 혼란과 어려움도 이겨낸다.

함께 걷는 것은 어렵지만, 서로의 손을 놓아버리는 것은 너무도 쉽다. 인연이 아니었다고 하지 마라. 그저 서로를 향한 마음이 그만큼 깊지 않았을 뿐이다. 그래서 이 세상에 가벼운 관계는 많아도 충절과 의리를 지키는 인연은 드문 것이다.

결국 남는 운명은 오직 두 가지뿐이다. 당신의 손을 잡고 절대 놓지 않는 인연과 다시는 뒤돌아보지 않고 "각자의 자리에서 행복하기를", 이 한 마디만 남기는 인연이다.

자신과 함께 걸어온 이 길,
되돌아갈 수는 없다

스페인과 프랑스의 경계인 피레네 산악 지구에서부터 시작하여 산티아고 데 콤포스텔라 대성당을 끝으로 하는 800킬로미터에 달하는 길. 이 길을 걸을 때는 수많은 국경 주변의 마을과 황량한 들판, 험한 산비탈을 지나야 한다. 산골 숙소 2층 침대에서 잠을 청해야 하고, 갑작스러운 폭풍우를 만날 수도 있다. 뜨거운 물로 목욕하기는 하늘의 별 따기요, 제시간에 맞춰 걷지 않으면 홀로 노숙을 해야 할 수도 있다. 이 모든 것이 순례자의 길을 걷기 위해 반드시 거쳐야 하는 과정이다.

지난 100년 동안 많은 이가 이 카미노 순례의 길을 홀로 걸었다. 그들 모두가 독실한 종교인이었을까? 신의 기적을 간증하기 위해 찾아왔을까?

유감스럽게도 나는 신앙이 인간을 구원한다고 믿지 않는다. 살을 빼려고 카미노 길을 선택하는 이들이 많다는 말도 있지만, 그것은 신실한 성도들을 비하하기 위해 만든 이야기로 보인다.

일상에서 벗어나 낯선 여행길을 걷겠다는 결심을 하는 이유는 하나다. 말로 다할 수 없는 고통이 당신을 공허하게 하고 혼란에 빠뜨렸기 때문이다. 마치 속이 텅 빈 나무처럼, 겉으로는 가지와 잎이 무성하지만 실상은 중요한 부분이 빠져 있다. 그 고통이 고독과 도피에서 온 것인지, 아니면 참회하고 운명으로 받아들여야 하는 것인지는 자기 자신조차 분간하기 힘들다. 그래서 모든 힘을 다 쏟아 전에는 생각도 해본 적 없는 길을 택하여 자신을 구원할 답을 찾기 위해 여행에 나서는 것이다.

오랫동안 운동에 소홀하던 친구가 갑자기 설산 등반을 결정했다. 그는 사람들에게 바람을 넣었고 나 역시 함께하기로 했다.

처음 설산을 본 우리는 모두 흥분을 감추지 못했다. 그곳은 대자연이 만든 이상적인 예배 장소였다. 새하얀 눈으로 덮인 정상은 마치 고딕양식 성당의 맨 꼭대기처럼 하늘 끝에 닿을 듯했다. 과연 신이 머무르기에 손색이 없는 곳이었다.

설선雪線(사철 눈이 녹지 않는 부분과 녹는 부분의 경계선)에 이른 도시 사람들은 금세 자연 앞에서 자신이 얼마나 보잘것없는 존재인지를 깨닫는다. 자연 앞에서 인간이란 그렇게 하찮은 존재다. 고원, 빙하, 햇살 아래서 숨 쉬고 걸음을 떼는 것조차 무겁고 힘들지만 당신이 물러설 곳은 없다. 비록 100미터를 걷는 데 몇 시간이 걸린다고 하더라도 그저 앞으로만 나아갈 수밖에 없다.

그 순간에는 숨 쉬고 걷는 것 외에 다른 생각은 나지 않는다. 머릿속을 괴롭히던 세상 걱정은 모두 사라지고 오직 한 가지 생각만 남는다. 목적지에 도착하는 것! 그 누구도 위험한 설산에서 노숙을 하고 싶지는 않을 테니 말이다.

휴대전화 신호도 잡히지 않고, 세상 어떤 일도 당신을 괴롭히지 않는다. 밤에 텐트 밖으로 나오면 하늘에 별이 가득 빛나고 있다. 세상은 너무나 고요하고 소리 없이 눈만 내린다. 이런 광경에 푹 빠져 헤어나기란 쉽지 않은 노릇이다.

그런데 그들은 왜 이 고요함에 기대어 세상으로부터 벗어나고 싶어 할까? 누구도 먼저 나서서 이야기하지 않고, 누구도 먼저 나서서 그 이유를 묻지 않는다. 가장 친한 친구만 그 마음을 안다. 삶의 위기를 느끼지 않았다면 누가 고통 가운데서 위로를 얻으려 하겠는가? 대체 어떤 문제 때문에 순례자의 길을 걷는 것일까? 또 그 답은 무엇일까?

영화 〈더 웨이The Way〉에서는 연로한 아버지가 죽은 아들을 대신하여 순례자의 길을 완주한다. 마지막에 완주를 증명하는 순례증서를 받아든 아버지는 직원에게 자신이 아닌 아들의 이름을 적어달라고 한다. 영화는 여기서 끝나지 않는다. 아버지는 계속 걸음을 이어간다. 그리고 바닷가에 이르러 그곳에 아들의 유골을 뿌린다. 그제야 그는 무거운 짐을 벗을 수 있었다. 가슴 아픈 고통을 바다에 묻고, 후회되는 모든 일을 바닷바람에 날려버렸다!

기독교는, 인간은 태어나면서부터 죄인이기에 평생 속죄하며 살아야만 천국에 갈 수 있다고 주장한다. 부처는, 인간은 본디 선한 존재이므로 평생 선행을 하면서 살아야만 다시 태어날 때 나쁜 길에 빠지지 않을 수 있다고 한다.

죄罪인지 선善인지는 중요하지 않다. 마찬가지로 문제와 그에 따른 해답 역시 결국에는 중요하지 않다. 인생을 구원할 수 있는 답은 없다. 우리는 그저 이 인생길을 걸을 뿐이다. 스스로를 용서하고 자기 자신과 더 잘 지낼 수 있는 길을 찾을 뿐이다. 한 번 발자국을 남긴 이 길은 다시는 되돌릴 수 없는 길이기 때문이다. 당신은 용기를 내어 계속 걸어갈 수밖에 없다. 걷다 보면 결국 문제와 그에 따른 답을 고민하지 않아도 되는, 최후의 목적지에 이를 것이다.

PART 2

당신도 도시 전설의 주인공이 될 수 있다

뜨겁고 차가운 도시 전설은 끊이지 않는다. 당신과 나 같은 평범한 사람들도
그 마음에 전설적인 기개를 품고 용감하게 나서야 한다.
뭇 인생은 평등하다는 진실을 확인하고,
마음속에 영원히 사라지지 않는 꿈을 찾아나서야 한다.

자신을 아끼는 최고의 방법,
자유로운 삶

영화 〈산사나무 아래山楂樹之戀〉의 흥행열기 때문에 〈장장삼인행鏘鏘三人行〉(중국 봉황 TV의 유명한 시사토론 프로그램)의 도우원타오竇文濤, 량원다오梁文道, 멍광메이孟廣美가 진정한 '순수'를 논하게 되었다. 량원다오와 도우원타오는 자신들이 보았던 많은 40대 여성의 경우 당연히 신체적 경험과는 상관없이 순수한 마음을 가지고 있었기에 그녀들을 순수하다고 평했다. 두 사람은 웃으며 멍광메이를 순수의 한 예로 들었다. 량원다오는 이 영화의 흥행은 모두 중국 남자들의 처녀성 콤플렉스의 영향이라고 말했다.

순수한 사랑을 내세운 홍보 문구에도 코웃음 치는 모습을 보면, 남자들이 상상과 달리 맹목적으로 순수한 사랑을 추앙하는 것 같지는 않다. 세상에는 제복 입은 여자에 대해 환상을 가진 독특한 취향의 아저씨도 있고, 소녀 같은 얼굴에 글래머 몸매를 가진 여자를 좋아하는 오타쿠도 있다. 하지만 어떤 취향을 가졌든 간에 모든 남자는 예쁜 여자를 만나고 싶어 하고 그런 여자를 침대로 데려가고 싶어 한다. 결국 결혼에 골인해서 애를 낳고 가정을 이루는 자연스러운 수순을 밟게 될지는 개인에 따라 다르지만 말이다.

이제는 처녀성이 순수한 사랑을 판가름하는 시대가 아니다. 젊은 청춘인 여자는 여름날의 아이스 맥주로, 성숙한 여인은 고량주나 와인으로 비유되곤 하는데, 좋은 술을 고르기 위해서는 어느 정도 실력을 갖추어야 한다. 어쨌든 각자 취향이라는 것이 있는 법이니, 이런 문제로 괴로워할 필요는 없다.

만약 당신이 외모가 뛰어나다면 당신이 어떤 스타일이든 당신을 따라다니는 남자가 있을 것이다. 그러나 그런 경우가 아니라면 괜히 순수한 사랑을 하는 척 가식 떨지 마라. 남자들 눈에는 뱁새가 황새 따라 하는 격으로 보일 수 있다. 만약 당신이 귀여운 스타일이라면 아무리 짜증을 부려도 그런 투정을 다 받아줄 사람이 있을 것이다. 그러나 그런 경우가 아닌데 괜히 어린 여자들을 따라 애교를 부리며 연약한 척하면, 그저 김빠진 맥주가 될 뿐이다.

한 토크쇼에 량쯔충楊紫瓊이 출연했다. 그녀가 웃으면 얼굴에 주름살이 선명하게 드러났고, 두 뺨과 입술 역시 젊었을 때만큼 빛나지는 않았다. 그런데 그녀의 맞은편에 앉은 여자 세 명이 오히려 그녀의 기에 눌려 빛을 발하지 못했다. 그녀는 보석으로 자신을 꾸미지도 않았다. 마치 잠깐 산책 나왔다가 동네 카페에서 우연히 지인을 만나 이야기를 나누는 듯했다. 하지만 그녀를 잘 모르는 사람이라도 그녀는 절대 얕볼 상대가 아님을 충분히 알 수 있을 정도였다. 그 소탈하고 자유로운 모습은 예절학교 같은 곳에서 배울 수 있는 종류의 것이 아니었다.

다들 여자가 마흔이 되었을 때 가장 두려워하는 것은 가난이라고 말한다. 그런데 량쯔충을 본 후에는 나이 든 여자가 가장 두려워할 것은 다름 아닌 자유롭지 못한 삶임을 깨달았다. 돈이 있어야 자유로운 삶을 살 수 있는 것은 아니다. 자유로운 인생은 자신이 누구이며 어떤 삶을 살고 싶은지 알 때 가능하다.

혹자는 자신을 사랑하는 남자가 자신만 사랑하는 것은 아님을 안다.

혹자는 자신을 사랑하는 남자의 사랑이 언제 끝날지 모른다.

혹자는 자신을 사랑하는 남자와 끝까지 함께하지 못할 것을 안다.

어떤 상황이든 간에 불확실한 현실은 결국 여자를 미치게 만든다.

어떤 남자들은 더 이상 평생 한 여자만 사랑하고 결혼해 아이를 낳고 백년해로할 수 있다고 믿지 않는다. 어쩌면 믿기는 믿되 자신이 할 수 있으리라고는 믿지 않는지도 모른다. 이런 남자를 원하는 것이 아니라면 그 곁에 오랫동안 머무를 필요 없다. 그런다고 무슨 소용이 있겠는가?

나는 내가 좋은 사람이라는 사실을 안다. 다만, 내 남편이 나의 이런 모습을 아는 것이 소중하다. 그런 그가 있기에 인생이 바람처럼 흘러가도 허망하게 사라지는 것처럼 느껴지지 않는다.

결혼도 좋고 사랑도 좋다. 아무리 강인한 여자라 해도, 아무리 복잡한 삶을 사는 여자라 해도, 결국 여자에게 필요한 것은 다름 아닌 확신이다.

당신도 도시 전설의 주인공이 될 수 있다

인물의 감정을 잘 묘사하는 것으로 유명한 홍콩 출신의 여류 소설가 이수亦舒는 살면서 평범한 사람들은 마주하기 힘든 일들을 많이 겪었다. 그녀의 가족은 문단과 복잡하게 얽혀 있었고 그녀 자신도 재벌가, 연예계와 여러 관계를 맺고 있었다. 덕분에 그녀는 권문세가에 얽힌 각종 원한 관계를 직접 목도할 수 있었다.

수년 전에 그녀가 발표한 권문세가에 관한 전기소설의 줄거리를 소개한다.

> 가난의 위기에 처한 한 소녀가 우연히 엄청나게 부유한 한 부인을 만난다. 이 부인은 젊은 시절 뛰어난 미모 덕분에 뜻밖의 인연을 맺으면서 방대한 재산을 상속받았다. 부인은 소녀에게서 자신의 젊은 시절

을 보았고, 소녀를 데리고 가 곁에서 시중을 들게 했다.

소녀는 빠른 속도로 재벌가의 세계로 들어가게 된다. 직계가족이 없었던 부인은 재산 일부를 소녀에게 유산으로 남겼다. 어떻게 써야 할지 모를 정도로 많은 재산이 하룻밤 사이에 소녀에게 주어졌지만, 소녀는 재산에 전혀 관심이 없었다. 그녀는 남자 댄서를 잊지 못한 채 그를 찾기 위해 온 세상을 헤맸다. 결국 그 남자가 곤경에 처한 후 죽어버렸으며 그녀를 기억도 못했다는 사실만 알게 되었지만, 그녀는 그 사실을 믿으려 하지 않았다.

홍콩 여성의 성공과 실패 이야기를 주로 다루었던 이수는 한동안 이런 소재의 도시 전기소설을 많이 썼다. 여성 톱스타의 화려함 뒤에 감추어진 비밀, 눈부신 미모를 가진 가난한 여성이 하루아침에 부잣집으로 시집가는 이야기, 반항기 가득한 부잣집 사생아와 귀여운 여주인공의 처절한 러브 스토리 등…….

평범한 삶을 사는 여성들은 이런 이야기를 읽다 보면 괜히 한숨이 나고 의심이 생긴다. 이 세상에 정말 이런 삶이 실재하는 것일까?

1980년대 홍콩의 수많은 저택에 숨겨진 이야기들이 얼마나 불가사의했는지를 아는 이는 많지 않을 것이다. 그 불가사의함은 서로 뺏고 뺏기는 암투에서가 아니라 그 이야기에 등장하는 여성들의 매력에서 나타난다. 전기소설이 변화된 후에도 이런 이야기 속에는 여전히 인간의 순수한 욕망이 드러난다.

격동의 시대에 공을 세우고 이름을 떨친 남자들 뒤에는 그들의 성공을

도운 전설적 여자들이 있었다. 이름을 남기기도 하고 무명으로 사라지기도 한 여자들의 이야기가 바로 한 장면도 놓치고 싶지 않은 흥미진진한 드라마가 된 것이다.

한 친구는 이수가 '골드미스' 같다고 했다. 어떤 이는 그녀의 작품을 '경요瓊瑤(타이완의 여류작가. 『황제의 딸』, 『안개비연가』 등의 작품이 있다)'의 드라마처럼 믿을 게 못 된다며 가볍게 평하기도 했다. 그러나 소설 이야기를 진짜 인생과 무조건 결부시키는 일은 걱정을 사서 하는 것이자 괜히 힘을 낭비하는 어리석은 짓이다. '개그는 개그일 뿐'처럼 '소설은 소설일 뿐'이다.

좋은 것은 그 자체로 의미가 있다. 똑똑한 사람은 그 가운데서 깨달음을 얻고 평소에 볼 수 없었던 진실을 발견한다. 이수는 똑똑한 데다 여성을 사랑할 줄 아는 여자였다. 그녀는 "여자는 여자에게 호감을 가질 줄 알아야 하며 어려울 때 서로 도움이 되는 동성 친구를 곁에 두어야 한다. 시기와 질투를 버리고, 같은 여성에게 색안경을 끼거나 도덕적인 굴레를 들이밀어 얽매지 말아야 한다. 이를 통해 이성과의 사랑보다 더 큰 해탈과 안정감을 누릴 수 있을 것이다"라고 말했다.

그녀는 평생 여자들의 이야기를 썼다. 아무리 써도 지치지도, 질려하지도 않았다.

다시 앞에서 말한 이야기로 돌아가보자. 하룻밤 사이에 부자가 된 소녀는 남은 평생 다른 것에 관심을 두지 않고 계속 남자 댄서를 찾는 데 집착했다. 언뜻 생각하면 너무나 불가사의하지만 사실 전기소설 속 인물도 평범한 사람들과 다를 바 없다는 진실을 말하고 있다. 이 진실은 도덕, 재물, 삶의 고통과는 무관하다. 그저 진실 그대로를 드러낸 것이다.

평범한 삶이든 전설 같은 삶이든, 인생에는 영원히 대체할 수 없는 욕망과 영원히 채워지지 않는 욕망이 있다. 그리고 반드시 이루어야 하는 꿈과 절대 포기할 수 없는 꿈이 있다. 그래서 전기소설 같은 이야기는 절대 끊이지 않고, 그런 이야기를 기다리는 사람들도 계속 존재한다. 더불어 이 세상에는 용기와 희망을 주는 이야기가 영원히 존재하며, 그런 이야기를 기다리는 이들도 계속 존재한다. 단지 당신이 주인공인가 관중인가 하는 차이만 있을 뿐이다.

이수는 이제 나이가 들었지만 그녀의 불과 얼음 같은 도시 이야기는 계속될 것이다. 도시에서 탄생한 전설 같은 여자 주인공은 코코 샤넬부터 마거릿 대처에 이르기까지, 린후이인林徽因(중국의 현대문학가)부터 웬디 덩鄧文迪(중국계 미국인 사업가)에 이르기까지 셀 수 없이 많다.

어쩌면 우리는 영원히 여주인공이 될 수 없을지도 모른다. 그러나 그녀들의 소설 같은 삶에 감사한다. 덕분에 수많은 평범한 여성이 마음에 전설적인 기개를 품고 용감하게 걸음을 내디디면서 전진한다. 그리고 뭇 인생은 평등하다는 진실을 확인하고 마음속에 영원히 꺼지지 않는 꿈을 좇아 나서게 되었다.

내 안의 또 다른 나를 사랑하는 것은 진정한 사랑이 아니다

당신을 미치게 만드는 사람은 가장 친한 동성 친구일 때가 많다. 잘못된 점을 절대 고치려 하지 않고 아예 포기해버리는 친구의 모습을 볼 때면 후회, 슬픔, 분노가 치밀어 오르고 이렇게 미련한 여자가 어디 있나 한바탕 욕을 퍼부어주고 싶다. 끝까지 실패를 향해 달려가는 여자의 모습을 볼 때 이렇게 사랑의 매를 들고 싶은 마음은 같은 여자만 가질 수 있다.

스스로를 사지로 내모는 사람을 어떻게 구할 수 있을까? 방법이 없다. 그녀는 이미 끊임없이 자신과 싸우며 말로 표현하기 어려울 정도로 복잡한 심경에 빠져 있다. 그녀에게는 모든 것을 자기 내면에 집중하는 것이 일종의 구원이자 살아가는 방법이다.

여자는 성장하면서 이러한 집착을 경험한다. 착각을 직감으로 오인하고, 우연을 인연으로 간주하며, 내적 갈등을 보물로 여긴다. 그러고는 뒤도 돌아보지 않고 용감하게 한 사람, 한 가지 일을 선택한다. 온 세상이 반대해도 이것이야말로 자신을 속이지 않는 딱 한 번뿐인 선택이라고 생각한다.

과거의 나는 오랫동안 내면의 자아와 지극히 친밀한 관계를 유지했다. 새벽에 눈뜰 때, 밤에 잠들기 전에 나는 항상 몸을 뒤척이며 그날 나눈 내면과의 대화를 되짚어보곤 했다. 그렇게 내 안에 펼쳐진 무수한 무대들은 한쪽 감정이 완전히 무너질 때까지 이어졌다.

길거리에서 남자 친구를 향해 소리를 지른다.

"넌 날 충분히 사랑하지 않아. 왜 날 더 많이 사랑하지 않는 거야?"

누가 그 답을 알겠는가. 그저 이별 후 혼자 외롭게 막차를 타고 집으로 돌아오면서도 한편으로는 마음이 넓고 상냥한 척하며 진심을 털어놓지 못한다.

"자기야, 사실 나는 자기가 나를 집까지 바래다주기를 얼마나 바라는지 몰라."

자기 안에서 벌어지는 갈등 속에는 여자의 연약함, 질투, 간교함, 자기비하, 악의, 의심이 다 숨겨져 있다. 이러한 생각들이 모여 하나의 거대한 잘못된 개념, 뭔가 빠진 것 같은, 안정감과 만족감 없는 애정으로 변한다.

심각한 집착의 배후에는 항상 자기 내면과의 비밀스러운 친밀함이 존재한다. 누구에게도 말하지 못하고 공개할 수도 없다. 가장 친하다고 생각하는 사람도 절대 이해하지 못할 테니 말이다. 왜 다른 사람에게는 빤히 보이는 현실이 당신 눈에만 보이지 않을까? 발가락 하나 움직일 줄 아는 지능이면 충분히 알 수 있는 일을 왜 당신은 귀신에게 홀리기라도 한 것처럼 이해하지 못할까?

나를 비롯한 주변 여자들은 모두 내면의 자아와 오랫동안 진심 어린 연애를 해보았다. 그 연애 기간은 어떤 남자와의 연애보다도 길었다. 혼자라고 생각될 때도 내면의 자아만은 떠나지 않고 함께해주었다. 동시에 얼마만큼 커져버렸는지도 깨닫지 못할 정도로 무거워져 쉽게 벗을 수 없는 짐이 되었다.

사람들은 '~인 줄 알았다', '~라고 생각했다', '~라고 느꼈다'와 같은 표현을 일상적으로 사용한다. 나는 그 남자가 날 좋아하는 '줄 알았다'. 그러나 결과적으로 남자는 미안해하며 나를 거절했다. 나는 내 사랑이 충분히 이 남자를 구할 수 있을 '거라고 생각했다'. 그러나 결과적으로 남자를 구하지 못했고, 남자의 사랑도 사라졌다. 나는 진정한 사랑을 찾았다고 '느꼈다'. 그러나 결과는 잘못된 악연이었다.

말 꺼내기도 힘든 비정상적이고 잘못된 내면의 자아와의 연애가 끝난 후에야 깨닫는다. 계속해서 그 무대를 이어갔다면 그 관계는 눈덩이처럼 거대해졌을 것이다. 그런 모습은 절대 자신을 사랑하는 모습이 아니다. 오히려 자신을 더욱 절망과 고독, 어리석음으로 몰아넣을 뿐이다.

왜 떳떳하게 아니라고 말하지 못할까? 왜 나를 실망시켰던 사소한 일에 관해 담담히 말하지 못할까? 왜 보잘것없는 우리를 지독하게 사랑해주는 이를 찾지 못해 결국 자기 자신과 연애를 이어가며 실망하고 마음을 닫으려 할까? 왜 진짜 자신의 모습은 숨기고 더 쉽게 사랑받고 환영받을 듯한 모습으로 자신을 위장하려 할까?

결국에는 그것이 얼마나 배은망덕한 관계인가를 깨닫는다. 내면의 자기 자신과 욕하며 싸우고 심리전을 벌이며 비웃고 수단 방법을 가리지 않고 덤벼든다고 해도, 자기 자신으로부터 벗어날 수는 없다. 자기 자신을 지배할 수도 없고, 버리거나 포기할 수도 없다. 이 배은망덕한 관계는 수많은 진심, 즐거움, 자연스러움, 아름다움을 삼켜버리고 삶을 끝까지 이어가지 못하게 한다.

자신을 아껴야 한다는 사실을 우리는 모두 알고 있다. 우리가 아껴야 하는 것은 태어나서 지금까지 늘 당신과 함께해온 진실한 자아다. 결코 '내면의 자아'가 만들어낸 솔직하지 못한 '자아'가 아니다. 우리는 너무나 오랫동안 너무 많은 사랑을, 수많은 허무한 존재에게 쏟아주었다. 허영심, 나약함, 지배욕 같은 것들 말이다. 심지어 허무한 존재들과 힘을 모아 진실한 자신을 말살시키려고까지 했다.

그러나 틀려도 보고, 아파하고, 힘든 경험을 겪어야 진정한 내면을 발견하고 이 내면을 어떻게 사랑해야 하는지 알게 된다. 지켜줄수록 더 상처받고, 나약해서 쉽게 깨어지며, 순진한 척 자신을 기만하는 것은 진정한 사랑이 아니다. 진정한 사랑은 포기하지 않고, 떠나지 않으며, 서로에게 안정과 평안과 자유로움을 선사한다.

물론 친구 때문에 화가 머리끝까지 치밀어 오를 때면, 나도 이렇게 소리를 지른다.

"너랑 네 마음이랑 둘이서 백년 만년 잘 먹고 잘 살아라!"

정말 나만큼 친구의 행복을 바라는 이가 없을 텐데 말이다.

이미 헤어진 남자의 줄행랑을
슬퍼할 필요 없다

한 달간 뜨거운 연애를 끝으로 친구의 남자 친구가 갑자기 흔적도 남기지 않고 사라져버렸다. 특별한 이유도 없었다. 마치 영화 속 이야기 같았다. 어젯밤만 해도 그 남자와 그렇게 다정한 시간을 보냈는데, 아침에 일어나 보니 머리맡에 메모 하나만 남겨져 있었다고 한다.

'미안해, 아무래도 난 안 될 것 같아.'

그녀는 분통을 터뜨리며 말했다.

"얼굴을 보고 이야기하면 될 걸, 겁쟁이 같으니라고!"

나중에 술집에서 우연히 그 남자의 친구를 만나자 그녀는 화를 내며 따졌다. 세상에서 최악의 방식으로 이별 선언을 들은 재수 없는 여자가 된 것처럼 말이다. 그런데 그 친구로부터 예상치 못한 답이 돌아왔다.

"여자들이 말로는 그렇게 시원시원하지만, 실제로 얼굴을 마주보고 이별을 이야기하면 엄청 욕을 퍼붓지 않을까요? 만약에 한쪽이 울고불고 매달리면 어떡해요?"

그제야 그녀는 여자가 이별을 담담하게 받아들일 수 있음을 남자들이 믿지 못한다는 사실을 깨달았다. 감정 문제에서는 남자도 매우 약한 존재다. 도망치고, 빛의 속도로 사라지고, 찾을 수 없는 곳으로 숨는 것은 여자가 아닌 남자에게 필요한 무기였다.

평소 정의, 책임감, 효, 정직 등 훌륭한 인품을 자랑하던 남자라도 이별의 순간에 완벽하게 도덕적 책임을 지지는 않는다. 더 최악인 것은 도피를 최고의 이별 방법으로 생각하는 남자다. 그렇다. 마지막으로 속마음을 털어놓을 기회조차 당신에게 주지 않는 것이다.

사실, 뺨을 때리거나 찬물을 끼얹는 여자가 몇이나 되겠는가? 그러니 어떤 방식으로 이별을 하든 크게 신경 쓸 필요 없다. 이미 관계를 끝내기로 결심한 남자가 당신 마음에 드는 방식으로 이별하는지 여부에 왜 마음 아파하고 힘들어하는가?

이러한 나약함은 남자의 사랑이 식을 때 더 분명하게 드러난다. 새로운 상대가 상냥하게 다가와 자신의 편이 되어서 도움을 줄 때면, 예전에 동일하게 상냥하게 다가와 자신의 편이 되고 도움을 주었던 함께 사는 여자는 당장 남자의 관심 밖으로 사라진다.

사랑은 주로 그런 식이다. 시작할 때는 모든 것이 특별하고 운명처럼 느껴진다. 고통도 달콤하고, 내리는 비도 단비 같다. 내 곁에 있는 이 사람 때문에 더할 나위 없이 행복하다. 그러나 사랑이 끝나면 모든 특별함과 운명은 사라지고 모든 행운도 떠나간다. 이제 보니 그는 그저 평범한 사람 중 하나였고, 새롭게 느껴졌던 그 사랑도 그저 허상에 불과했다.

사랑을 하는 여자는 크게 두 부류로 나뉜다.

첫째, 절대 어느 순간에도 경계를 늦추지 않는 타입이다. 어떤 사소한 징조도 그냥 넘기지 않고 초반에 문제를 다 해결해버리려고 한다. 그녀들의 사랑은 사육과 같아서 사슬로 남자를 묶어둔다. 그러나 남자는 계속 문 밖으로 탈출하고 싶어 한다.

둘째, 사랑을 시작하면 모든 시스템이 마비되는 타입이다. 눈도 귀도 다 멀고, 처음 보고 들은 것을 굳게 믿는다. 그녀들의 사랑은 방목식으로, 상대도 자신들처럼 착한 마음을 품고 있으리라 믿는다. 그러나 깊은 이해심은 서로 사랑할 때라야 효과가 있는 법, 그 외에는 도리어 부담만 된다. 여자의 관심과 대화가 남자에게는 모두 부담으로 다가가기 때문에 평소의 모든 행동을 이해받지 못하게 된다.

그러나 그렇다고 해서 무엇인가를 부정할 수 있을까?

내일 폭우가 쏟아질 수도 있다. 그런데 비에 흠뻑 젖을 걸 염려해 영원히 집 밖으로 나가지 않을 생각인가? 사랑과 인생은 마치 날씨와 같다. 맑은 날도 있고 비 오는 날도 있다. 항상 맑거나 항상 비만 내리는 날씨는 재앙이다. 행운은 늘 돌고 도는 것, 기회가 왔을 때 놓치지 마라. 하늘이 장밋빛으로 물드는 광경을 볼 수 있는 기회는 모든 이에게 주어지지 않는다. 최소한 문을 열고 밖으로 나가야 그 기회를 잡을 가능성이 생긴다. 결국 언젠가 어떤 문제도 꼬이지 않는 날이 온다면, 정말 나이가 든 것일 게다.

사랑을 할 때는 200%의 에너지를 다 쏟으며 누려야 제대로 사랑할 수 있다. 하지만 쓰레기 같은 남자는 한 번만 겪으면 족하다.

아직도 목숨을 거는 사랑이 있다

헌책방에서 그리 유명하지 않은 서평집 『아직은 글로 감동을 줄 수 있는 시대文字還能感人的時代』를 샀다. 이렇게 제목에 정성을 쏟은 책을 요즘에는 만나기 힘들다. 흔히 접하는 기능적이고 흥미를 유도하면서 가십과 궁금증을 불러일으키는 책 제목들은 경박하고 주관 없다는 느낌을 준다.

영화관에서 〈타이타닉Tatinic〉이 재상영되었을 때, 나도 모르게 갑자기 이 책이 떠올랐다. 아마도 극장에서 관객들의 반응이 생각 외로 차분했기 때문일 것이다. 훌쩍거리는 소리도, 휴지를 꺼내드는 사람도 없었고 오히려 웃음소리가 끊이지 않았다. 손발이 오그라들 것 같은 장면이 나오면 사람들은 웃음을 터뜨리곤 했다.

분명 영화는 처음부터 끝까지 비극적인 사랑 이야기를 하고 있었는데, 재상영 당시 사람들은 왜 웃었을까? 아마 예전에 사람들에게 감동을 선사한 목숨 건 사랑에 대해 우리가 잠재적으로 '절대 다시 일어날 수 없는 일'이라고 결론 내렸기 때문이리라.

최근 몇 년간 원대한 포부를 품은 중국 감독과 작가 들은 가장 찍기 어렵고 가장 쓰기 어려운 소재가 다름 아닌 사랑 이야기라는 사실을 발견하고 실망했다. 한때 사랑 이야기에 심취했던 우리도 이제는 그런 장면과 대사에 잘 감동받지 않는다. 과거 많은 사람의 눈물, 콧물을 쏙 뺀 경요의 드라마에 등장했던 과도하게 '소리를 지르는' 모습은 이제 코미디 소재로 사용된다.

사람들은 사랑 이야기보다 영웅을 좋아한다. 그래서 대부분 로맨스 부분은 작품 속 양념처럼 취급된다. 세상을 구할 영웅이나 고독한 용사에게 절세미인은 그저 적당한 타이밍에 등장해서 재미를 더해줄 분위기 메이커일 뿐이다.

몇 년 전만 해도 많은 이의 눈물을 훔쳤던 로맨스 영화 〈타이타닉〉이 이제는 3D 영화관에서 재난영화로 취급되고 있다. 우리는 죽음 직전에 빛을 발하는 인간성에 감동할 뿐, 죽음을 불사하고 함께하고자 했던 남녀 주인공에게 집중하지 않는다.

영화 말미에 로즈와 잭의 이야기가 끝난 후 보석 '대양의 심장'만을 찾아 헤매던 보물사냥꾼은 깨닫는다.

'이제 알겠어. 나는 지금껏 타이타닉을 제대로 알지 못했군.'

그 순간, 내 마음에 그 책과 동시에 이런 문장이 떠올랐다.

'이제 사랑으로 감동을 주기 힘든 시대가 되었구나.'

사랑을 숭배한 영화가 너무 감동을 부추긴다는 꼬리표가 붙는 바람에

박스오피스 성적이 좋지 못한 적도 있었다. 이제는 두라라(〈두라라 승진기杜拉拉升職記〉의 주인공)나 친구들 간의 모호한 관계를 다루는 내용이 통속 로맨스의 업그레이드판이자 세속적인 사랑 이야기의 기대주가 되었다. 사랑에 목숨을 거는 것은 어르신 세대에서나 있었을 법한 일로 여겨지기 때문이리라.

그러나 나는 여전히 사랑 때문에 눈물을 흘린다. 원래 잘 우는 사람이어서도 아니고, 선천적으로 약한 사람이어서도 아니다. 그럼에도 눈물을 흘리는 이유는 사랑이 마음속 가장 깨끗한 부분을 터치할 수 있기 때문이다. 사랑은 욕심도 없고 바라는 것도 없다. 마치 인간의 손이 닿지 않은 자연 초원 같다. 한 번도 오염된 적 없는 청록빛의 풍경 같다. 사랑 영화를 볼 때만은 그러한 순수한 아름다움이 도라에몽의 타임머신을 타고 순간이동을 한 것처럼 느껴진다.

나는 생활과 성공을 위해 많은 것을 포기할 수 있다. 무리하게 일할 수도 있고, 규칙을 버릴 수도 있다. 모든 장애물을 우습게 여길 수도 있고, 나 자신을 연약하게 만드는 책임도 떨쳐낼 수 있다. 그럼에도 불구하고, 사랑은 포기할 수 없다. 오직 사랑만이 온 마음을 비춰주는 햇살이 되고, 오직 사랑의 신비한 능력만이 모든 피로를 기쁨으로 감당할 수 있게 한다.

어느 날 나보다 많이 어린 사촌 여동생이 남자들은 언제나 어린 여자를 좋아하는 것 같다고 했다. 그녀는 남자들은 청춘의 빛이 사라진 여자를 더 이상 사랑하지 않는다고 말했다. 그 말을 듣고 나는 경악을 금치 못했다. 내가 동생 나이였을 때는 모든 것을 걸고 사랑하기를 아까워하지 않았다. 그저 진정한 사랑을 놓치기라도 할까 두려워할 뿐이었다. 요즘 여자들은 세상 이치를 너무 빨리 깨닫고, 생리적이고 통속적인 부분을 모두 수용해버리고는 더 이상 사랑을 향해 빛을 비추려 하지 않는다.

글도 사랑도 사람을 감동시키지 못할 때, 인간의 정신세계는 어디로 향해야 하는 것일까? 나로서는 상상하기 힘들다. 세상이 어떻게 변하든지, 세상에서 살아남기 위해 얼마나 비굴한 삶을 감당해야 하든지 상관없이, 당신의 마음이 여전히 사랑을 노래할 수 있기를 간절히 바란다.

그리고 아직 어린 친구들에게 꼭 이 말을 하고 싶다. 노력만 하면, 언젠가는 꿈에 그리던 것들을 손에 넣을 수 있다. 집, 차, 명품처럼 가격이 명시된 상품에 불과한 것들 말이다. 그러나 더 이상 사랑을 믿지 못하게 되면 영원히 행복해질 수 없다. 어쩌면 진정한 사랑은 모든 사람에게 주어지는 행운이 아닐지 모른다. 그래도 이 세상에 여전히 어둠과 종말을 이겨내고 죽음을 불사하는 사랑이 존재한다는 믿음을 절대 포기해서는 안된다.

완벽한 당신을 더 빛나게 해줄 사랑

서른이 넘어서도 결혼하지 못한 여자를 일본에서는 '마케이누敗犬' 혹은 '아라포('around 40'의줄임말)'라고 부른다. 중국에서는 서른이 넘은 독신 여성을 '잉투사剩鬪士(결혼하지 못하고 남아 있는 여자라는 의미로 주로 사용하는 잉녀剩女의 다른 표현. 나머지라는 뜻의 잉剩은 승리하다는 뜻의 승勝, 성투사聖鬪士의 성聖과 발음이 같아 이를 활용한 것)'라고 부른다. '마케이누'와 '잉투사' 들이 직면한 어려움이야 뻔하다. 조급해하는 부모 친지들에게 날마다 전화로 결혼을 재촉받는 것은 물론이다. 심지어 그들은 동네 사람들에게 적당한 상대가 없는지 여기저기 물어보기까지 한다. 주변 사람들은 혹시 당신에게 성격적 결함이나 말 못할 문제가 있는 것은 아닌지 의심하기 시작한다.

그러나 혹 아무리 그렇다 해도 골드미스로 살아가는 나이 많은 여성들은 여전히 쉽게 자부심을 꺾거나 자신을 바꾸려 하지 않는다. 심지어 이들은 점점 더 늘어나는 것 같다. 이상한 것은 골드미스라는 이름에 눌리지 않고 오히려 확고하게 '황금 성투사'의 길을 가던 그녀들이 나이 어린 여자들을 마주하면 기겁을 하고 만다는 점이다.

텔레비전에 나오는 여러 커플 매칭 프로그램에서 결혼 상대를 찾기에 급급한 여자들은 서른 넘은 골드미스들이 아니라 아직 20대의 어린 여자들이다. 심지어 대학 졸업도 하지 않은 학생들이 골드미스로 전락할까봐 전전긍긍한다.

이 기이한 현상은 '눈이 높다'는 말로는 더 이상 설명되지 않는다. 시대가 변했다. 10년 전과는 달리 경제 활동에서 여성의 활약은 더욱 두드러지고 있다. 도시에 우뚝 솟은 비즈니스 센터마다 남자 없이도 충분히 잘 살 많은 여성이 일을 하고 있다. 그녀들은 스스로 노력해서 집을 장만하고, 차를 마련하며, 본인의 월급만으로도 명품을 살 수 있고, 연말 상여금으로 친한 친구들과 해외여행을 간다. 더 이상 돈 때문에 남자에게 기대지 않으니 심리적으로도 위축되지 않는다.

이것이 바로 골드미스들이 점점 강성해지는 이유다. 그런데 사회 관념은 경제가 발전하는 속도를 따라잡지 못하고 아직도 10년, 심지어 20년 전에 머물러 있다. 완전히 시대에 뒤처지고 있는 것이다.

나이나 세대를 막론하고 모든 남자는 따뜻하고 상냥하며 가정을 위해 포기하고 양보할 줄 아는 여자, 가사에 전념하고 자녀 양육에 온 힘을 쏟는 여자가 결혼에 적합하다고 생각한다. 나이나 세대를 막론하고 모든 여자는 성숙하고 경제력이 있으며 안정된 직업과 깊은 연륜을 가진 남자가 결혼에 적합하다고 생각한다. 이렇게 단순한 결혼관과 연애관을 갖고 있다 보니, 이 관념에 부합하지 못한 사람들은 현실에서 아무리 일에 노력을 기울이고 재능을 보여도 결혼에 있어서는 '승자'가 될 수 없다.

남겨진 골드미스들이 바로 이런 여성들이다. 필사적으로 노력하며 열심히 살아온 그녀들은 어느새 자신의 여성적인 면과 연약하고 보호본능을 자극하는 모습을 많이 잃어버렸다. 그것은 남성성과 여성성을 동시에 갖추거나 심지어 남성적인 모습을 보여야만 세상에서 살아갈 수 있었기 때문이다. 안타깝게도 이는 남자들이 원하는 모습이 아니다. 남자들은 이런 여성들과 마음이 통하는 우정을 나누거나 어깨를 나란히 하고 함께 전투에 뛰어들 전우는 되고 싶어 해도, 그녀들을 결혼 상대자로 생각하지는 않는다.

이런 현실을 여자들이 모르지는 않는다. 하지만 그렇다고 해서 지금껏 해온 노력을 포기하고 남자들에게 기대어 사는 가냘픈 등나무가 되어야 한단 말인가? 성과를 내기 위해 노력했던 그 수많은 밤들과 새벽같이 일어나 회사로 향했던 그 시간들을 생각하면, 어떻게 일구어놓은 현장인데 쉽게 포기하고 주부로 살 수 있겠는가? 지금까지 그렇게 오랫동안 까다롭게 골라왔는데, 이제 와서 포기할 수는 없지 않겠는가?

그렇다면 정말 속수무책인 것일까? 그저 드라마와 같은 일이 벌어지기를 기대하는 수밖에 없을까? 드라마처럼, 어느 날 갑자기 잘생긴 남자가 나타나 다른 사람에게는 눈길도 주지 않고 굳이 나이 많고 피부도 탱탱하지 않은 당신을 사랑하기를, 당신의 손을 잡고 사람들의 반대에 맞서면서 꼭 당신과 결혼하겠다고 고백하는 그 순간이 오기를 말이다.

이런 스토리는 골드미스가 등장하는 드라마에 빠지지 않고 등장한다. 타이완의 〈패견여왕敗犬女王〉, 한국의 〈달자의 봄〉, 중국의 〈승녀적대가勝女的代價〉가 모두 이런 이야기를 다루며 해피엔딩으로 끝을 맺는다. 그렇지만 드라마에 나오는 해피엔딩은 사실 주류를 이루는 결혼관과 연애관에 위배된다.

당신은 자신보다 어린 남자와 평생 함께할 수 있는가? 사랑하는 남자가 당신보다 성숙하지 못하고 당신에게 기대어 인생의 방향을 결정하려는 것을 견딜 수 있을까? 함께 거리를 걸을 때, 주변에서 당신이 누나처럼 보인다고 이야기하는 것을 견딜 수 있는가?

드라마에서는 항상 마음속으로 그려온 완벽한 결혼 상대자와 사고뭉치의 연하남이 동시에 등장한다. 당신이라면 완벽한 상대를 포기하고, 용감하게 사람들의 수군거림을 견뎌야 하는 남자를 택할 수 있을까? 당신이라면 나이를 상관하지 않고 씩씩하게 연애를 할 수 있을까? 앞으로 어떤 결말이 당신을 기다릴지 모르지만 두려워하지 않고 그 남자가 성장하기를 기다릴 수 있을까?

드라마의 결과는 작가의 선택일 뿐 그 결말이 특별한 시사점을 주는 것은 아니다.

골드미스가 결혼의 '승자'가 되려 할 때 가장 큰 어려움은, 잘나가는 자신의 모습이 아니라 흔들리지 않고 감정을 직시할 수 있는가이다. 그 마음은 세상의 편견에 흔들려 나약해지지 않는 마음, 안정된 생활을 보장해주는 사람을 원하는지 아니면 자신을 웃게 하는 사람을 원하는지 솔직하게 돌아보고 결정할 수 있는 마음, 고집부리기보다 용감하게 사랑을 선택하는 마음, 세상의 편견을 버리고 사랑을 감행할 수 있는 마음이다.

진정한 '승자'가 된 여자들의 공통점은 바로 자신이 원하는 대로 사랑했다는 점이다. 독신이든, 실연을 당했든, 이미 결혼을 했든 상관없다. 그녀들은 계속 사랑을 믿고 자신이 충분히 행복해질 수 있다고 믿는다. 또 자신이 소유한 행복의 힘을 믿고, 최후에 웃는 사람이 자신임을 믿는다. 성공과 실패 둘 다 자신을 '승리'로 이끈다고 믿는다.

다섯 살 연하의 사업가 딩쯔가오丁子高와 결혼한 홍콩의 미녀스타 양쳰화楊千嬅, 잘생긴 스페인 남자와 결혼한 영화배우 겸 가수 량융치梁咏琪, 60이 넘는 나이에 스무 살 이상의 나이 차가 나는 연하 남자 친구와 당당하게 출국하는 웨딩드레스의 거장 베라 왕Vera Wang을 보라. 요즘 연예계와 패션계의 '승자'들은 당당하게 행복을 쟁취한다. 더 이상 돈 많고 잘생긴 남자를 놓치지 않으려 애쓰지 않고, 카메라 앞에서도 숨지 않고 당당하다.

힘들게 고생하면서도 누구를 두려워한 적이 없고 더 이상 사람들 말을 잘 듣는 온순한 여자도 아니라면, 전족처럼 자신을 옭아맸던 굴레를 벗고 자신의 삶을 사는 것이 당연하지 않을까? 사랑하니까 함께하고, 사랑하지 않으면 헤어진다. 자전거를 타고 파리 패션쇼에 참석한 장만위張曼玉를 보고 누가 솔로인 그녀가 반짝거리는 '승리'를 얻지 못했다고 할 수 있겠는가?

정말 '잉여' 같은 골드미스들은 나이, 직업, 외모, 몸매와 상관없이 늘 불안에 떤다. 자신이 제대로 살고 있는 것인지 무서워하고, 남의 비웃음을 살까 걱정하고, 사기당하고 버림받을까 봐 두려워한다. 그리고 정말 다

떠나고 홀로 '남겨질까 봐' 두려워한다.

남겨진 여자라는 뜻의 '잉녀'라는 이름에 무너지는 여자들은 '승리'를 향해 가는 성숙한 여성들이 아니라 독립적이지 못한 여성들이다. 그녀들은 이 이름 때문에 결혼시장에서 취약 계층으로 전락한다. 주변 친지들의 재촉과 협박 속에서 자신의 진심을 포기하고 조건에 맞는 사람을 대충 골라서 결혼한다. 그저 '남겨진' 여자가 되지 않기 위해서다. 정말 이렇게 살면 마음이 편안해질까?

새로운 시대를 살아가는 여성으로서 따분한 생각을 가진 사람들에게 용감하게 한마디해야겠다.

"내가 잉여로 남든 말든, 그게 당신하고 무슨 상관이야?"

당신이 남겨진 여자라는 말에 집착하면 할수록 어디서든 사람들의 괄시를 받을 것이다. 그럴수록 나이 들어서 혼자 사는 모습이 고개를 들 수 없을 만큼 부끄러운 일처럼 느껴진다.

이제는 당당하고 빛나는 태도로 살 때가 되었다. 그리고 자신을 속이며 사는 여자들에게 알려야 한다. 계속 그렇게 살아도 세상이 끝나는 것은 아니라고 말이다. 사실, 여자는 자신을 위해 사는 여자와 그렇지 못한 여자로 나뉠 뿐이다.

이수의 소설 『인생의 전반부我的前半生』 중 다음 내용은 승리한 여성을 잘 설명해주고 있다.

탕징은 고개를 가로저으며 말했다.

"즈쥔, 내가 이 나이에 아직도 남편감을 고르는 이유는 대충 맞춰서 살려고 하지 않기 때문이야. 이건 마치 다이아몬드 시계를 고르는 것 같다고나 할까. 너, 여자들이 다이아몬드 시계를 고를 때 대충 고르는 것 봤니?"

나는 눈을 크게 뜨고 말했다.

"남편이 다이아몬드 시계라고요?"

탕징은 웃으며 말했다.

"나에게 남편은 다이아몬드 시계 같아. 나는 지금 모든 것을 가졌지. 먹고사는 데 아무 문제가 없어. 혼자일까 걱정하지도 않고, 매일 다른 남자를 만날 수도 있지. 결혼을 한다면 이상적인 사람과 할 거야. 괜히 기준 미달의 남자를 만나서 남들 앞에 데리고 다니기 창피한 일은 겪지 않도록 말이야."

막다른 골목에 이르러 결혼을 선택하는 여자는 되지 않았으면 한다. 누구든 더 이상 갈 곳 없는 낭떠러지 앞에서 어쩔 수 없이 결혼을 선택하는 일은 없었으면 좋겠다. 모든 여자에게 사랑이 마치 추운 날 간절한 두꺼운 솜이불처럼 따뜻하게 다가와주기를, 완벽한 당신을 더 빛나게 해줄 다이아몬드 시계처럼 다가오길 바란다.

여백을 남길 줄 아는 지혜로운 여자

골드미스를 다룬 드라마에서 여주인공의 엄마는 이렇게 묻는다.

"팔이 없니, 다리가 없니, 뭐 하나 모자란 것 없이 낳아주었는데 어떻게 결혼을 못하니?"

어른들은 백번 생각해도 이해하지 못한다.

'우리 집 아이는 일도 열심히 하고, 외모도 그럭저럭 괜찮은데, 어째서 제대로 된 남자를 못 만나는 것일까?'

어른들은 모른다. 단점이 없는 완벽함이 가장 큰 단점이라는 사실을 말이다.

골드미스들은 주로 3고高, 세 가지가 높은 여자다. 학력, IQ, 수입이 그 세 가지다. 이것 말고 또 하나의 중요한 공통점이 있는데 바로 모두 하나같이 남자가 없어도 아무런 문제없이 잘 살 수 있을 것 같은 분위기를 풍긴다는 점이다.

사실, 그녀들은 너무 억울하다. 자신이 충분히 현모양처가 될 수 있는 여자라는 것을 왜 믿어주지 않을까? 한 송이 꽃에도 감동하는 여자라는 사실을 왜 모를까? 자신도 로맨스 소설에 눈물 흘릴 줄 아는 여자라는 것을 왜 안 믿어줄까?

아무도 믿어주지 않는다. 결국 그녀들 스스로도 인정할 수밖에 없다. 그녀들은 정말 혼자서도 잘 살고 있으며, 선천적으로 결혼에 그렇게 목매지 않는 부류라는 사실을 말이다.

사람의 인생은 마치 한 폭의 그림과 같다. 과도한 표현은 그림의 품격을 떨어뜨리고, 화폭을 가득 채우면 상상력을 발휘할 여지가 없다. 여자도 마찬가지다. 만족할 만한 삶을 살고 싶은 여자라면 보는 순간 기분이 좋아지는 그림처럼, 적당한 타이밍에 온화한 모습을 보일 줄 알고 여백을 남길 줄 알아야 한다.

중국 전자상거래 업체 당당망當當網 이사장 위위俞渝는 한 인터뷰에서 솔직하게 말했다.

"주변 사람 모두 그 여자가 예뻐졌다고 느낀다면 그건 아마도 그녀가 긴장을 풀고 편안해지는 법을 배웠기 때문일 거예요."

"저는 팔십 퍼센트의 능력이 있다면 팔십 퍼센트를 모두 발휘하고, 육십 퍼센트의 능력이 있으면 육십 퍼센트를 발휘합니다."

많은 여자가 나이가 들어서야 여인의 몸과 마음은 반비례한다는 사실을 깨닫는다. 긴장할수록 외모는 더 못나진다. 그러나 편안하고 고요한 마음을 유지하면 쉽게 늙지 않는다.

안타깝게도 많은 여성이 너무 열심히 살고 긴장을 늦추지 못하며 숨 돌릴 틈도 없이 생활한다. 마치 조금이라도 힘을 빼면 자신의 노력들을 부인당하기라도 할 것처럼 말이다. 그녀들은 자신을 옭아매는 굴레에 괴로워하면서도, 정작 그 굴레를 만든 이가 다름 아닌 자신이라는 점을 알지 못한다. 너무 애쓰고 긴장하기 때문에 누군가에게 함께할 공간을 내어주지 못하는 것인데, 그녀들은 도리어 당당하다.

"나처럼 괜찮은 여자를 왜 몰라주는 거야?"

"나같이 좋은 여자를 어디서 또 만날 수 있을 것 같아?"

이별의 순간에 악에 받친 당신은 이런 생각을 하며 한바탕 눈물을 흘린 후, 자신은 좋은 여자니까 분명 더 좋은 남자를 만날 것이라고 믿는다. 그러나 당신이 좋다고 말하는 모습은 정말 좋은 것일까?

남녀 모두 노동에 참여해야 했던 시대의 어른들은 여자들에게 이렇게 조언했다.

"자립적이고 강한 여자만이 남자들과 경쟁할 수 있어."

부모님 세대는 이렇게 단순한 사고로 자녀의 여성적 특징에 무관심했으며, 빠져나갈 여지를 주지 않은 채 남성적 기준으로 그녀들을 구속했다. 그녀들은 울거나 소란을 피워서는 안 되었다. 애교도 통하지 않았으며 진취적인 태도로 노력하고 배워야 했다. 결국 예쁜 치마를 입었다 해도 여성으로서의 삶에는 전혀 무지하기 때문에 그녀들의 눈빛에는 그저 남성스러운 강인함만 나타난다.

당신도 혹시 자신의 남성스러운 모습을 자랑스레 여기지는 않는가? 세상이 당신을 남자로 대하고 있음을 발견하지 않았는가?

남자들이 남자답지 못하다고 원망하지 마라. 어쩌면 여자들이 너무 드세기 때문일지도 모른다.

남자는 남자답게, 여자는 여자답게 살자. 강함은 강함으로, 부드러움은 부드러움으로 돌아가게 하자. 부드러움이 있어야 강함이 살아나고, 강함이 있어야 부드러움이 가치를 찾는다.

당신이 더 많은 일을 한다고 해서 가치 있는 존재가 되지는 않는다. 당신이 더 많은 것을 안다고 해서 더 사랑받는 것도 아니다. 높은 곳에 홀로 오르면 외로울 뿐이다. 100점 만점의 여자로 살기 위해 무리하는 것보다 여지를 남기는 편이 낫다. 그 남자가 당신의 세상에서 설 자리를 남겨주어라.

'당신이 오든지 오지 않든지 나는 당신을 기다릴 것이다. 내 안에 가득한 따스함과 사랑이 내 눈과 눈썹, 그리고 입술에서 아름답게 빛날 것이다.'

여자 인생의
전반전과 후반전

나이 어린 여자들은 주변에 있는 나이 많은 여자가 그저 못마땅한 것 같다. 시대에 뒤떨어진 미적 감각도 싫고, 선생님이라도 된 듯 관용을 베푸는 것도 싫고, 숨길 수 없는 눈가의 주름과 기미도 마음에 안 든다.

사무실은 이 미묘한 적대감이 더욱 보이지 않게 요동치는 곳이다. 식사 시간이 되면 아줌마들은 누가 시집을 잘 갔고 누가 고생을 하고 있느니 등 남의 이야기로 식사 자리를 채우고, 밤새 놀고 어제 입은 옷을 그대로 입고 출근한 데다 다크서클이 보이는 어린 여자들이 마음에 들지 않는지 뒤에서 수군거린다.

이런 적대적인 관계가 경쟁관계로 변할 때 아줌마와 '어린 여자'의 대결이 펼쳐진다. 그야말로 총성이 울리고 천지가 흔들리는 전쟁이다. 예전에 유행했던 노래처럼 말이다.

'왜 여자는 여자를 힘들게 하나. 우리도 똑같이 연약한 영혼인데, 우리도 똑같이 사랑 때문에 세상에서 흔들리는데. 사랑은 양보할 수 없는 것, 당신의 순진함에 할 말을 잃네요.'

_신샤오치辛曉琪가 발표한 노래, '여자는 왜 여자를 괴롭히나女人何苦為難女人'의 한 소절

같은 성별에 같은 신체 구조를 가졌다면 분명 서로 아끼고 이해해주는 것이 마땅하건만 실제로는 오히려 서로를 천적으로 본다. 어느 날, 지금껏 살아온 여자의 인생 전반부가 완전히 사라지고 새로운 후반부가 시작되는 순간이 온다. 여자의 역할과 비중도 완전히 달라지고, 사회와 주변 환경에서도 완전히 다른 평가 기준을 부여한다. 그래서 다른 연령대의 여성 간에 엄청난 심리적 격차가 나타나는 것이다.

당신은 길에서 스쳐 지나간 중년 여성이 20년 전에는 어떻게 살고 있었는지 상상도 못할 것이다.

내가 10대였을 때 나는 한동네 아주머니를 유독 좋아했다. 하얀 피부를 가진 아주머니의 긴 곱슬머리는 늘 알맞게 정돈되어 있었다. 한 번은 남부 지역에 놀러 가셨다가 팥 한 상자를 선물해준 적이 있었다. 포장 상자는 여전히 우리 집 서랍 속에 남아 있지만, 지금 아주머니는 당시와는 다른 모습이 되었다. 단순히 세월이 흘러 나이가 들어버렸다는 의미가 아니다. 그 시절의 생기와 즐거운 모습이 완전히 사라져버렸다.

친한 친구의 이모는 외모에 신경을 쓰지 않고 하루 종일 편한 옷에 운동화를 신고 다니는 평범한 아주머니다. 그러나 사실, 그녀는 예전에 암벽 타기를 즐겨하던 분으로, 북쪽 지역에 살던 지금의 이모부가 그녀의

모습에 반해 남쪽 지역까지 따라왔다고 한다.

사실, 모든 여자가 젊은 시절을 지나왔고 꿈을 꾸었으며 사랑도 했다. 그런데 이상하게 여자들 간에 나이를 초월한 우정을 찾아보기 힘들다. 이런 현상은 여자들 대부분이 원망스러운 나이와 세월을 절대 이길 수 없다고 생각하기 때문이다. 그래서 그녀들은 자신의 상태가 완전히 바뀌는 게 세월 때문이라고 믿기로 한다.

스스로 점점 늙고 있다고 생각하기 때문에 삶이 정체된다. 그녀들은 더 이상 열정과 감정을 믿지 않는다. 그리고 눈을 반짝이며 희망을 이야기하는 여자를 만나면 견디지 못하고 말한다.

"사실, 삶은 너무나 잔인하단다. 모든 아름다움은 순간이야, 금방 시들어버리지."

이것이 지혜로운 중년 여성의 모습이란 말인가?

여자로서의 비극은 사랑의 부재가 아니라 얼음처럼 차가운 고독한 삶이다. 마치 냉궁에 갇힌 여인처럼 낮에도 밤에도 흉측한 모습으로 살다가 처음 소망을 잊고 만다.

한때 청춘이 만개했던 여자들은 한 여인의 광채는 젊음의 생기가 가득한 육체에서 비롯된 것이 아니라는 사실을, 최신 유행 패션을 따르기 때문도 아니라는 사실을, 감수성이 충만하기 때문은 더더욱 아니라는 사실을 알아야 한다. 그렇지 않으면 시간이 흘러 이제 다 행복해졌다 싶을 때, 길 가다 쉽게 마주치는 평범한 아줌마로 변하기 쉽다.

중국의 유명한 사회자 쉬거후이许戈辉가 트랜스젠더 무용가 겸 뮤지컬 배우 진싱金星을 인터뷰할 때였다.

"만약 다시 태어난다면 여자로 태어나고 싶어요, 남자로 태어나고 싶어요?"

그녀가 답했다.

"당연히 여자로 태어나고 싶죠. 만약 그렇게 되면 아이를 한 열둘은 낳고 싶어요."

인터뷰를 하는 진싱의 표정은 아름답게 빛나고 있었다. 그 모습을 본 순간, 나는 그녀가 여자의 삶을 제대로 즐기고 있다고 확신했다.

여자로서의 삶이 무엇인지 제대로 이해하기 위해서는 오랜 시간이 필요하다. 소녀일 때는 성숙한 사고를 배워야 하고, 여인이 되어서는 스스로 즐거움을 찾을 줄 알고 나이에 걸맞은 천진함을 갖추어야 한다. 그러나 요즘은 그 반대의 경우가 많다. 소녀일 때 그 천진함과 열정을 모조리 소모해버리고, 여인이 되었을 때 과거에 매인 채 즐거움을 모두 차단해버린다. 사실, 당신이 여자의 삶을 즐기고 있을 때 진정한 '여인'의 의미를 알 수 있다. 여자의 삶을 즐기는 여인을 만난 사람들은 자연스레 그녀에게 가까이 다가간다. 그녀 내면의 아름다움에서 나오는 강력한 자력磁力의 영향이다.

'왜 늘 마주치는 사람을 사랑하지 않고, 내가 사랑하는 사람은 나를 보지 못할까?'

혹자는 운이 없거나 인연이 아니었다고 이야기한다. 그러나 나는 그렇게 생각하지 않는다. 남자를 알기 위해 노력하는 여자는 너무 많다. 그러나 그녀들은 자신을 돌아보고 여자로서의 삶을 즐기기 위해서는 시간을 내지 않는다.

당신이 얼마나 좋은 사람인지 당신은 모른다. 그 상대는 그렇게 괜찮은 남자가 아니다. 그런데 당신은 자신이 부족하다고 생각하며 너무 쉽게 그를 과대평가한다. 잘못된 감정 때문에 이렇게 쉽게 주객이 전도되는 것이다.

그래서 성숙한 나이에 걸맞은 천진함을 갖춘 여자가 정말 소중하다. 이런 여성은 성숙하지만 호기심을 잃지 않고, 세속적이지만 선하며, 담담하면서도 고상함을 잃지 않는다. 그 천진함은 어린 여자들이 부리는 애교나 나이보다 더 성숙한 척하는 모습에서는 찾을 수 없다. 그들은 여자로서의 기쁨이 무엇인지 제대로 안다. 이 기쁨은 계속 마음에 간직해온 고상함과 즐거움이다. 이들은 앞으로 다시는 화려한 옷을 입고 데이트할 일이 없을 것이라는 이유로 자신의 품격을 떨어뜨리지도 않고, 앞으로 다시는 사랑이 오지 않을 것이라며 자기 마음속에 쓴물을 남겨두지도 않는다.

이런 즐거움이 마음에 있는 사람은 젊음의 패기를 질투하지 않는다. 이런 즐거움이 있기에 성숙한 풍격을 즐길 수 있다. 이런 여자는 악독한 중년 여자로 전락하지 않을 수 있다. 닳고 닳은 태도로 인생을 비난하거나 청춘을 부러워하거나 남자를 원망하지도 않는다.

나이 어린 여자들도 마찬가지다. 나이 든 여자들을 우습게 여겨도 된다고 절대 착각하지 마라. 미래의 당신은 그녀들만큼 안정된 삶을 이루지 못할 수도 있다. 그들은 모든 상황이 결정된 후를 견디지 못하고 있지만, 당신은 그 안정된 결론에조차 이르지 못할 수도 있다.

더디 울고 쉽게 웃는
그것이 곧 행복

우리 집에 일하러 오시는 아주머니는 올 때마다 나에게 묻는다.

"집에 혼자 있으면 심심하지 않아요?"

아주머니는 의아해했다. 지금껏 아주머니가 보아온 여자들은 주로 쇼핑이나 마작을 하며 시간을 보냈고, 아주머니도 그렇게 시간을 보내는 것이 알차고 정상적이라고 생각했다.

물론 그런 문제로 아주머니와 입씨름하며 힘을 빼지는 않는다. 내가 시간을 보내는 방법은 적어도 열 가지가 넘는데, 모두 다 쇼핑이나 마작보다 더 재미있다. 그 시간에 나는 나 자신에게 집중하고, 무엇이 더 재미있는 일인지 알게 된다.

나와 달리 아주머니의 세상은 시끌벅적해야 한다. 매일 밤 만찬을 즐기고 친지들과 함께 이야기를 나누며 한가한 시간을 보내는 것, 말 잘 듣는 남편과 아이들이 있는 가정을 이루는 것, 이것이 아주머니가 생각하는 행복이다.

그러나 대다수의 여자는 아주머니식 인생관으로는 행복해질 수 없다. 그녀들은 현실이 아닌 사랑을 원한다. 뜨겁고 낭만적인 사랑이 있어야 현실을 살아갈 수 있다. 사랑 없는 현실은 마치 고인 물처럼 흐르지 않고 정체된다.

한 여성이 나에게 이런 이야기를 털어놓았다. 그녀는 매일 남자 친구에게 전화를 거는데, 남자 말투가 조금이라도 안 좋거나 귀찮아하는 느낌이 들면 바로 상처를 받았다. 그녀는 남자 친구가 자신을 떠나거나 다른 여자를 사랑하게 될까 봐 두려워했다. 남자가 아무리 그녀에게 사랑을 속삭이고 그녀와 결혼하고 싶다고 이야기해도, 그녀는 여전히 불안해했다.

나는 그녀에게 물었다.

"만약 남자 친구와 헤어진다면 어떻게 살 거예요?"

그녀는 깊은 두려움을 느꼈다. 자신의 인생에서 그 남자를 사랑하는 일 말고는 그녀가 할 만한 다른 어떤 재미있는 일도 없었다. 그녀는 늘 어떻게 하면 남자 친구의 마음에 들 수 있을지, 어떻게 해야 남자 친구를 계속 바라볼 수 있는지만 생각하며 살았다. 그런데 정작 중요한 한 가지, 바로 자신의 삶을 잊고 있었다.

여자들의 불행은 남자에게 자신의 모든 행복을 건다는 데 있다. 그가 자신을 웃게 하면 웃고, 울게 하면 울었다. 이렇게 자신의 모든 희로애락을 다 남자와 결부시켰다. 그러다가 어느 날 남자가 여자를 떠나버리면 그녀들의 세계는 와르르 무너져 내린다. 세상이 너무 빨리 변한다고 나무랄 것 없다. 당신의 세상이 너무 좁아서 사랑만 담고 정작 자기 자신은 잃어버리고 만 것이다.

남자의 의미 없는 한마디에 대성통곡하는 일이 잦은가? 아니면 남자의 무심한 실수 하나에 분노가 치미는가? 만약 당신이 이런 문제 때문에 계속 힘들어한다면, 당신은 지금 뭔가를 놓치고 있는 것이다. 이 모든 상황은 행복이 당신에게 고하는 경고다. 당신의 세상이 얼마나 엉망진창인지 드러났고, 패잔병이나 다름없는 당신은 그저 당신의 세상을 차지한 누군가가 두 손 들고 항복한 당신에게 자비를 베풀어주기만을 바라고 있다. 다른 사람을 탓할 것도 없다. 가장 소중한 자기 자신을 스스로 포기했고, 결국 언제 울고 언제 웃어야 하는지도 스스로 결정하지 못하는 지경에 이른 것이다.

어렸을 때 우리는 단순하게 즐거웠다. 잘 울고 잘 웃었다. 그때의 우리는 쉽게 마음 아파하고 쉽게 즐거워했다. 한숨 자고 나면 새 날이 밝았기 때문이다. 하지만 사람은 즐거웠던 기억은 쉽게 잊어도 고통스러운 기억은 오래 기억한다. 사람은 각박한 세상사를 더 많이 경험할 때보다 시간의 흐름에 어쩔 수 없이 고통을 삼키고 즐거움을 찾는 법을 배울 수밖에 없을 때 성장한다.

행복은 어디에 있는 것일까? 예전에는 운명의 상대를 만나 조건 없는 사랑을 받고 영원히 그와 함께하는 것이 행복이라고 생각했다. 지금 내가 생각하는 행복이란 더디 울고 쉽게 웃는 것이다. 그러면 즐거워할 일은 많고, 눈물 흘릴 일은 점점 줄어들기 때문이다.

사랑도, 즐거움도, 망각조차도 일종의 능력이라는 사실을 인생의 반이

훌쩍 지난 후에야 문득 깨닫지 않기를 바란다. 살면서 끊임없이 배워야 한다. 우리가 따로 배우지 않아도 되는 일이라고, 태어날 때부터 알고 있다고 생각했던 일들이 사실은 가장 배울 필요가 있는 일이었다.

사랑 때문에 자신을 잃어버려서는 안 된다. 그렇게 되면 사랑이라는 이름으로 자기 자신을 망칠 수 있기 때문이다. 사랑 때문에 다른 즐거움을 포기해서도 안 된다. 그렇게 되면 마치 아무 산맥의 방해도 받지 않고 몰려드는 한파 같은 고통이 당신을 향해 직격탄을 날릴 것이다.

너무 늦게 자각하기 때문에 찾아오는 중년의 위기

중년의 위기란 별것 아니다. 어느 날 갑자기 지난 수십 년간의 세월이 무의미하게 느껴진다. 재미없고, 지겹고, 회의감이 들고, 그저 어디론가 도망치고 싶다. 하지만 막상 판을 뒤집고 새로 시작할 방법도 없다. 중년의 어느 날, 이런 감정이 갑작스레 마음을 비집고 들어와 어찌해야 할지 모르는 상태로 만든다.

오랫동안 삶의 한 영역을 제대로 살피지 않다 보면 결국 그 잘못된 결과가 쌓이고 쌓여 나중에는 어디서부터 잘못된 것인지조차 모르는 지경에 이른다.

아카데미 각색상을 수상한 영화 〈디센던트The Descendants〉에서 조지 클루니는 심각한 중년의 위기를 맞은 변호사를 연기했다. 주인공은 조상의 가르침을 철저하게 지키는 사람이었다. 그는, 너무 많은 재산은 자녀들의 자립 기회를 빼앗는다고 생각했고, 부지런히 일하면서 가문에 내려오는 정신적 유산을 지키는 것이야말로 자신의 사명이라고 굳게 믿었다.

어쩌면 이렇게 케케묵은 사고방식을 가졌을까? 그런데 이런 남자가 의외로 많다. 그들은 사랑과 현실에 대해 본능적으로 반응한다. 다양한 감정을 마주할 기회가 전혀 없었기 때문에 감정적 면에서는 항상 어리석은 청춘 시기에 머물러 있다. 그러다 어른이 되면 무디게 반응하거나 침묵할 뿐이다. 남자들은 일에 몰두하고 아이를 키우며 감정을 잃어간다. 그들은 마치 지칠 줄 모르는 엔진 같다. 현실의 모든 필요를 채워주는 에너지원을 제공하지만 절대 다양한 색깔의 비눗방울이나 사탕을 만들어내지 못한다. 그들의 인생관에 따르면 그런 것들은 생활필수품이 아니다. 그들은 아무리 둔하고 무딘 여자라도 때로는 핑크빛 꿈을 바란다는 사실을 절대 알지 못한다.

이런 남자는 평생 한 여자만 보고 산다. 이 여자와 결혼해서 아이를 낳고 이 여자와만 잠자리를 가진다. 그러나 그녀는 결국 그를 사랑하지 않게 된다. 그는 마치 오랫동안 혼자서 자신만의 꿈을 꾸는 사람 같다. 그 꿈에서 끊임없이 노력하면서 자신의 기준으로는 좋은 남자로서 살았다. 그러다가 어느 날 꿈에서 깨면 진짜 현실을 직면하게 된다.

중년 남자의 정서적 위기는 아내가 더 이상 자신을 사랑하지 않는다는 사실을 발견할 때와 자신이 아내를 전혀 사랑하지 않음을 발견할 때로 나눌 수 있다. 앞서 말한 영화는 전자의 경우다. 두 가지 상황 중에서 사람들은 후자의 경우 최소한 배우자가 바람을 피운 것은 아니니 차라리 낫다고 생각할지 모른다. 그러나 나는 전자가 더 운이 좋다고 생각한다.

황폐해져버린 자신의 반평생을 어떻게든 직시할 수밖에 없기 때문이다. 이것은 중년에게는 너무나 큰 고통이다. 하지만 회의하고 부정하며 상황을 뒤집는 기회가 모든 사람에게 주어지지는 않는다. 대부분은 그저 꾹 참고 노년까지 버티며 산다. 고통 후의 각성은 마치 자신이 직접 아픈 상처에 칼을 대고 다시 봉합하는 것과 같다. 고통을 참아내고 냉정한 사고를 할 때 자신에게 필요한 용기와 이성을 얻을 수 있다.

이 영화의 작가는 원작 소설을 훌륭하게 각색했다. 중국 영화에서 다루는 중년의 위기는 다르다. 중국 영화에는 세상을 향한 불만과 조소가 가득하며, 과장되고 의기소침한 모습이 나온다. 하지만 그것은 진정한 인생을 보여주지 않는다.

어른이 된 남자는 고통스러운 현실 자체 때문이 아니라 이 고통을 함께 나눌 이가 없고 이 고통을 어디서부터 이야기해야 하는지도 몰라서 힘들어한다. 대부분은 술과 담배에 의지해 자신의 쓸쓸함과 허무함을 토로할 수밖에 없다. 그들은 실패한 것일까? 그들의 꿈은 사라지고 다시는 사랑을 이해하지 못하게 되는 것일까? 사실, 이들은 삶의 변화를 깨닫지 못했을 뿐이다. 그들은 최선을 다해 자신이 가장 중요하다고 생각하는 존재를 찾아 헤맸지만 지나친 노력은 도리어 자신의 삶을 놓치게 했다.

그들은 물론 사랑이 무엇인지 안다. 다만 남자는 한 여자를 향한 사랑이 최고치에 달하면, 그 여자를 자기 삶의 일부로 삼으려 한다. 이것이 남자들이 생각하는 꿈같은 사랑의 모습이다. 여자도 남자의 꿈을 좋아했고 그래서 그와 부부가 되었다. 그러나 안타깝게도 여자는 이미 그 꿈에서 깨어나 또 다른 화려한 꿈을 좇기 시작했다. 그리고 남자는 나중에야 뒷북을 치며 그 사실을 깨닫는다.

순수하고 좋은 사람인데 왜 행복은 항상 그를 비껴갈까? 인생은 늘 그랬다. 그래서 누구도 자리를 펴고 드러누워 한숨 늘어지게 잘 수 없다. 이 세상은 항상 너무 빨리 변하기 때문에 우리는 계속 성장해야만 세상이라는 열차에 겨우 올라탈 수 있다.

단순함으로는 자신의 인생을 구원할 수 없다. 결국 어느 순간이 되면 운명이 알려줄 것이다. 당신이 자신의 인생에서 뒷북을 치고 있었다고…….

잘 지내는 삶을 자랑하고 싶지는 않다

언제부턴가 속에 있는 말들을 쏟아내고 싶은 절박함이 사라졌다. 그리고 내 마음은 다른 상태로 변했다.

"난 잘 지내, 그렇다고 사람들에게 자랑하고 싶지는 않아."

난 잘 지낸다. 어떻게 설명하는 것이 좋을까? 예전에 어떤 일로 머리끝까지 화가 치밀었을 때, 밤에 침대에 누워서 나 자신에게 굳게 다짐했다.

"두고 봐, 나중에 내가 지들보다 잘 지내는 모습을 보여주고 말겠어."

그렇지만 정말 잘 지내게 되었을 때 나는 깨달았다.

"누가 알든 모르든 무슨 상관이지? 지금 내가 어디에 있는지, 그 사람들이 나보다 더 잘 지내는지 못 지내는지, 이런 것들은 더 이상 중요하지 않잖아."

어렸을 때는 집념이 없으면 살 수가 없었다. 집념 없이는 현실을 감당하기 힘들었고 쉽게 포기했다. 집념이 없으면 내가 달려가야 할 결승점이 보이지 않았다. 그런 집념을 가져도 기쁘지 않다는 사실을 알면서도 어쩔 수 없었다. 그때는 잘 지내는 것이 무엇보다도 중요했다.

타인에게 마음 문을 열기가 어려운가? 과거를 떨쳐낼 용기가 없는가? 정말 견디기 힘들 정도로 밥맛인 맞선 상대를 만났는가? 헤어진 연인과 또다시 시작했는가?

이 모든 일들을 겪은 후에 당신은 더 나은 자신이 될 수 있다. 어떻게 사는 것이 정답인지 알려줄 수 있는 사람은 이 세상에 없다. 모든 사람의 진심은 최후의 결과가 드러나는 순간에야 알 수 있기 때문이다.

행복한가? 불행한가? 가상에만 의지해서는 알 수 없다. 옳은 것일까? 그른 것일까? 오랜 시간이 지난 후에야 그럴 만한 가치가 있었는지 아니면 후회할 선택이었는지 알 수 있다.

반평생을 살아오면서 사람들은 당신에게 한 길만이 옳고 다른 길은 틀렸다고 말해왔다. 당신이 원하지 않아도 그 길만을 가야 한다고 말했다. 그러다가 어느 날 곁에 있는 누구도 당신에게 뭐라고 하지 않을 때, 그제야 옳고 그름이 우리가 알고 있는 것처럼 그렇게 단순하지 않음을 깨닫는다. 옳다고 해서 반드시 좋은 결과가 나오지 않고, 틀렸다 해도 감사할 수 있다. 모든 것은 스스로 더 잘 살 수 있다고 믿느냐에 달려 있다.

일을 할 때는 논리와 결과만을 따질 수 있지만, 삶을 살 때는 유심론이 매우 유용하다. 깃발이 아니라 마음이 움직여야 한다(육조六祖 혜능법사慧能法師 일화에서 나온 표현. 바람에 흔들리는 깃발을 보고 스님들 사이에 움직이는 것이 바람인지 깃발인지 서로 의견이 분분할 때, 혜능법사가 끼어들어 움직이는 것은 바로 당신들의 마음이라고 일갈했다). 본래 아무것도 없는 것이니 어디서 티끌이 일어나겠는가?本來無一物, 何處惹塵埃 행복과 즐거움을 추구할 때 유물론은 대체로 소용이 없다. 그러니 사물에 대한 유물론과 내면에 대한 유심론 사이에서 균형을 이루기는 정말 복잡하고도 심오한 문제다. 모든 사람이 걷고 있는 길이기에 누구도 과감한 결론을 내리기 어렵다.

젊은 사람들은 모두 성숙해지고 싶어 한다. 성숙해지면 행복에 이르는 마지막 관문의 암호를 알게 되리라 생각한다. 그러나 그것은 전혀 중요하지 않다. 그렇게 많은 불행과 비탄을 경험한 성숙한 사람들은 사실 나이 어린 사람들보다 더 나약한 마음을 가진 어른이기 때문이다. 남들 눈에 보이지 않을 뿐, 이들은 일찍이 그 균형을 잃었고 그 대신 다른 사람과 자신을 속이는 거짓말을 채워넣었다. 너무 오랫동안 속이면 진실을 기억하지 못한다. 수많은 어른이 그 굴레에서 벗어나지 못하는 이유가 여기에 있다.

그렇다면 왜 성숙을 향해서 계속 노력해야 할까? 많은 사람이 어른이 되는 관문을 넘어서려는 순간 뒤로 물러나려 한다. 그리고 굳은 마음으로 이렇게 믿으려 한다.

'아무것도 모르는 것이 더 나은 선택이야.'

이렇게 생각하고 살면 피곤하지 않을까? 그렇다면 성숙해지려고 노력해야 하는 이유를 묻는 문제에 어떻게 답하면 좋을까?

사전에 마음의 준비를 해두는 것은 평생을 어물쩍 대충 넘기면서 살 수 있다고 믿지 않기 때문이다. 또 영원히 피할 수는 없고 언젠가 한 번은 마주쳐야 하는 일이기 때문이다. 모든 사람은 손에 칼 한 자루씩을 쥐고 있는데, 그런 사람들이 칼을 다룰 줄 모른 채로 살면 언젠가 칼을 뽑아들어야 하는 순간 자기 자신뿐 아니라 다른 사람에게 상처를 입히고 심지어 생명을 위협할 수도 있기 때문이다.

아무것도 모르는 척 살면 다른 사람에게 상처를 주지 않을까? 우리는 모두 그 동기가 선하든 악하든 상관없이 타인에게 상처를 줄 수 있는 존재다. 버리는 쪽이 있으면 버림받는 쪽도 있게 마련이다. 다만, 대부분의 사람이 자신이 상처받았다는 생각에 빠져 다른 이유를 대며 남에게 상처를 주고 책임을 회피한다.

당신이 보기에는 상대가 개의치 않아 하는 것 같아도 당사자가 당신에게 표현하지 않았을 수도 있고, 당신이 눈치를 못 챘을 수도 있다. 그 사람의 마음에는 많은 일이 쌓여 있지만 그저 인내심과 자비로운 사랑을 베풀어 당신의 진심과 성의를 계속 믿어주기로 선택한 것이다.

오래 사귄 연인이나 친구의 마음이 바로 이렇다. 이 세상에 완벽한 사람, 완벽한 감정, 완벽한 인생은 없다. 오직 관계를 계속 이어갈 것인지 아니면 멈출 것인지 선택할 뿐이다.

우리가 선택한 그 진심을 잘 간직하자. 지금 마주한 현실이 어떠하든 상관없이 그 마음을 갖고 꾸준히 걸어가자. 당신이 도달하고자 하는 목적지는 강인함의 여부와는 상관이 없다.

그러므로 자신의 길을 걸어라. 매 순간 받는 느낌은 다 다르겠지만 진심으로 그 길 위에 섰을 때 비로소 지금의 자신이 어떤 모습인지 알 수 있다. 자신이 무엇을 성취하거나 또는 잃어버린 후에야 비로소 무엇이 옳고 그른지 깨달을 수 있다. 인생은 끝나기도 전에 이미 정답지가 나와 있는 시험이 아니다.

언젠가는 마음 깊숙한 곳에서 이런 고백을 하게 될 것이다.

"난 잘 지내, 그렇다고 사람들에게 자랑하고 싶지는 않아."

그 순간에 이르기까지의 1분 1초는 너무나 길게 느껴져서 의심도 들고 화도 나고 포기하고 싶을 수도 있다. 그러나 결국 그 순간에 이를 운명인 사람은 모두 그 순간을 경험하게 된다. 그날이 되면 당신이 원하는 대로, 당신 마음대로 집념을 분출한다 해도 자신을 기만하는 것이 아닐 것이다.

그는 당신에게 반하지 않았다

사랑을 할 때, 남자는 여자에 비해 상대를 대충 고른다. 그러나 안타깝게도 이 사실을 인정하거나 빨리 받아들이려는 여자는 매우 적다.

영화 〈그는 당신에게 반하지 않았다He's just not that into you〉 개봉 후 여자들 간에 논쟁이 벌어졌다. 혹자는 남자가 여자에게 푹 빠지지 않은 징후를 다음과 같이 정리했다. 전화하면 통화 중이거나 받지 않는다, 늘 바람처럼 왔다가 사라진다, 친구나 친지들과의 모임에 당신을 데려가지 않는다, 당신의 의견에 집중하지 않는다, 당신을 위해 적극적으로 돈을 쓰지 않는다……. 그러나 마음씨 좋은 여자들은 늘 그의 누명을 벗겨주고자 여러 변명거리를 찾아낸다. 일이 바빠서, 시간이 없어서, 내가 말을 잘 듣기를 바라서, 아직 예전 사랑의 상처에서 벗어나지 못해서……. 그녀들은 그 남자가 자신을 사랑하지 않는다면 왜 자신에게 시간을 낭비하겠냐고 결론 내린다. 그래서 그가 당신을 충분히 사랑하지 않는다는 사실을 곧 죽어도 믿으려 하지 않는다.

"당신은 좋은 여자야."

그러나 사실, 그는 깨끗한 생수보다 자극적인 콜라를 더 좋아한다.

"당신은 나에게 정말 잘해줘. 당신처럼 나한테 잘해주는 사람은 또 없을 거야."

그러나 그는 당신이 그를 사랑하듯이 당신을 사랑해줄 수 없다.

"당신이 싫은 게 아니야. 단지 아직 내려놓지 못한 게 있을 뿐이야. 시간을 좀 줘."

그러나 그는 사실, 자신이 의지할 만한 더 좋은 곳을 찾지 못했을 뿐이다.

하나같이 당신을 인정하고 격려해주는 말 같지만, 이 남자들은 모두 잔인하게 자신을 버렸던 과거의 여자를 잊지 못했다. 사랑은 그렇다. 당신이 아무런 보답을 바라지 않고 많은 것을 주어도 반드시 좋은 결과를 보장하지는 않는다.

오래전에 한 친구가 내게 이런 말을 했다. 그녀는 연애의 고수였는데, "이 세상이 정말 이상하다"고 했다. 착한 여자는 나쁜 남자와 결혼하기 쉽고 나쁜 여자는 착한 남자를 쉽게 만난다는 것이다. 그녀는 나에게 "너는 분명 다른 여자들처럼 잘 살지는 못할 것"이라고 결론을 내렸다.

당시 그런 결론을 내린 그녀에게 나는 오랫동안 고민스러웠던 문제를 물어보았다. 어떻게 하면 남자가 먼저 돈 계산을 하게 할 수 있느냐고 말이다. 내 질문에 그녀는 큰 소리로 웃으며 때가 되면 자연스럽게 알게 될 것이라 답해주었다.

그리고 지금에 와서야 나는 알게 되었다. 여자가 남자를 조련한다는 것은 그야말로 말도 안 되는 소리였다. 만약 그가 당신을 그만큼 사랑하고 인정한다면 자연스레 두 사람 사이의 방어벽은 사라지고 당신이 매달릴 필요도 없다. 그러나 그가 당신을 그만큼 사랑하고 인정하지 않는다면 냉전을 불사하며 무슨 수를 쓰더라도 소용없다. 그의 일부는 차지할지 몰라도 그의 전부를 얻을 수는 없다. 당시 만나던 남자와 결판을 내고 싶었음에도 내가 그럴 수 없었던 것은 그만큼 믿음이 없었기 때문에, 즉 그가 나에게 믿음을 주지 못했기 때문이다. 여자들을 오냐오냐 받아주는 것도 다 남자가 원해야 가능한 것이다.

감정은 조련할 수 있을지 몰라도 사랑은 그렇지 않다. 어린아이 기르듯이 남자를 기를 수는 없다. 그가 당신과 결혼했다고 해서 당신이 그의 소유가 되고, 그가 당신의 소유가 되지는 않는다. 그와의 키스, 포옹, 잠자리, 심지어 달콤한 사랑의 밀어를 나눈다고 해서 당신이 기세등등한 후궁이 되었다는 의미는 아니다. 착한 여자는 신물이 날 만큼 참아주기 때문에 나쁜 남자에게 쉽게 속는다. 나쁜 여자는 우여곡절 끝에 실제적인 지위가 좋다는 사실을 깨닫는다.

사랑은 어느 날 또 다른 모양으로 변할 수 있다. 물방울 모양? 장미 모양? 그런 게 아니다. 왼손에 쥔 휴대전화로 언제든지 그를 부를 수 있는 자신감, 오른손에 거머쥔 열쇠로 언제든지 문을 열고 돌진할 수 있는 모습 말이다.

만약 이렇게 할 수 없는 관계라면, 아마도 그는 당신에게 반하지 않은 것이다.

PART 3

만나는 상대에 따라 달라지는 삶

고상하고 여유롭게 살고 싶다면서 진흙탕 싸움을 무서워할 필요는 없다.
근검절약하면서 정작 화려한 삶을 살지 못한 것을 안타까워할 수는 없다.
다른 결론을 원한다면 다시 태어나는 수밖에 없다.
소원하는 것과 필요를 모두 만족시키는 것이야말로 가장 멋진 인생이다.
그러나 대부분 둘 중 하나만 선택해야 하는데, 이때야말로 가장 지혜가 필요한 순간이다.

때로는 홀로 헤쳐 가야 할 어두운 시간

한밤중에 한 여성이 급하게 나를 찾았다. 자기 여동생이 집도 차도 없는 타지 남자를 만나 불같은 사랑에 빠졌고 벌써 시부모님과 만날 준비를 하고 있으며, 그녀의 어머니는 집에서 불같이 화를 내며 그 남자를 만나지 않겠다고 단언했다고 했다. 그녀는 어머니와 동생 사이에서 누구 편에 서야 할지 몰라 걱정이 태산이었다.

이는 많은 집안에서 흔히 발생할 만한 일이다. 그러나 그렇게 강압적으로 나간다고 해서 열렬히 사랑하는 두 사람을 갈라놓을 수 있을까? 또 자식들의 행복만을 바라는 부모님이 고르고 골라 선택한 '최고의 남편감'이 정말 딸을 행복하게 해줄 거라고 장담할 수 있을까?

누구도 그걸 자신할 수 없으며, 남의 미래를 정확하게 꿰뚫어볼 수 있는 혜안을 가지지도 못했다. 아무리 자식을 사랑하는 부모라고 해도 그들의 선택이 최상이라고 장담할 수는 없다.

나는 그녀에게 물었다.

"당신이 빙 씨를 사랑하게 되었을 때를 생각해봐요. 그 사람도 타지 사람인 데다가 그쪽 부모가 당신을 못마땅하게 여기고는 제대로 쳐다보지도 않았잖아요. 그때 어떻게 이삼 년을 버텼나요?"

그녀가 답했다.

"그건 다르죠. 어쨌든 그때는 분가도 가능했고……."

그러나 그 말을 내뱉는 순간, 그녀 자신도 논리가 맞지 않다고 느꼈다.

여자로서 가슴 뛰던 그 느낌을 어떻게 잊을 수 있을까? 진심으로 좋아하는 사람과 평생을 보내고 싶은 마음이 쉽게 억눌려지던가? 그런데도 입장이 바뀌어 엄마가 되고, 언니가 되고, 손윗사람이 되고, 친구가 되면 이 사실을 쉽게 간과한다. 사랑 앞에서 이성적인 사고방식의 조언은 아무 짝에도 쓸모가 없다.

감정 문제에서 난 부모님께 특히 감사한다. 두 분은 모두 시골에서 태어나 연애 후 결혼하였다. 늦은 결혼에 출산도 늦었지만 두 사람이 노력해서 평화롭고 행복한 가정을 이루었다. 그리고 최선을 다해 나를 길러주었다. 아무것도 없이 빈털터리로 결혼한 터라 두 분은 힘든 시기도 보냈고 싸우기도 했지만, 특별할 것 없던 두 분의 마음은 절대 변하지 않았다. 나의 결혼 상대에 대해서는 최악의 사태를 상상하며 마음의 준비를 해두었다. 심지어 나를 격려하기까지 했다.

"집이 없어도 두 사람이 함께 열심히 살면 된다."

자유롭게 자라온 사람은 평온하게 자신의 인생을 선택할 수 있다. 만약 경제적 기반이나 물질적 조건이 행복한 결혼을 보장한다면, 어째서 의식주에 대한 걱정 없이 사는 부부 간에 그렇게 많은 불화가 생기는 걸까?

우리가 인생의 선배로서 우리 뒤에서 따라오는 젊은 친구들을 대할 때, 자신의 경험으로 그들을 대신해서 무언가를 판단하고 선택해주는 것은 필요하지 않다. 그렇게 하면 오히려 그들 스스로 선택하는 능력을 잃게 할 뿐 아니라 반항심만 북돋아 원망을 품게 할 수 있다. 인생의 선배로서 젊은 친구들을 마주할 때 호되게 나무라거나 비판하는 것도 필요 없다. 마음은 마치 홍수와 같다. 물길의 방향은 제시할 수 있지만 그 물살을 가로막아서는 안 된다. 스스로 경험하게 하는 것이 낫다. 괜히 성급하게 나서서 결정해둔 채 그들에게 "얘들아, 천천히 해"라고 할 필요는 없다.

혼자 걸어야만 하는 길이 있다. 홀로 헤쳐가야만 하는 어두운 밤이 있다. 누구도 대신해줄 수 없는 경험이 있다. 만약 두 사람의 선택이라면 나는 오히려 나의 친구들이 용감하게 부딪쳐가며 한 걸음씩 성장하기를 바란다. 다른 사람이 예비해둔 행복을 따라 살다가 방향을 잃고, 진심을 놓치고, 통찰력을 잃게 되지 않기를 바란다.

우리는 혹시 피해자 세대가 아닐까

싼마오三毛(중국 여성 작가, 작품으로 『사하라 이야기撒哈拉的故事』가 있다) 사망 20주년 기념행사에서 싼마오를 추모하는 많은 글을 보았다. 그녀의 이름은 반항하던 청춘들의 마음에 새겨졌다. '방랑'에 관한 가장 아름다운 대명사인 사하라와 생명같이 사랑했던 호세는 우리 마음에 남았다.

어떤 이는 모든 것이 그녀의 환상이며, 호세가 그녀의 글에서만큼 그녀를 사랑하지 않았을지 모른다고 말하기도 했다. 또 한 친구가 내게 해준 이야기가 생각난다. 꽤 유명한 여성 작가가 일찍이 결혼이 깨졌으면서도 남자에게 여전히 금슬 좋은 부부인 척해달라고 부탁했다는 내용이었다.

매일 진수성찬을 먹는 사람은 소박한 밥상의 힘을 알 수 없다. 감정 역시 그러하다.

이것이 아마 많은 여성 작가의 실제 인생이 작품처럼 그리 다채롭거나 아름답지 않은 이유일 터이다. 어떤 남자는 촌스러운 여자와 결혼하는 한이 있어도 여성 작가는 싫다고 했다. 그녀들은 지나치게 예민하고 섬세하며, 스스로 고상하다고 생각하면서도 음란에 오래 빠져 있기에 일상으로 돌아오기 힘들다. 그리고 우리는 오랫동안 작품에서 묘사하는 그 아름다운 세상에 너무 깊이 중독된 나머지 거기서 쉽사리 헤어나지 못한다. 우리에게 영향을 준 감성은 현실과는 너무나 달랐다.

친구는 내가 애교도 없고, 남자가 나약해져서 도망치는 꼴을 못 보며, 그런 모습을 잊지도 않는다고 했다. 싸울 때마다 옛 기억을 떠올리며 마음에 분노를 쌓아, 상대방으로 하여금 상황에서 벗어날 여지를 전혀 남겨주지 않는다고도 했다.

"나는 정말 로맨스 소설의 피해자야."

한 친구는 매번 이를 악물고 이렇게 이야기했다.

이미 뼛속 깊이 새겨진 관념들은 이제는 돌이킬 수도 없다. 우리는 싼마오, 경요, 시무룽席慕容의 작품을 보며 자라왔다. 그러다 보니 남자라면 일단 책임감 있는 모습을 보여야 사랑할 만했고, 여자라면 콧대 높고 고상하며 빵보다는 사랑을 선택할 수 있어야 한다고 생각했다. 그런 소설 속 세상에서 빠져나와 현실의 남자들을 보니 책임감은 고사하고 매너조차도 제대로 갖추지 못한 것 같았다.

그러나 이미 깊이 각인된 관념들을 없애기는 힘들었다. 나쁜 남자는 헤어나기 힘들 정도로 매력적이지만 그렇다고 내가 온화한 여자들처럼 그 나쁜 모습을 견뎌내는 것도 아니었다. 확실하게 입장을 정하지 못한 채

약 10년이 지나고 나니 이제는 사랑이 원래 이렇게 혼란스러운 것인지 아니면 혼란스러워하다가 사랑을 잃어버린 것인지 잘 모르게 되었다.

우리는 정말 피해자 세대인 것일까? 감정 문제에 거침없고 솔직하며 직설적인 90년대생들을 볼 때면 감탄을 금할 수 없지만 한편으로는 요즘 사랑이 과거에 존재했던 아름다움을 많이 간직한 것 같지도 않다. 그러나 그들은 이미 빠른 속도로 시간과 힘을 낭비할 필요 없는 생존방식을 선택했다. 많이 힘들어하고 많이 울고 나서야 싼마오와 임대옥 같은 여자는 이 세상에서 절대 이기적으로 살 수 없다는 사실을 깨달은 우리와는 다르게 말이다.

한 커플이 미래를 놓고 수도 없이 이야기를 나눴다. 그 후에 여자가 남자에게 자신에게 무엇을 해줄 수 있냐고 물었다. 남자는 대답하지 않았다. 그리고 며칠이 지난 뒤, 이번에는 남자가 여자에게 물었다.

"나와 사귀면서 바라는 게 뭐야?"

나에게 무엇을 해줄 수 있어? 나한테 바라는 게 뭐야? 그렇게 뜨거웠던 감정도 결국에는 다 날아가고 남은 것은 이 두 가지 질문뿐이었다. 언뜻 보면 너무 웃기고 저속한 질문이다. 그러나 이 두 질문에 직면할 용기가 없는 관계라면 더더욱 오래갈 수 없을 것이다.

왜 이런 문제를 두려워하며 도망쳐야 할까? 누구나 한 번쯤 엉망진창으로 망가진 모습을 보이거나 아침에 일어나서 입 냄새를 풍길 때가 있게 마련이다. 마찬가지로 감정 문제와 관련한 모든 요구 역시 사랑의 한 부분이다.

완벽한 연인을 꿈꾸던 대학 시절, 우리 과 퀸카였던 그녀가 수많은 '재벌 2세'나 캠퍼스 킹카들의 구애를 마다하고는 별로 보잘것없고 심지어 시골 출신인 남자와 연애를 시작했다. 그 이유를 묻는 나에게 그녀는 그 남자 앞에서는 코를 파도 창피하지 않다고 답했다. 먹는 모습이 조금이라도 흉해 보이면 어쩌나 걱정하던 우리와 달리 그녀는 이미 자유로움에 대해서 잘 알고 있었던 것이다.

시간이 흐른 지금도 그녀의 말이 떠오를 때마다 나는 재차 감탄한다. 그렇다. 아무리 청춘이 아름답다고 해도 그 기억을 용감하게 떨쳐내지 못하는 사람은 어른들의 세상에서 잘 살아남기 어렵다.

졸업 후 얼마 지나지 않아 그녀는 그와 결혼했고, 편안하고 행복하게 살고 있다. 임신 때도 그녀는 섹시한 미시족이었다. 누가 대학 때 퀸카도 결국에는 망가진다고 했던가. 그런 피해를 입지 않은 예외가 바로 그녀였다.

바람,
자신을 속이는 게임

결혼 후에 나는 바람피우는 내용의 영화를 보면 두렵거나 심리적인 영향을 받지 않느냐는 질문을 많이 받았다. 과거에는 그랬을지 모르지만 지금은 그렇지 않다. 이렇게 묻는 사람도 있었다.

"여자들이 바람피우는 것에 대해 어떻게 생각해요?"

사실, 여자들이 탈선하는 이유는 하나다. 원하는 것을 얻지 못했기 때문이다.

남자라면 중년의 위기를 맞이한 것일 수도 있다. 곁에 많은 여자를 두는 것이 권력과 지위를 드러낸다고 생각했을지도 모른다. 그러나 여자들의 경우는 대부분 한 가지 이유 때문이다. 오랫동안 쌓인 공허함을 더 이상 숨길 수 없어 밖으로 분출하는 것이다. 이런 공허함은 육체적 고독이나 정신적 황폐 또는 자아에 함몰된 것일 수도 있다. 이 모든 이유를 하나로 종합하자면 결국 마음이 공허하기 때문으로 집약된다.

정말 상대방에 대한 감정이 메말라버린 사람은 그리 많지 않았다. 대부분 새로운 감정을 느끼면서도 여전히 예전에 가졌던 마음을 그리워했다. 게다가 과거의 자아가 여전히 살아 있어 완전히 달라진 새로운 현재의 자신을 받아들이고 싶어 하지 않는다. 그녀들의 마음은 현실에 치여 완전히 소모되었음에도 새로운 것으로 채우지 못했다.

영화 〈라스트 나잇Last night〉에서는 오래된 커플이라면 대부분 익숙할 상황을 보여준다. 영화 주인공들처럼 사는 부부는 쉽게 마음이 흔들리고 안절부절못한다. 서로 같은 부류이기 때문이다. 그들은 생활 속에서 함부로 잘못을 저지르지 않으며 살아야 안도감을 느낀다. 또한 너무 많은 대가를 지불할까 봐, 남은 것 없이 모조리 소진될까 봐, 상황을 제어할 수 없을까 봐 두려워한다.

그래서 그들은 첫눈에 반한 사랑의 기억을 뒤로하고 결혼한다. 결혼이야말로 그들에게는 다른 것과 비할 수 없는 최상의 결론이었다. 물론 어떤 부분에서는 정리되지 않는 감정도 있다. 정리되지 않는 영혼, 이것은 남녀를 불문하고 결국에는 터질 문제다.

그들의 불안한 마음과 바람 앞에 요동치는 영혼은 다른 사람의 말에 흔들린다. 바람을 피울 때 사람들의 눈초리는 마치 민첩한 봄바람 같다. 그것이 마음속 틈새를 타고 들어가 자신의 마음을 뒤흔든다. 그들은 예전보다 더 매력을 발산하고 즐거워한다. 그러나 그 순간이 지나면 그들은 평소의 모습으로 돌아온다. 바닥에 뒹굴고 있는 하이힐은 날이 밝은 후에는 더 이상 환영받을 수 없다. 그렇다면 그들의 감정은 허상에 불과한 것일까? 사실, 그들은 어젯밤 기억이 진실이기를 바란다. 그 매혹된 감정은 그들 결혼의 무력함과 옛 사랑에 대한 마음이 아직도 살아 있음을 증명하기 때문이다.

누가 자신의 마음은 이미 죽었다고 인정하고 싶겠는가? 말로는 그런 척할지라도 내심 그 사실을 인정하고 싶어 하는 이는 없다. 육체적이든 정신적이든 탈선의 원인은 결국 현실에서 무너진 영역을 회복시키다가 시작되기 때문이다. 그러나 무너져본 적이 없는 감정이 어디 있단 말인가? 또한 바람을 피우고 두 사람의 사이가 멀어지는 것 자체가 완전히 무너진 것임을 왜 모르겠는가?

영화 〈매디슨 카운티의 다리The Bridges Of Madison County〉가 생각난다. 이 영화를 본 많은 사람은 서로의 어긋남과 농담에 눈물과 웃음이 교차하기도 하며, 안타까우면서도 한편으로는 큰 위로가 되어준 주인공들의 사랑을 진정이라고 굳게 믿었다. 그들은 사랑도 구식이었고 바람피우는 것마저 구식이었다. 그러나 조금씩 싹튼 감정은 마음을 뒤흔들었고, 내면 깊은 곳에서 솟구친 감정의 파도를 그들은 죽을 때까지 잊지 못했다.

그러나 이제 하룻밤 사랑은 점차 현대인이 지루할 때 즐기는 게임처럼 변해버렸다. 약하지만 유일한 종착점인 안정감을 느낀 두 사람은 더 이상 잘못된 방향으로 마음을 주지 않으려고 한다. 그들은 결국 자신들의 영원한 보루인 결혼으로 돌아온다.

당신의 사랑이 얼마나 큰지 말할 필요 없다. 진정한 사랑이라면 결실을 맺지 못할까 두려워하지 않는다. 당신들은 서로 사랑하는 것 같지만 사

실은 서로 난잡한 자극만을 추구하다가 다행스럽게도 결국 원래의 파트너에게 돌아간다. 이것은 사랑이 아니다. 그저 자신을 기만하는 게임일 뿐이다.

사람들은 무언가를 잃을까 봐, 대가를 치르게 될까 봐, 지위가 추락할까 봐 두려워한다. 대부분 이리저리 얽혀 고통스러워하는 원인은 오직 하나다. 그들은 자신이 얼마나 잘 살 수 있을지 모른다. 그에 대한 간단한 자신감조차 없기 때문이다. 그래서 시작할 때부터 잘못된 선택을 한 사람은 늙어 죽을 때까지 잘못된 선택을 이어간다.

편협한 사랑은 바람 따위의 비좁은 출구만을 찾아낼 뿐이다. 그러나 자비로운 사람의 마음은 공허하지 않다. 그녀들의 마음에 사랑이 가득하고, 일상에서 더 많은 출구를 찾을 수 있기 때문이다.

누구를
초대해야 할까

어느 날 오후, 동료가 갑자기 나에게 물었다.

"결혼하고 나면 열정이 사라진 느낌이 들지 않나요? 그러면 결혼하는 게 나을까요, 아니면 혼자 사는 게 나을까요?"

순간 3초 정도 멍하니 있었다. 단 한 번도 결혼과 열정이 서로 모순된다고 생각해본 적이 없었기 때문이다. 물론 결혼 전에 여러 문제로 걱정을 하긴 했지만, 절대 그 문제는 없었다고 단언한다. 그래서 그녀에게 말해주었다.

"열정은 결혼과 상관없잖아요. 전 혼자였을 때보다 지금이 더 나은 것 같아요."

아마도 그녀는 내 대답을 제대로 이해하지 못한 듯했다. 멋쩍어하던 그녀는 이렇게 답했다.

"전 결혼 후의 제 삶이 너무 무미건조할 것 같아요."

오늘 다시 이 문제를 생각했다. 여자들의 보편적인 문제는 상대방에게 인생의 너무 많은 기대를 건다는 점이다. 또한 인생의 많은 문제를 남자에게 떠넘기려고 한다.

'왜 그 사람은 하나도 낭만적이지 않지?'

'왜 깜짝 파티 같은 이벤트도 못할까?'

'왜 A씨처럼 부인에게 관심을 기울여주지 않는 거지?'

그렇다면 당신에게 물어보겠다. 왜 당신은 남자에게만 열정을 요구하는가? 왜 자신이 상대방의 열정을 불러일으킬 수 있는 존재인지는 생각하지 않는가? 당신에게 낭만 세포가 정말 존재하기는 하는가?

결국 모든 것은 내가 항상 말해온 문제로 귀결된다. '무엇을 좋아하고 싫어하는지는 명확하면서, 무엇을 어떻게 해야 하는지는 전혀 모른다'로 말이다.

어쩌면 당신은 이렇게 말할 수도 있다.

"나도 노력했어! 눈치챌 수 있게 암시도 했고, 원하는 것도 이야기했다고!"

과연 그럴까?

여행이 가고 싶을 때, 당신이 나서서 여행을 계획하고 준비했는가 아니면 남자가 다 해주길 기다렸는가? 당신조차 번거로워하는 이런 일들을 할 시간도 없고 관심도 보이지 않는 남자에게 원망과 비난만을 쏟아내지는 않았는가? 또한 당신은 즐겁고 행복한 마음을 잘 표현했는가? 평소 일상생활 중에 그에게 자주 칭찬을 했는가? 그를 의지하고 있다고 말한 적이 있는가? 친절한 말투로 그의 보호가 필요하다고 털어놓은 적이 있는가? 그에게 작은 선물을 해준 적은 있는가? 그가 당신의 지지와 보호를 필요로 할 때 당신은 그 필요를 채워줄 수 있었는가?

혹 나약해진 당신이 그저 그를 향해 고함만 질렀던 것은 아닌가?

"왜 나를 불안하게 해? 왜 나를 위로해주지 않고 바보같이 그냥 거기서 있기만 하는 거야?"

혹 다른 사람이 부러웠거나, 드라마에 나오는 완벽한 남자 주인공을 보면 괜히 짜증이 올라와 이런 생각을 한 적은 없었나?

'어쩌다 이런 남자를 골랐지? 어쩌다 이런 남자와 결혼한 거지? 예전의 그 남자는 나를 그렇게 사랑해주었는데!'

강인해지는 법, 홀로 서는 법을 이미 다 익혔다고 여겼겠지만, 사실 당신에게는 여전히 팔짱을 낀 채 방관하는 연약한 아가씨 노릇을 하고 싶다는 생각이 뼛속 깊이 각인되어 있었던 것이다. 스스로 남자를 잘 알고 결혼 전문가라고 여겼겠지만, 사실 마음 깊은 곳에서는 모든 문제의 방패막이로 감정과 남자를 내세우고 있었던 것이다.

"충분히 노력하며 살아왔는데도 감정 문제만큼은 마음대로 되지를 않아. 나도 어쩔 수가 없어."

"왜 나는 좋은 남자를 만나지 못하는 거지?"

이런 생각들이 하나둘씩 떠오른다면, 당신은 지금껏 다음의 사실을 의식하지 못했던 것이다. 모든 일은 노력하고 마음을 기울이면 된다. 감정 문제도 마찬가지다.

열정은 당신이 갖고 싶다고 해서 가질 수 있는 것이 아니다. 남자는 당신이 바꾸고 싶다고 해서 바꿀 수 있는 존재가 아니다. 당신이 속한 작은 우주에서 자기 인생도 마음대로 할 수 없을 때, 남자 하나 바꿔서 인생이 더 나아진다고 어떻게 확신할 수 있는가? 자기 인생을 걸고 도박을 하는 것이라면 실패 가능성에 대해서도 마음의 준비를 해야 한다.

자신이 원하는 것이 무엇인지도 모를 때, 관계를 변화시키면 자신이 바라는 사랑과 결혼이 무엇인지 알게 될 거라고 어떻게 확신하는가? 무식하고 얄팍한 패션 정보와 관계 전문가들의 조언에 괜히 귀 기울이지 말기 바란다.

그들은 정말 젊은 여성들에게 알려주어야 하는 정보가 무엇인지 모른다. 관계 문제를 잘 이해하고 극복하려면, 우선 당신의 마음부터 남자와 동등한 위치에 서야 한다. 눈물이나 다른 수단이 아니라, 통제나 악담을 통해서가 아니라, 두 사람 모두 서로를 더 나은 방향으로 발전할 수 있게 해야 한다.

남자는 폭우 속에 있는 여자에게 따뜻한 품이 되어주는 보호막이다. 마찬가지로 여자 역시 남자를 보호해줄 수 있다. 남자가 실패와 좌절을 겪을 때 여자는 곁에서 따뜻한 눈빛을 보내며 손을 내밀 수 있다.

이렇게 하지 않으면 당신은 영원히 스스로를 남자 인생에서 의미 없는 존재라고 느낄 것이다. 당신은 그저 살림도우미 같은 존재이거나 혹은 언젠가는 서로 권태기에 빠지게 될 법적 반려자일 뿐인가?

남자는 여자를 감동시키고 열정을 분출하게 만들 수 있다. 남자를 위해 뒤척이게 만들 수 있고 남자를 기다리며 눈물 흘리게 할 수 있다. 마찬가지로 여자도 남자의 보호 본능과 열정을 자극할 수 있다. 그들은 여자를 위해 기꺼이 무릎을 꿇을 수 있고 빗속을 달려갈 수 있으며, 트로이의 목마를 부술 수도 있고 새로운 제국을 세울 수도 있다.

감정이란 결국 화학적인 반응이다. 서로 다른 사람이 함께할 때, 각기 다른 화학방정식이 나올 수밖에 없다. 재미있는 사람이 따분하게 변한 것은 대부분 삶이 지루하기 때문이다. 지루한 사람의 눈이 갑자기 반짝거리는 것은 분명 재미있는 사람을 만났기 때문이다.

누구에게 열정을 요구해야 하는지, 그리고 당신이 원하는 열정은 무엇인지에 대한 답은 바로 당신에게 있다.

여자라면 누구에게나 아수라의 피가 흐른다

사람들은 아수라Asura(고대 인도 신화에 등장하는 싸움을 좋아하는 귀신)에 대해 아름다운 외모에 호전적이며 질투가 심하다고 묘사한다. 그리고 그녀가 싫어하는 곳은 큰 재앙이 미친다고 한다.

이수의 소설 『아수라阿修羅』는 한 소녀에 대한 이야기다. 어려서부터 주인공이 싫어하는 사람은 늘 부상을 입거나 심하면 죽기까지 했다. 마지막에 그녀는 자신이 좋아하는 남자를 다른 여자에게서 빼앗아 오지만, 결국 그 신비한 능력을 잃어 다시는 어떤 불행도 감지하지 못하게 된다.

사실, 여기서 지칭하는 능력은 별다른 게 아니다. 단지 그녀는 어른들의 게임 법칙을 알고 있었다. 바로 어른들의 어두운 마음을 잘 읽었기 때문에 그녀는 일반인과 다른 부류로 구별되었던 것뿐이다. 즉, 『아수라』는 기이한 능력을 가진 소녀의 성장소설이라기보다는 흉측한 어른의 세상을 그려낸 작품이라고 볼 수 있다.

아이들 앞에 서면 어른은 정말 나쁜 마음으로 가득한 생물임이 여실히 드러난다. 어른들은 아이들에게 그 모습을 들킨 것이 너무 부끄러워 화를 낸다. 사실, 그래봤자 눈 가리고 아웅 하며 허세를 부리는 것에 불과하다. 스스로 강하다고 착각하는 어른들은 그 모습을 아이들이 눈치채지 못한다고 착각한다. 그러나 속고 있는 것은 다름 아닌 자기 자신들이다.

소설 속에 등장하는 어른들은 하나같이 그럴듯하게 둘러대기도 힘들 정도로 엉망진창이다. 그러나 그들은 똑똑한 어른들이었기에 제대로 해명하지 않고 다른 것에 책임을 전가하며 그럴싸한 변명을 늘어놓는다. 그들은 그렇게 체면도 구기지 않으면서 책임도 지지 않는 가장 좋은 방법을 사용했다.

그러나 아이들은 도망치고 싶어도 피할 수 없어 어른들의 연극을 받아들일 뿐이었다. 어른이 자신을 착한 아이라고 하면 착한 아이가 되기 위해 노력하고, 어른이 자신을 나쁜 아이라고 이야기하면 그 결과는 그야말로 참담하다. 어른이 아이를 향해 너는 아수라라고 말하니 그저 불행의 근원이 자신이라고 생각한다.

당신과 나는 모두 한때 어린아이였다. 어린 시절의 우리 마음은 그 작은 체구에 얽매였기에 하루빨리 어른이 되고 싶어 했다. 그러나 어른이 된 후에야 어른의 세상은 겨우 이런 모습일 뿐임을 알게 되었다. 원망할 일들은 더 많고 도망칠 방법은 없다. 결국 자신 역시 점점 허세를 부리는 어른이 되어간다.

중년에 접어들면서 이제야 우리 부모님 세대가 허세를 부리기 위해 노력해왔음을 깨달았다. 그들은 이제 아수라가 될 수 없다. 그래서 무엇 하나라도 남들에게 내세워 자신들이 쌓아온 숙련된 경험들을 드러내고자 했다.

그러나 지금 이 시대의 젊은이들은 호전적이든 질투를 잘하든 상관하지 않는다. 어떤 부담도 마지노선도 없기 때문이다. 그들은 오로지 즐거움을 위해서 마음의 준비를 단단히 한 후 '아버지'와 '삼촌'을 따라 세상을 향해 나아간다.

대학생 딸이 남자 친구를 잘못 사귀어 장래에 영향을 받을까 걱정하는 친척에게 한 말씀을 드렸다.

"젊은 사람들에게 감정이란 무거운 짐 같은 존재랍니다. 필요 없으면 금방 버리려고 하기 때문에 최후의 승자가 누가 될지는 아무도 모르는 거예요. 그러니 걱정하실 필요 없어요."

아수라 같은 지금의 10대와 20대는 벌써 많은 과거와 많은 인생의 이야기를 가지고 있다. 그들은 아직 젊기에 어디에도 얽매이지 않을 권리와 능력이 있다. 그들을 대신해서 셈을 해줄 존재인 시간이 있기 때문이다.

그러나 중년 여자의 능력은 청춘과 함께 사라졌다. 세상 속으로 사라진 것이다. 혹 어른 여자의 눈물이 다른 사람의 마음을 움직이는 순간이 온다고 해도, 한창 청춘인 소녀를 이길 수는 없다. 언제나 나이에 맞지 않게 아수라의 탈을 벗지 않으려고 발버둥치는 어른 여자가 있게 마련이지만, 결국에는 능력이 따라주지 못한다.

괴물처럼 느껴질 만큼 민감하고 우울했던 소설 속 소녀도 결국 어른이 되었다. 그리고 다른 평범한 여자들처럼 그녀도 뚱뚱해지고, 초췌해지고,

예전 모습은 잊고, 거울 앞에서 자신의 모습을 낯설게 느끼게 되었다. 어느 날 그녀가 대문을 열어보니 반짝이는 눈과 날씬한 몸매를 가진 미소녀가 문 앞에서 그녀를 향해 묻고 있었다.

"량 선생님 계신가요?"

그녀가 물었다.

"실례지만 누구신지?"

"저는 아수라라고 해요."

소녀의 말에 순간 놀랐던 그녀는 금방 웃음을 터뜨렸다. 생각해보면 몇 년 전만 해도 그녀 역시 아수라였다. 문을 닫은 후 그녀는 홀로 앉아서 싸울 준비를 했다.

바로 이렇게 말이다.

'나를 건드렸다가는 큰일 날 거야. 잊지 마. 모든 여자에게는 아수라의 피가 흐른다는 것을!'

다시는 요동치지 않을 것이다

예부터 진정 위대한 은자隱者는 산이 아닌 도시에 거한다고 했다. 1980년대 한 미국인이 타이완과 홍콩을 거쳐 중국 본토로 들어왔다. 바로 중국 중난산終南山에 있다는 전설의 은자를 만나기 위해서였다.

그는 타이완에 머물 당시 은자들에 관한 시를 읽고 그들의 삶의 방식에 강한 호기심을 느꼈다. 그런 그에게 타이완 사람들은 이렇게 말했다.

"중국에는 더 이상 수행하는 사람도 없고, 은자의 전통도 존재하지 않는다오."

그러나 그 말을 믿을 수 없었던 그는 결국 직접 산을 넘고 바다를 건너 정말 중국에서 은자란 이미 사라진 전설적 존재인지 확인해보기로 결정했다.

몇 년 동안 그는 약 800킬로미터에 달하는 중난산 산계를 지나다녔다.

도인과 승려 들의 안내를 받으며 타이바이太白산, 우타이五台산, 관인觀音산, 친링秦嶺산맥, 왕순王順산을 지나 산중에서 수행하는 은자를 오랫동안 찾아다녔다. 마침내 은자들을 만난 그는 놀라워하며 이렇게 감탄했다.

"그들은 내가 지금까지 만난 사람들 중 가장 행복해하고 온화한 이들이었습니다."

그는 미국의 은자는 조금 신경질적인 모습을 보이는 데 반해 중국의 은자는 세상에서 벗어나 소박한 삶을 살기 때문에 더욱 지혜롭고 인자로운 모습으로 변했다고 생각했다. 게다가 그들은 중국 사회의 지도층에게 계속해서 영향을 주고 있었다.

미국으로 돌아온 후 그는 이렇게 말했다.

"중국의 은자들은 마치 대학원에서 정신 각성에 관한 박사 학위를 연구하는 것 같았습니다."

그 뒤 그는 자신의 경험을 『중국 불교와 도교 수행자를 찾아서Road to Heaven : Encounters with Chinese Hermits』라는 책으로 출판하였다.

수천 년의 역사를 이어온 중국의 은자 전통과 그 정신은 일반인의 마음으로는 감히 범접할 수 없는 정신적 경전이다. 산과 물이 있는 곳에서 낚시를 즐겼던 강태공, 삼고초려의 제갈공명, 유유히 남산을 바라보던 도연명, 그리고 역대 왕조와 궁정의 은밀한 역사에서 제왕들에게 깊은 영향을 주었던 고승들은 중국 역사와 뗄 수 없는 관계를 갖고 있다.

대부분의 서양인이 이런 은자의 심리를 이해하기란 어렵다.

'천하를 마음에 품은 자가 어찌하여 두문불출하는 것일까? 세속에서 벗어난 이가 어떻게 세상 돌아가는 일을 손바닥 들여다보듯 훤히 아는

것일까?'

시끄러운 현대 사회를 살아가고 있는 우리 역시 그들의 마음을 이해하기 어렵다.

'세속적 화려함을 내려놓고, 어떤 명예와 이익도 얻을 수 없는 정신 각성학 박사 학위를 어떻게 연구할 수 있을까? 설마 그들은 전혀 당황하거나 두려워하지 않는 것일까? 헛되게 시간을 보낼까 걱정하지도 않는 것일까?'

'은자 정신'이란 동요하지 않고 두려워하지 않도록 수련하는 예술이다. 이탈리아인들은 세상에서 자국의 예술만이 넋을 잃을 정도로 훌륭하다고 자부한다. 하지만 우리는 이미 '은자 정신'에 관한 지혜로움의 열쇠를 갖고 있었다. 어느 숲 속에 빠뜨려놓았던 이 열쇠는 전혀 사라지지 않고 잘 보관되어왔다. 마치 금은보화로 장식한 보관함에서 그 빛을 발할 때를 조용히 기다리고 있었던 듯하다.

우리는 성급하게 재능을 드러내고 싶어 하고 어떻게든 티를 내고 싶어 한다. 이것은 무시당하는 것을 두려워하기 때문이다. 남자는 반드시 좋은 차에 좋은 시계를 가지려 하고, 여자는 반드시 명품의 백과 옷으로 장식하여 어떻게든 화려하게 보이려 한다. 그러나 사람들 눈에는 허둥대는 마음만 보일 뿐이다. 이 때문에 서양인들은 온몸을 명품으로 감싼 동양인들을 보면서 고개를 가로젓고 안타까워한다.

명품 치장족은 진정한 귀족의 의미를 모른다. 더 안타깝게도 그들은 미학을 완전히 소홀히 여긴 나머지 화려함의 극치에 이르러서야 만족해한다. 그래서 로고가 가득 들어간 디자인의 유명 브랜드가 중국에서 불티

나게 팔리는 것이다.

극단적인 화려함을 추구하는 데 비례해 그들의 마음은 극도로 불안하다. 사람들은 알고 있다. 계단에서 넘어지면 멍이 들고 얼굴이 좀 붓는 것에서 그치지만, 높은 곳에서 떨어지면 생명의 위협을 받을 수 있다. 그래서 높이 올라갈수록 두렵다. 마찬가지로 시대가 변하는 것이 두렵고, 사람의 마음이 변하는 것이 두렵다. 이 모든 것에 대한 두려움이 멈추질 않는다.

그들은 잘 알고 있다. 나라가 무너지거나 세상이 요동칠 때 자신들은 누구보다 불안정하고 안전하지 못하다는 것을……. 그러나 그들은 잘 모른다. 왜 우리가 은자 정신을 그렇게 오랜 세월 동안 흠모해왔는지를! 은자들은 언제고 화려함에서 나와 고요함으로 스며들 수 있음을!

사실, 은자들은 물질세계와 정신세계의 균형을 이루는 법칙을 발견했다. 그들은 왕족이나 귀족 들과 웃으며 이야기할 수도 있었고, 조용한 산속에서 자연과 조화를 이루며 공존할 수도 있었다. 그들은 완전히 상반된 세상을 오가는 데 어떤 어려움도 없었다. 화려함에 매이지도 않았고, 소박한 생활을 두려워하지도 않았다. 그저 조용히 자유를 누렸다. 그들은 높은 하늘과 낮은 땅, 어느 곳에든 머무를 수 있었다. 세속적인 삶에도 처할 줄 알았고 산속 깊은 곳에 은거할 줄도 알았다.

나는 때때로 중난산에 은거하는 은자들을 생각한다. 매화가 부인이 되고 학이 자녀가 되어 사는 은자의 삶을 생각한다. 그럴 때면 그들이 우리에게 남겨준 '고요한 마음'의 지혜를 느끼곤 한다. 어느 시대에 누가 횡포를 부리는 순간이 오든 오직 한 가지 지혜만은 영원히 사라지지 않을 것이다. 그것이 바로 영원히 남을 정신적 유산의 불씨다.

완강한 민족에게는 악착같이 전승받아야 할 유산이 있는 법이다. 이 전승은 우리 각 사람의 정신에 깊이 새겨져 있다. 당신의 내면이 충분히 고요해질 때 당신은 그것을 발견하고 그 힘을 알 수 있다. 이 힘이 있어서 당신은 다시는 요동치지 않을 것이다.

당신이 생각지 못한 방식으로 당신에게 다가온 사랑, 그 역시 사랑이다

도시에서 편의점을 어찌 사랑하지 않을 수 있을까. 특히 독신 아파트에서 살면서 한 손에는 어묵탕, 다른 한 손에는 가판대에서 파는 잡지 하나를 끼고 천천히 집으로 돌아올 때, 우리는 잠시나마 공허함을 잊을 수 있다.

우리는 늘 편의점 같은 연인을 기대한다. 24시간 문이 열려 있고, 언제나 당신의 요구를 거절하지 않으며, 항상 "어서 오세요"라고 외치면서 당신을 환영해주는 연인을 말이다.

많은 여성이 사랑에 대한 아름다운 환상을 갖고 있다. 그들은 오직 자신만을 위해 열려 있는 편의점 같은 연인을 만나기를 기대한다. 그러다 결국 청춘이 다 지나도록 그런 남자를 만나지 못하면, 사랑을 갈망하는 연인을 만나지 못하게 한 세상을 원망한다.

사람들은 사랑을 할 때, 작가가 된 듯하다. 사랑한다면 당연히 '이렇게' 해야 한다고 생각하기 시작한다. 태어날 때부터 머릿속에 프로그램이 설치되고 이후 사랑을 하는 순간 바로 실행되는 것 같다. 그러다가 어느 날 이 프로그램이 더 이상 자신의 대뇌와 호환되지 않는 순간이 오면, 그제야 사랑이 세상에서 가장 불공평한 감정임을 발견하게 된다.

왜 아무리 일이 바빠도 생일, 기념일, 심지어 애인의 부모나 친구들의 생일까지 기억해야 하는 것일까? 왜 내 휴대전화는 필요한 순간에 배터리가 방전되는 일이 없을까? 왜 나는 항상 대기 상태인 것 같고, 그 남자는 언제나 "싫어"라고 말할 이유를 찾아내는 것일까?

왜? 사실 누구도 그렇게 해야 한다고 정한 사람은 없다. 당신 혼자 정말 사랑한다면 당연히 '이렇게' 해야 한다고 생각했을 뿐이다. 당신은 자신이 생각한 시나리오대로 움직이지 않는 사람들을 이해하지 못하고, 그 이해 범주를 넘어선 희생과 헌신도 받아들이기 어려워한다. 스스로 생각해놓은 시나리오대로 행동하지만 상대방은 전혀 맞춰주지 않고, 결국 자신은 그저 비극적인 모노드라마의 주인공이었음을 깨닫는다.

당신은 상대방이 모든 어려움을 물리치고 당신이 한 만큼 해주는 것이 마땅하며 그렇지 않으면 제대로 된 사랑이 아니라고 생각한다. 그러나 사랑은 그런 것이 아니다. 사람마다 사랑을 위한 헌신의 방식과 이치가 다 다르기 때문이다. 여자가 사랑할 때 극복해야 할 가장 큰 난관은 자신의 희생과 헌신이 아니다. 바로 상대방의 희생과 헌신을 이해하는 것이다.

오래전 나는 예쁜 오르골이 무척 갖고 싶었다. 그런데 남자 친구는 생일선물로 달랑 오르골 하나만 주는 것은 남자로서 면이 서지 않는다고 생각했다. 여자는 드라마에 나오는 것처럼 작지만 따스한 낭만에 빠져 있는데, 정작 남자는 여자가 그토록 바라는 멋진 장면에 동참해주지 못한다. 당신이 바라고 소중하게 여기는 것들이 정작 그의 눈에는 유치한 장난에 불과할 수 있다. 그래서 당신은 실망하고 상처받는다. 그가 당신을 이해하지 못하는 것 같고, 두 사람의 사랑이 절대 하나가 되지 못할 것처럼 느낀다.

그러나 시간이 흐르고 나면, 지난 시절 우리가 헤어진 이유의 대부분은 모두 사소한 것이었음을 알게 된다. 현실에 존재하는 그 많은 잔인한 구렁텅이와 무거운 압박 들이 24시간 내내 언제든 부르면 달려와줄 친절한 상대방의 모습으로는 해결될 수 없음을 발견했을 때는, 이미 그 사람이 사라지고 없다. 이후 당신은 그저 과거에 순수했던 감정을 그리워하며 그렇게 아름다웠던 사랑을 다시는 하지 못할 것이라 생각한다.

사실, 사랑은 한 번도 변한 적이 없다. 늘 그 자리에 그 모습으로 있어왔다. 당신이 변한 것도, 세상이 달라진 것도 아니다. 물론 운이 너무 없었기 때문도 아니다. 그저 당신이 사랑에 대해 너무 좁은 생각을 가졌던 것뿐이다. 상대방의 사랑을 누릴 줄 몰랐던 것뿐이다. 그리고 당신에게 찾아온 그 사랑을 좋아하지 못했던 것뿐이다.

자기 방식만 내세우는 사랑은 절대 오래가지 못한다. 당신이 짜놓은 사랑의 시나리오대로 영원히 맞춰줄 사람은 없기 때문이다. 많은 사람이 사랑 이야기를 잘못 써내려가는 바람에 진정한 사랑을 놓치고 만다. 그리고 그 후에 더 나은 사랑을 이어가지도 못한다.

건강하고 지혜로운 당신 자신이 바로 제대로 된 배우자

며칠 전 원인 모를 늑골 통증이 계속되고 있다는 친구의 말에 나는 무리한 다이어트 때문에 몸살이 난 것 아니냐며 나무랐다. 그런데 다음 날 그녀가 담낭염으로 병원에 입원했다면서 수술을 해야 할 것 같다고 이야기해주었다. 순간 그녀가 담낭염으로 얼마나 아플지 걱정하면서도, 나는 왜 제대로 식사를 챙기지 않았냐며 이제라도 잘못된 습관을 고치라고 꾸짖었다. 그녀는 순순히 내 말을 들으며 이번에는 반드시, 무슨 일이 있어도 습관을 고치겠다고 다짐했다.

세월이 흘러 어느새 '눈물로 상태를 체감'하는 소녀에서 벗어나 '몸으로 상태를 체감'하는 나이가 되었다. 우리의 정신은 흔적을 남기지 않을 수 있지만 우리 몸은 꿋꿋이 기억의 흔적을 간직하고 있다. 마치 『해리포터』의 그 작은 비행 물체처럼 육신의 기억은 사라지지 않고 영원히 저장

된다. 어느 곳에 상처를 입었고 누가 상처를 입혔는지, 몸은 알고 있다.

겨우 5년이 흘렀을 뿐인데 완전히 다른 세상이 되었다.

그때 우리 둘은 함께 생활했다. 잠을 잘 못 자던 그녀는 늦게 자고 일찍 일어났다. 내가 엉망진창인 모습으로 일어나 번개같이 세수하고 양치질을 하는 동안 그녀는 일찍부터 단정하게 차려입고 나갈 준비를 마쳤다. 그녀는 자주 아침을 걸렀다. 나는 손에 하이힐을 들고 운동화를 신은 채 출근하면서도 절대 아침거리 사는 것을 잊지 않았다. 그러나 그녀는 하이힐을 신고 나선 출근길에서 꽃가게에 들러 백합 사는 일을 잊지 않았다.

우리는 처음부터 완전히 달랐다. 그녀는 누군가를 사랑하면 자신을 돌보지 않고 주변 모든 것을 잊어버렸다. 오직 한 남자 때문에 결혼도 거부하고 이 도시 저 도시로 옮겨 다녔다. 그녀는 적은 월급도 개의치 않고 그가 있는 회사에 취직해서 힘들다는 이야기도 하지 않으며 이를 악물고 일했다. 예전에는 눈 하나 깜짝 않고 모피 제품을 샀을 정도로 유능한 그녀가 하루 여덟 시간 일하는 아르바이트생으로 바뀌어버렸다. 그와 함께 접대 자리에 나가 배 나온 중년의 업체 사람들이 억지로 권하는 술잔을 받는 고생을 자처했다. 오직 옆에 있는 그 남자가 얼굴을 찡그리며 거칠게 그녀를 말리면서 집으로 돌아가라고 말하는 모습을 보기 위해서였다.

그럼에도 그 남자는 여전히 나약했다. 그는 그녀가 왜 그러는지, 그녀가 무엇을 포기했는지 다 알면서도 모르는 척했다. 처음 만났을 때 그는 참 멋있는 사람이었다. 카페에서 밤새 그녀의 곁에 있어주었고, 전혀 지치지 않고 그녀의 모든 이야기를 들어주었다. 그러나 그는 그녀가 어떤 사람인지 알면서도 자기 입장을 명확하게 하지 않았다. 만약 그녀가 원하는 것을 줄 수 없다면 그녀에게 그런 모습을 보여서는 안 되는 거였다.

그 사람 때문에 그녀는 이 도시에 오래 머무르려 하지 않는다. 어쩌다 오더라도 매번 서둘러 떠났다.

이후 많지 않았던 그녀의 사랑은 항상 원만한 결과를 맺지 못했다. 그래도 그녀는 자신의 마음을 움직이는 남자를 만날 때마다 최선을 다해 그를 대했다.

그동안 스쳐간 수많은 사람 중에 제대로 된 배우자를 찾지 못했다 해도 여자는 그 결과에 그리 큰 상처를 받지 않는다. 그저 다양한 사람을 만났다는 경험으로 여긴다. 정말 두려워하는 것은 더 이상 좋은 사람이 없을까 의심하게 되는 순간이다.

다행히 덧없는 인생에도 위로는 있는 법이다. 마치 이수의 소설에서처럼 평생 동안 이어지는 불행 속에서도 인생의 위로를 찾을 수 있듯이 말이다.

그녀는 인생의 위로 찾기를 계속 이어갔다. 그녀는 나이가 들어서 함께할 누군가를 원하는 것뿐이라며, 배우자는 쓸쓸한 인생의 위로가 된다고 말했다.

그러나 말로는 쓸쓸함에 대한 위로일 뿐이라면서 쉽게 놓지 못하는 것은 왜일까? 솔직히 처음 시작할 때 누가 진심을 다하지 않았겠는가? 세월이 흘러 백발에 꼬부랑 늙은이가 될 때까지 함께하고 싶고, 그럼 같은 곳에서 손잡고 산책하기를 누가 꿈꾸지 않겠는가? 분명 시작할 때 그의 마음은 진심이었을 것이다. 단지 이별의 순간에도 그의 마음이 진심이었을 뿐이다.

여자들은 모두 남자보다 더 진심을 기울인다. 그저 실수로 겉과 속이 다른 사람을 너무 많이 만났을 뿐이다. 무엇 때문에 진심이 사라졌는지 그 이유를 찾는 것은 그리 중요하지 않다.

그 남자는 자신이 함께할 수 있을 거라 생각했지만, 완벽하고 진실한 진심을 마주한 후 그럴 수 없다는 사실을 깨달았다. 세상에는 자신을 과대평가하는 남자가 너무 많다. 이러한 나약함과 이기심을 알아보고 통달하며 직면하게 되는 날, 당신은 더 이상 눈물을 흘리지 않고 원망하지도 않으며 담담하게 한마디 남기고 싶을 것이다.

괜찮아. 안녕. 아, 다시는 보지 말자.

그 순간, 그 사람과 함께했던 시간을 돌아보면서 당신은 깨닫기 시작한다. 최고의 배우자는 자신이었음을, 누구도 가져갈 수 없는 자신의 건강함과 지혜로움이었음을!

당신을 대신해
죽어줄 이가 있는가

필리핀에서 일어난 인질 납치 사건이 한동안 장안의 화제였다. 남자들은 다양한 측면에서 이 사건이 얼마나 황당하고 이상한지 이야기하며 경찰과 정부의 무능함을 비난했다. 그런데 여자들은 다른 이유에서 한숨을 쉬었다.

이 사건을 자기 일처럼 느꼈던 한 친구는 눈물이 그렁그렁한 채 말했다.

"그 량 씨를 좀 봐, 그렇게 평범한 여자도 자기를 위해 총을 맞아주는 남자가 있잖아. 내가 좋아하는 그 남자 있잖아, 그 사람한테 '날 위해 총에 맞거나 신장을 기증해줄 수 있어?'라고 물어봤더니 얼굴 찌푸리고 짜증내면서 '그런 쓸데없는 질문을 왜 하는 거야?'라고 하는 거야. 정상적인 남자라면 나같은 이상한 여자를 무서워하겠지?"

남자가 무서워하든 그렇지 않든 간에 그녀는 나에게 기적을 보여준 친

구다. 서른 살에도 여전히 한 남자를 순진하게 사랑하며 지난 10년간 먼 거리도 마다하지 않고 그 남자를 만나러 다녔고, 그 덕분에 모든 항공사의 VIP 카드를 손에 넣었기 때문이다.

사실, 그녀는 아주 잘 알고 있다. 세상에서 부모님만큼 자신을 사랑하는 이는 없고, 정말로 사랑하는 남자라면 자신을 위해 총을 맞아줄 수 있다는 것을, 그리고 자신이 사랑하는 그 남자는 그저 자기 처자식을 위해서만 희생할 사람이라는 사실을 말이다. 이렇게 분명한 사실 앞에서도 그녀는 멈추지 못하고 질주하고 있었다.

나는 가끔 그녀에게 물어본다.

"피곤하지 않아?"

피곤할 것이다. 어떻게 피곤하지 않겠는가. 모든 사람이 단잠을 자는 한밤중에도 그녀는 다음 날 바쁘게 돌아다닐 준비를 했다. 그러면서도 슬퍼하며 말했다.

"다른 건 하나도 무섭지 않은데, 만약 그 사람이 죽으면 나는 그 소식을 들을 자격도 안 되잖아. 그걸 생각하면 무서워. 그 사람 가족이 나에게 알려주지 않을 테니까."

그녀의 친구가 미국인 남자 친구에게 그녀의 이야기를 들려주었다. 그 남자는 그녀를 진정한 연기자라고 평했다. 그러자 그 이야기에 그녀는 억울하다며 눈물을 펑펑 흘렸다. 그녀는 어려서부터 개미 한 마리도 못 죽일 만큼 착했다. 행동거지며 성적도 모두 우수했다. 그 시절 그녀는 가족이 정해준 남자와 결혼하면 평생 착한 아이로 살 수 있을 거라고 생각했다. 그런데 이제 중년에 이른 그녀는 한 남자를 위해 연기자가 되어버렸다. 한쪽에서는 열심히 일하고 효성이 지극한 딸로 살고, 다른 쪽에서는 어색하게 나쁜 여자 행세를 하며 불륜녀로 산다. 겉으로는 침착하고 똑똑해 보이는 중년 여성이지만, 그 마음은 이리저리 얽혀 있는 소녀다.

우리는 여자에게 가장 좋은 시대에 살고 있다. 우리 마음은 어느 때보다 자유롭게 날아다니며 도덕성이나 옳고 그름에 대해 두려워하지 않는다. 그러나 동시에 여자에게 최악의 시대를 살고 있다. 우리의 사랑은 그 어느 때보다 흔들리고 나약해져서 시간과 원칙을 두려워하지 않는다.

이 시대는 우리에게 자아실현의 기회를 선사했다. 그래서 많은 여성이 자기 인생의 주인으로 산다. 그러나 자신이 마주하고 있는 모든 것이 사실은 진정으로 원하고 바라던 바가 아니었음을 우리는 결국 발견한다. 영화 〈먹고 기도하고 사랑하라EAT, PRAY, LOVE〉의 여주인공 엘리자베스는 서른이 넘은 어느 날, 아이도 남편도 필요 없다는 생각을 하기에 이른다. 그리고 하룻밤 만에 모든 것을 내려놓기로 결정한다. 돈은 나중에 다시 벌 수 있다고 생각하며 말이다. 정말 동화보다 더 동화 같은 이야기다. 대부분의 경우 기존 세상을 뒤집고 새로운 세상을 만들어낼 용기가 없기 때문이다.

마음의 소리에 귀를 기울여 원하는 대로 살아갈 것인가? 아니면 당신을 위해 목숨을 바칠 수 있는 량 씨 같은 남자와 백년해로할 것인가?

절대적으로 맞는 답은 없다. 핏빛처럼 붉은 장미와 마음속의 가장 소중한 것 사이에서 어떤 선택을 하든, 그 결과로 당신에게 용기와 능력이 있는지 없는지를 볼 수 있을 것이다. 오래된 꿈에서 깨어나고 나면 지금껏 살아온 인생이 모두 물거품이 되는 줄 알았는데 오히려 더 나은 자신으로 변하는 이야기, 그것은 불가능한 일이 아니다. 하지만 어느 시대건 매우 드문 일이라는 점은 확실하다.

10년 동안 비행기로 바쁘게 다녔던 내 친구는 사실 알고 있었다. 그녀의 감정은 마치 폐병처럼 시시때때로 발작을 일으키지만 완치는 어려우며 그저 시간이 두 손 들고 그녀에게 항복하기를 기다리는 수밖에 없음을 말이다.

몇 년 전, 그녀는 드라마에 등장하는 남녀 주인공의 모습을 보며 눈물을 펑펑 쏟았다. 마치 자기 이야기인 것처럼 말이다. 그리고 그녀는 메인이 아닌 서브 남자 주인공 역시 괜찮은 캐릭터인데 여자 주인공이 평범함을 거부한 것뿐이라고 말했다. 결국 그녀도 진실을 깨닫게 되었다.

시간은 여자에게 최대의 적이자 최고의 시금석이기도 하다. 시간을 통해 우리는 진眞, 선善, 미美를 구분해낼 수 있다. 또한 영원한 것과 쉽게 무너지는 것, 고상함과 싸구려, 군자와 소인도 구별해낼 수 있다. 그리고 이 시금석에는 이런 말이 새겨져 있다.

'평범한 것이야말로 진실하다.'

어째서 평범한 것이 진실할까? 기쁠 때 돌아보면 곁에 그가 있다. 한밤중에 악몽에서 깨어 눈물로 베개를 적시는 순간, 곁에 있는 그를 향해 손을 뻗으면 그의 따스한 체온과 그의 숨결로 순식간에 가슴이 따뜻해진다. 세상의 모든 여자가 원하는 것은 결국 이 정도일 뿐이다.

인간은
악마이자 신이다

꿈에 관한 두 가지 이야기를 소개한다.

21세기, 인간이 꿈을 제어하는 기술을 터득하면서 꿈 중독자가 늘어난다. 이들은 매일 정해진 시간에 와서 꿈을 꾼다. 꿈속 세상은 무척 아름다운 반면, 현실은 너무나 잔인하기에 차라리 꿈에서 깨지 않기를 바란다. 그들은 스스로 꿈을 설계하는 자가 되어 꿈속에서 도시, 도로, 빌딩, 침실, 정원을 짓는다. 아름답고 즐거웠던 기억만 남겨두고 나머지는 지워버린 후, 그 꿈에서 다시는 깨어나지 않기를 바란다. 이제 다시는 이별, 헤어짐, 상실, 죽음, 거짓, 냉담, 배반, 피눈물을 겪지 않을 것이다.

영화 〈인셉션〉의 이야기다.

세상에서 가장 큰 인공 섬, 해가 뜨고 지는 것부터 구름이 끼고 비가 내리는 것까지 모두 다 인위적으로 통제된다. 바로 감독이 모든 것을 연출하여 온 세상을 놀라게 한 리얼 쇼 프로그램이었다. 쇼의 남자 주인공은 태어날 때부터 계속 수많은 카메라에 노출된 채 살아왔다. 그의 방 안에는 무수한 핀홀 카메라가 장착되어 있고 그의 생활은 매일 24시간 방송으로 공개된다. 감독은 갖은 계략으로 그가 그곳을 떠날 수 없게 만든다. 그러나 결국 그는 모든 것이 꿈이었음을 알게 된다. 그것도 자신에게 속한 꿈이 아니었다. 이제는 누구도 떠나려는 그를 막을 수 없다. 폭풍우를 헤치며 배를 타고 떠난 그가 하늘의 끝에 도달했을 때, 그는 인공 벽에 부딪힌다.

"정말 나가려는 건가? 날 믿어, 바깥세상은 이곳보다 더 좋지 않아. 이곳이야말로 너만을 위한 세상이야."

감독의 설득에도 불구하고 그는 카메라를 바라보며 시청자들에게 마지막 미소를 보낸 후 떠난다. 그리고 영원히 카메라에서 사라진다.

영화 〈트루먼 쇼The TRUMAN Show〉의 내용이다.

누군가는 죽어도 꿈속에 머물고 싶어 하고, 누군가는 죽어도 꿈에서 벗어나려고 한다. 누군가는 목숨을 걸고 담장 안으로 들어가려 하고, 누군가는 온갖 방법을 써서 담장 밖으로 나가려 한다.

이 세상의 고통은 아마도 크게 두 가지로 나뉜다. 하나는 갖고 싶어도 얻지 못하는 데서 오는 고통, 또 다른 하나는 원치 않는 것을 손에 넣는 데서 오는 고통이다. 원하는 것을 항상 손에 넣을 수 있는 것도, 원치 않는 것은 항상 버릴 수 있는 것도 아니다. 누군가에게는 달콤한 사탕이 누군가에게는 독이 된다.

〈트루먼 쇼〉는 유토피아 환상을 풍자한 영화였다. 바깥세상에 아무리 알 수 없는 잔인함, 피할 수 없는 위험, 통제할 수 없는 것들이 많다고 해도, 주인공은 결연히 그곳을 떠나기로 결정한다. 그가 사라지던 순간, 텔레비전을 보고 있던 시청자들은 눈물을 흘리며 기뻐한다. 마치 그를 통해 새로운 힘을 얻은 듯, 어떤 역경에도 직면할 용기를 얻은 듯, 마치 자유와 해방을 얻은 듯했다.

그러나 그 후 〈인셉션〉에서는 현실과 꿈의 경계를 구분하기 위해 돌고 있는 팽이가 등장한다. 이것은 무엇을 암시하는 것일까?

인류는 진정한 삶의 모습을 알고자 끊임없이 탐구한다. 그러나 아무리 위대한 현자라고 해도 절대 그 문제에 대한 정답을 내놓지 못한다. 양쪽에 자리한 눈과 귀, 짝을 이루고 있는 손과 발을 보라. 아무리 완벽한 생명이라 해도 클론처럼 완벽하게 대칭되는 신체를 가질 수는 없다. 마찬가지로 인생에는 기쁨과 슬픔 중 하나만 존재하는 것이 아니라 두 가지가 공존한다.

낮에 마주하는 현실 앞에서 우리는 쉽게 좌절한다. 밤은 그러한 우리가 꿈을 꾸며 회복되는 시간이다. 우리는 매일 해가 뜨고 달이 지는 평범한 일상 가운데 마음을 가다듬으며 무수히 반복되는 순간에서 얻는 깨달음을 소홀히 여긴다. 그저 영원히 꿈속에 머무를지 아니면 현실에서 승리를 얻을지 그중 더 쉬운 길을 선택하고 싶어 한다. 그러나 꿈속에 머무르든 현실을 살든 당신은 어느 한곳으로만 도망칠 수 없다. 마치 낮과 밤이 모두 지나야 진정한 의미의 하루가 되는 것과 같은 이치다.

발리의 한 약사는 이렇게 말했다.

"인간은 악마이면서도 신이다."

왼쪽에는 꿈, 오른쪽에는 현실을 두고 그 사이에서 균형을 이루어가는 것, 이것이 바로 영원히 이어지는 해결해야 할 명제이자 숙명이다.

왜 결혼을 두려워할까?

젊은 여성의 결혼에 대한 태도는 크게 두 가지로 나뉜다.

첫째, 결혼을 향한 갈망과 동경을 전혀 숨기지 않는 부류다. 그렇다면 또 하나는? 분명 결혼을 거부하거나 결혼에 대한 반감을 가진 부류라고 확신하지 마라. 그것은 명백한 흑백논리다. 둘째, 특별히 결혼에 대한 확고한 생각이 있거나, 결혼으로부터 도피하려는 마음도 없고, 적극적으로 꼭 결혼하고자 하는 마음도 없는 부류다. 이들은 항상 이런 의문을 던진다.

'왜 결혼을 해야 할까?'

'여자는 결혼을 안 하면 안 되는 것일까?'

결혼에 대한 태도는 대부분 자신의 성장 환경과 관련 있다. 많은 여성이 반평생 가까이 부모와 함께 살아왔지만 부모가 왜 함께 사는지 이해할 수 없다. 부모에게 결혼이 함께 식사하고 잠자고 사소한 일로 싸우는 것 외에 대체 무슨 의미인지 잘 모르겠다.

사리에 어두운 사춘기 시절이 지나고, 이들에게 있던 동물적 직감도 여러 차례 만남과 헤어짐을 겪으면서 점차 무뎌진다. 그러다가 갑자기 감정과 결혼에 대한 판단이 흐려져 어쩔 줄 몰라 하며 그저 남들의 의견을 따라간다. 점차 눈만 높고 능력은 따라주지 못하는 사람이 되어 겉으로는 웃으면서 실제로는 문제를 피하려고 한다. 결국 결혼 적령기에 대체 무엇을 어떻게 해야 할지 전혀 모르는 여자, 나이만 성숙한 어린 여자가 된다.

나는 이미 그 시기를 지났다. 어쩌다 보니 일찍부터 중년들과 교제하면서 어른의 내면세계 역시 혼란스럽고 막연함을 깨달았기 때문이다. 그래서 성급하고 경솔한 내 또래들과 달리 착실하게 살아왔다.

성숙한 사람은 문제에 부딪혀도 못난 모습을 보이지 않고 늘 해결할 수 있다는 자신감을 가진다.

그러나 결혼의 진정한 의미는 무엇인가? 결혼하기 전에는 나 역시 갈팡질팡하며 혼란스러워했고, 이유를 알 수 없는 공포도 가졌다. 내 머릿속에는 정말 속물스러우면서도 무시할 수 없는 질문들이 솟아났다.

'이 사람이 앞으로 지금처럼 나를 사랑할 수 있을까? 결혼 후 점점 딴사람으로 변하면 어떡하지? 이 결혼에서 내가 약자가 되어버리는 건 아닐까? 내가 정말 유부녀라면 가져야 할 가정에 대한 책임감을 감당할 수 있을까? 난 벌써부터 가슴 두근거리는 낭만적인 만남이 필수라고 생각하는 것은 아닐까?'

스스로 불행하다고 느끼거나 우리가 서로 사랑하지 않기 때문에 이런 질문을 던졌을까? 아니다. 사람들은 인생의 수많은 선택지 앞에서 늘 이유를 알 수 없는 걱정이 샘솟고 선택 후의 결과를 염려하게 마련이다. 결혼 역시 마찬가지다. 정말 당신이 원하는 결혼이라고 해도 두려움을 느낄 수 있다.

남자 친구에게 내가 느끼는 결혼 공포 증상을 털어놓자 그가 물었다.

"왜 두려움과 걱정을 내려놓고 나에게로 달려오지 못하는 거야?"

왜냐고? 그것은 그때부터 내가 어떤 혈연관계도 없는 사람의 손을 잡고 함께 살며, 내 운명을 그에게 걸고 그 역시 자신의 운명을 나에게 걸 것이기 때문이다. 하지만 부부라고 하면서 그렇게 살지 못하는 사람이 많았기 때문이다.

나는 스스로에게 물었다.

'내가 할 수 있을까? 그가 할 수 있을까?'

그 후 나는 나만의 답을 찾았다. 우리 둘 사이에 비록 이런저런 문제가 많지만, 둘 다 확실히 알고 있었다. 결혼 후 우리는 서로의 손을 잡고 인생의 새로운 단계로 들어갈 것이다. 비록 그에게 이런저런 문제가 없는 것은 아니지만, 그가 있기 때문에 나는 점점 미래를 직면하는 것이 두렵지 않았다.

결혼식 때 그가 했던 말이 나는 참 좋다. 그는 양가 부모님에게 감사 인사를 드린 후, 지금부터 이 세 가정은 같은 피가 흐르는 한 집안이 되었고, 우리도 새로운 인생길을 걷기 위해 열심히 노력하겠다고 말했다.

결혼으로부터 도망치는 신부가 존재하는 이유는 여자가 무엇을 두려워하는지 남자가 알지 못하기 때문이다. 그를 사랑하는 만큼 두려움을 느낄 수 있다는 사실을 남자는 알지 못하기 때문이다.

다만, 결혼을 앞둔 부부들은 이 사실을 명심하기 바란다. 남자든 여자든 자신이 아닌 다른 누군가와 평생을 함께하겠다는 결정을 내리기는 쉽지 않다. 천 년을 수련해야 한 베개에 눕는 인연을 만날 수 있다고 한다. 그러니 이 인연을 꼭 소중히 여겨야 한다.

마지노선이란
무엇일까

대학 졸업을 앞둔 한 어린 여성이 독일 남자를 좋아하게 되었다. 두 사람은 모든 면에서 서로 잘 맞았다. 하지만 한 가지 문제가 있었다. 바로 이 독일 남자에게 여자 친구가 있다는 사실이었다. 결국 그녀는 수심이 가득한 채 내게 물었다.

"이거 양다리인가요? 제가 나쁜 여자가 된 건가요?"

그녀에게 무엇이 옳고 나쁜지를 어떻게 이야기해야 할까. 이제 감정관계에서 더 이상 도덕성을 논하지 않는 시대가 되었다. 마치 당신이 냉정한 세상에서 만난 그 사람이 정말 좋은 사람인지 아니면 나쁜 사람인지 분간하기 어려워진 것처럼 말이다.

세상만사를 흑백논리로 딱 나누기는 어렵다. 마찬가지로 사랑 역시 모 아니면 도로 구분하기 어렵다. 현대 여성들이 마주하는 감정 문제는 더

복잡하고 힘들다. 게다가 이성과 도덕적 기준으로는 쉽게 해결할 수 없다. 아무리 성현군자라 해도 결국 이런 대답만을 해줄 뿐이다.

"마음 가는 대로 해라."

여기서 말하는 마음이란 무엇일까? 당신 자신에게 물어보라.

친한 친구와 수다를 떨다가 중국 드라마와 한국 드라마의 가장 큰 차이를 발견했다. 그것은 주인공들의 외모가 아니었다. 한국 드라마는 갈등 구조가 좀 더 복잡했다. 극중 배경이나 스토리는 달라져도 한국 드라마에는 항상 두 명의 남자와 두 명의 여자가 등장한다. 네 사람 사이에는 가족관계, 형제자매의 관계, 이성관계 같은 여러 감정이 뒤섞여 있다. 모든 사람이 겪을 수 있는 관계 갈등을 한데 섞어놓으면서 다양한 인생을 그려낸다. 드라마에서 나쁜 인물도 사실은 불쌍한 면이 있고, 착한 인물도 이기적일 때가 있다. 그래서 모두가 행복해지는 결말도 어느 정도 수긍이 간다.

이렇게 지성을 발휘하는 것과 달리 중국 드라마 작가들은 세상에 존재하지 않을 것 같은 사랑 아니면 천륜에 위배될 정도의 악행을 그린다. 마치 세상에 나쁜 사람 아니면 착한 사람만 있는 듯하다. 정말 시청자의 지성을 우습게 본 것이다.

이제는 사랑을 믿을 나이는 지나지 않았냐고 하지 마라. 단지 우리가 사는 세상이 천지개벽하듯 변한 것뿐이다. 나쁜 놈이든 착한 놈이든 분명 사정이 있으리라고 한 번 더 믿는 것은 결코 나이를 헛먹어서가 아니다.

세상이 우리를 나쁜 길로 인도한다고 말하지 마라. 예부터 충성된 신하는 그 영명英明함으로 후세에 이름을 남긴 것 외에는 무엇 하나 자신을 위해 누리지 못했다. 마찬가지로 평생 고생하며 사람들에게는 현숙하고 좋은 여자로 칭송을 받는다 해도, 그녀 스스로 행복하지 않다면 곁에 있는 이도 힘들어진다.

영화 〈단신남녀單身男女〉를 본 사람들은 두치펑杜琪峰 감독이 어떻게 이런 영화를 찍었는지 의아해했다. 어수룩한 여자 주인공은 보기 드물게 멋진 두 남자로부터 사랑을 받는다. 두 남자는 이 여자를 차지하려고 온갖 낭만적인 방법을 동원하여 애정 공세를 펼친다. 정말 말도 안 되는 동화 같은 이야기다.

동화 같은 결말이었지만 그래도 조금은 현실적이었다. 여자 주인공은 시시때때로 새로운 느낌을 주는 평범한 지구 남자를 분명 더 사랑했다. 그러나 결말에서 그녀는 말주변도 없고 화려하지도 않은 평범하지 않은 화성 남자를 선택한다. 그녀는 누가 더 진심인지 더 낭만적인지에 따라 선택하지 않았다. 그녀는 실제로 함께 살아갈 남자를 찾고 있었다. 결국 그녀도 마음속으로 꿍꿍이가 있는 여자였다. 겉으로는 잘생긴 두 남자 사이에서 괜히 갈팡질팡 마음을 정하지 못하는 여자처럼 보였지만, 결단을 내릴 때는 과감했다. 바람둥이 앞에서는 확실하게 선을 그었고, 결정을 내리지 못해 이리저리 휘둘리는 남자를 받아줄 수 없을 때는 과감하게 떠났다. 이처럼 지혜로운 여자만이 마지노선의 가치와 의미를 안다.

이 마지노선이란 절대 무너지지 않는 원칙이다. 사랑이라는 이유로 이성을 잃고 판단력이 흐려지면 자신을 지킬 수 없다. 아무것도 따지지 않으면서 이것이야말로 행복이라고 믿으면 마지노선을 지킬 수 없다. 인생에서 한 번은 그렇게 용감한 선택을 하게 마련이다. 왜냐하면 아무것도 따지지 않거나 이성을 잃은 후에야 자신의 마지노선이 무엇인지 깨닫게 되기 때문이다.

젊은 시절, 우리는 모두 마지노선이 무엇인지 찾았다. 사실, 마지노선은 바로 자신의 내면과 외부 세상 사이에서 균형을 잡아주는 지렛대다. 마지노선이 무너지면 균형도 깨지고, 당신의 세상과 외부 세상은 더 이상 공존할 수 없다.

내면과 외부 세상은 마치 지렛대의 양 끝과 같아서 어느 쪽이 무너지든 여자에게는 모두 고통이다. 그렇게 되면 여자는 내면의 '집념'으로부터 벗어나기 어려워지고, 주변 사람들의 생각도 신경 쓸 수밖에 없다.

그래서 마지노선을 설정하지 않은 착한 여자의 인생은 결국 자신이 아닌 타인의 의지로 가득 차고 그녀의 세상에는 아무것도 남지 않는다. 마지노선을 설정하지 않은 나쁜 여자의 인생은 결국 주변 모두가 떠나버리고, 욕망과 물질만이 남는다.

혼란스럽지만 세상은 '내가 좋아하는' 또는 '내가 싫어하는' 것으로 간단하게 나누어지지 않는다. 때로는 자신은 만족해도 온 세상에 상처를 입힐 수 있다. 때로는 자신은 상처받았는데 온 세상은 웃어넘기기도 한다.

좋고 나쁘고를 판단하기 위해서는 마음의 저울이 필요하다. 인생에는 흑백으로 분명하게 나눠지기보다 주로 회색빛을 띠는 일들이 많다. 우리는 살면서 흑과 백 사이에서 균형을 잡아야 하는데, 그것이 바로 마지노선의 효과다.

돈 많은 남자와의 결혼은 그 값을 한다

오래전 대학 시절 룸메이트였던 내 친구는 늘씬하고 얼굴도 예쁜 미녀였다. 긴 다리에 가는 허리, 게다가 글래머였던 그녀는 항상 "난 돈 많은 남자와 결혼할 거야"라는 말을 입에 달고 다녔다. 그녀는 전혀 거리낌 없이 누구를 만나든지 당당하게 이런 이야기를 했다. 그녀가 이런 목표를 가지게 된 이유는 특별하지 않았다. 그저 어려서 고생한 경험이 없었기 때문이다. 그래서 앞으로도 힘든 생활을 하고 싶지 않았던 것이다.

당시 대학 동기 중에는 순진한 친구가 많았다. 물론 나도 그중 하나였다. 우리는 실수로 남자와 잠을 자는 일이 생기면 앞으로 시집을 못 갈지도 모른다며 두려워했다. 그때는 지금처럼 텔레비전 프로그램에 나와 함께 자전거를 타고 다니면서 웃느니 차라리 돈 많은 BMW에서 울고 싶다는 식으로 당당하게 말하지 못했다.

한국 드라마 〈가을동화〉와 궈징밍郭敬明 소설이 인기를 끌었고, 주변에는 엇갈린 사랑에 눈물짓는 소년과 소녀로 가득했다. 심지어 텔레비전이나 소설에 나오는 사랑 이야기에 우는 친구들도 있었다. 그래서 사람들은 말 잘 듣고 순한 나와 매일 화장을 진하게 하고 다녀서 밤마다 놀러 나가는 여학생으로 오해를 받던 그녀가 어떻게 샴쌍둥이처럼 붙어 다니는지 신기해했다.

그때는 나 역시 이유를 몰랐다. 나중에 톄닝鐵凝의 소설 『영원은 얼마나 멀리 있는가永遠有多遠』에서 바이다셩白大省과 시단샤오리우西單小六 사이의 감정을 본 후에야 깨달았다. 여자들은 서로 비슷하기 때문이 아니라 상대에게서 자신의 또 다른 모습을 보기 때문에 가까워진다. 상대와 자신이 마치 동전의 앞뒤처럼 느껴지기에 서로 마음을 열고, 도덕적이며 세속적인 장벽도 상관없이 많은 이야기를 나누게 된다.

그녀와 내가 그랬다. 시간이 지난 후, 그녀의 인생은 전혀 예상 밖으로 흘러갔다. 그녀는 일찍부터 사귄 동갑내기 남자 친구와 오랜 연애 끝에 결혼했다. 지금 그녀는 돈 많은 남자와 결혼하겠다는 말은 더 이상 꺼내지 않는다. 그저 어린 시절 더 열심히 살지 못했음을 후회할 뿐이다.

나는 그녀에게 왜 더 조건 좋은 남자를 만나지 않았냐고 물었다. 그러자 그녀는 포기할 수 없는 것이 많았고, 그런 남자를 만나는 대가를 치를 능력도 없었다고 했다. 물론 조건 좋은 남자가 주변에 없지는 않았다. 그러나 그런 남자들은 대부분 그녀를 '애인'으로만, 그것도 본처 앞에 나타나 따지지 않을 '애인'으로만 두고 싶어 했다. 그녀는 이렇게 말했다.

"그거 알아? BMW를 타고 다니는 남자란 그런 식이야."

그녀는 정말이지 돈 때문에 허리를 굽힐 수는 없었다.

성년이 된 후, 나에게는 또 독특한 친구가 생겼다. 그녀의 새 집에서 커다란 침대에 둘이 누워 예전 우리 모습을 떠올리자니 서로 웃음만 나왔다. 지난 시간 동안 우리는 별의별 사람들을 만나보았다. 혼자 중얼거리기 좋아하는 고액 연봉의 남자, 생긴 것마저 주식시세처럼 생긴 금융맨, 험난했던 지난 시절을 줄줄이 늘어놓는 성공한 신사……. 그러나 이런 이야기들이 마치 딴 세상 이야기처럼, 다른 사람 일처럼 느껴졌다. 예전 우리는 그런 사람에게 시집을 갈 것이라 생각한 적도 있었는데 말이다.

왜일까? 그 이유는 한마디로 설명하기 어렵다. 어쩌면 평생을 강인하게 살아온 어머니들의 유전자가 우리 뼛속 깊이 각인되었기 때문일지도 모른다. 아니면 누군가 나에게 다가와주기를 가만히 기다리지 못했기 때문일지도, 혹은 우리가 평생 남자만 바라보며 살고 싶지 않았기 때문일지도 모른다. 혹시 우리가 드라마에서 나오는 것처럼 힘들고 복잡하고 이치에 맞지 않는 삶을 감당할 수 없었기 때문일까. 어쨌든 시간이 흐르면 당신도 알게 될 것이다. 아주 쉽게 결정할 수 있으리라 생각했던 인생의 선택지 앞에 섰을 때, 자기 마음을 도저히 저버릴 수 없음을 말이다. 그리고 당신의 마음은 깨닫게 된다. 사실, 쉽다고 생각한 그 선택에는 엄청난 대가가 따른다는 사실을…….

그런데 남자들은 돈을 사랑하지 않는 여자가 여전히 많다는 사실을 더 이상 믿지 못하는 듯하다. 그렇게 속물적인 여자가 자기 주변에 없다고 해도, 텔레비전이나 미디어에 나오는 모습 때문에 불신은 깊어간다. 남자들은 여자가 아닌 이 사회가 변했음을 모른다.

문화와 사회의 변화는 많은 문제를 야기한다. 영문을 모르는 사이에 변화는 점점 커져가고, 현실적 연애관과 결혼관에 초점이 집중되면서 사람들에게 충격을 준다. 사람들의 불안은 커져가고, 물질에 대한 요구를 더욱 억제하지 못하게 되며, 주변 사람의 몇 마디에 결혼에 대한 기대도 물거품이 된다. 이 가운데서 마음은 요동치고, 정말 어떤 사람을 선택해야 하는지 알 수 없는 지경에 이른다.

그러나 BMW를 타든 자전거를 타든 그것은 문제의 핵심이 아니다. BMW를 탄다고 꼭 행복한 것도 아니고, 자전거를 탄다고 꼭 비극적인 것도 아니다. 당신이 손에 넣지 못했던 것을 가지면 분명 행복할 것이라 착각하기 쉽다. 그러나 행복은 그와는 무관하다. 행복은 다른 사람의 관점이 아닌 스스로 얼마나 만족하는가에 달려 있다.

그렇다고 겉보기에 더 좋아 보이는 선택을 포기해야 한다는 의미는 아니다. 실제로 돈 많은 남자에게 시집가서 잘 먹고 잘 사는 여자도 많다. 그것은 그녀들의 능력이다. 모든 사람이 다 할 수 있는 일은 아니기 때문이다. 소박하고 평범한 삶이지만 신명나게 사는 사람도 있다. 그 역시 그들의 능력이다. 모든 사람이 일상의 행복을 만끽할 줄 아는 것은 아니기 때문이다.

당신이 자신의 마음에 귀를 기울여 선택했는지 아니면 자기 마음은 저 멀리 던져버린 채 스스로를 무너뜨리는 선택을 했는지 여부가 가장 중요하다. 이 질문에 대한 답을 찾을 수만 있다면 당신이 정말 포기할 수 없는 것과 절대 치를 수 없는 대가는 무엇인지 알 수 있다.

나와 내 친구들은 결국 우리가 예상했던 그 선택을 하지 않았다. 그 시절 우리가 나누었던 말들은 이제는 그저 우스갯소리로, 철없던 시절의 한마디로 남아 있다.

아저씨에게 빠지는 순간
알게 되는 것

'남자 나이는 마흔부터'라는 말이 유행하고 있다. 특히 이 말은 요즘 연예계에서 아주 잘 증명되고 있다.

항상 신데렐라 스토리만 늘어놓던 한국 드라마에도 새로운 바람이 불었다. 드라마 〈신사의 품격〉에 등장하는 마흔네 살 남자들이 보일 듯 말 듯한 눈가 주름에 아랑곳없이 중후함과 귀여운 매력을 발산하면서 많은 여성 시청자를 사로잡았다.

예전에 F4가 처음 등장했을 때, 한동안 뜨거웠던 꽃미남 열풍을 아직도 기억한다. 이제 시간이 흘러 나이 든 남자가 브라운관을 장악하는 시대가 되었다. 그러나 실제로 나이 든 남자에게 푹 빠져버린다면 그렇게 마음이 편하지만은 않을 것이다.

브라운관에 등장한 F4와 U4 멤버들 중에는 열정적인 스타일도 있고 진중한 스타일도 있다. 하지만 주로 관계 중심적인 인물이 메인으로 등장한다. 첫눈에 반한 한 여자를 위해 모든 것을 버리고 그녀만을 따라다니며 구애하다가 끝내 사랑을 쟁취한다.

그러나 실제로 나이 든 남자는 어떨까? 당신은 그 남자와 술잔을 부딪치고 담소를 나누며 이런저런 이야기를 나눌 수 있다. 반만 년 역사를 아우르는 고상한 대화를 나눌 수도 있다. 그러나 만약 당신이 그 남자와 연애를 한다면, 남자는 마음속으로 이런 질문을 할지 모른다.

'사랑? 뭐가 사랑이지?'

그들은 이제 사랑과는 너무 멀어졌다. 한 사람을 위해 목숨을 거는 사랑은 청춘 남녀에게는 아름다운 꿈이지만, 나이 든 남자에게는 어떻게 다루어야 할지 몰라 허둥댈 난감한 문제일 뿐이다.

당신은 그의 재력, 성공, 풍부한 인생 경험에서 나오는 매력에 빠질 수도 있다. 그러나 이 모든 것은 다 세파를 겪은 후 만들어진 성공적인 이미지에 불과하다. 모래성 같은 그 이미지를 걷어내고 나면 그의 주변 곳곳에 당신이 들어오지 못하게 막아놓은 영역이 보일 것이다. 그는 말로 설명할 수 없는 자신의 과거와 남에게 털어놓기 힘든 비밀을 당연히 아름다운 이성 앞에서 드러내려 하지 않는다. 그가 아무리 온화하고 고상하며 소탈한 매력을 가졌다 해도, 그가 당신을 지켜주려 할지라도, 그는 절대 쉽게 누군가를 믿지 못하며 자신의 속마음을 보이려 하지 않는다.

겉으로 드러난 따뜻함 뒤에는 닫힌 문이 있다. 그리고 그 앞에는 다음과 같은 안내문이 걸려 있다.

'관계자 외 출입 금지'

많은 여자가 어릴 때 나이 많은 남자에게 매력을 느낀다. 그 남자들은 성숙하게 상황을 통제하며, 당신의 생각을 금방 꿰뚫어볼 뿐 아니라 새로운 화젯거리로 당신을 감탄하게 만든다. 물론 그들의 경제적 여유도 절대 무시할 수 없다. 그러나 당신이 그 남자들과 어깨를 견줄 만큼 자라난 후에는 그들이 숨기려는 모습, 나약함, 가식과 변덕을 아주 쉽게 발견할 수 있다. 심지어 '남자는 마흔이 되어도 어린아이'라는 그야말로 딱 떨어지는 표현에 무릎을 치며 감탄할지도 모른다.

이러한 진실을 알게 되면 여자들은 분노하게 마련이다. 세상을 뒤집을 능력을 갖춘 듯한 그 남자도 실제 생활 속 어떤 면에서는 완전히 다른 사람처럼 느껴진다. 그들은 인생에서 성공, 모험, 도전, 정복을 갈망한다. 당신이 그들의 정복 대상일 때, 당신은 그들이 발산하는 매력에 굴복하고 만다. 그러나 두 사람이 더 진지하고 가까운 관계가 되면 그는 마치 장난감에 싫증 난 아이처럼 도망갈 준비를 한다.

여자들은 왜 그렇게 U4를 좋아할까? U4에게는 성숙한 남자의 중후한 매력과 더불어 마치 사랑을 갈구하는 소년 같은 마음이 공존하기 때문이다. 그러나 현실에서 인생의 경험을 통해 드러나는 성숙한 매력 뒤로 여전히 순정을 간직한 남자가 과연 얼마나 될까? 눈을 씻고 찾아봐도 찾기 힘들다.

그래서 여자들은 드라마를 보려고 텔레비전 앞에 앉는다. 텔레비전을 끄고 잠자리에 들 때면 모든 현실은 여전히 제자리다. 마법의 통금 12시가 지나버려 호박마차도 유리 구두도 사라졌다. 나이 든 남자는 다시는 빛나지 않는 '신데렐라' 같은 피곤한 얼굴로 소파 위에 드러누워 있다. 그의 곁을 지키는 그 여자만이 그의 진상을 속속들이 알고 있다.

집에 대한 갈망이 주는 고통

실제 일어난 일이 아님에도 현실보다 더 현실적인 두 이야기를 소개한다.

한 여자가 자기 언니의 집 계약금을 마련하기 위해서 자신을 너무나 사랑하는 남자와 헤어지고 돈과 권력을 가진 남자의 첩으로 들어간다. 중국 드라마 〈와거蝸居〉의 내용이다.

한 남자가 베이징 번화가 38평방미터의 작은 아파트를 사기 위해 어려서부터 함께 지낸 여자 친구를 놓고 '재벌 2세'의 아버지와 거래를 한다. 사랑 대신 빵을 선택한 것이다. 중국 드라마 〈북경애정고사北京愛情故事〉의 내용이다.

"겨우 커다란 시멘트 상자에 불과한 것 아니냐고? 아니, 그건 바로 우리 집이야."

이 드라마에 나오는 남자의 대사다.

도시에서 사는 사람들은 얼마나 집을 갈망할까? 만약 당신이 태풍이 몰아치는 날 캐리어를 끌고 다니면서 이사를 해본 적이 있거나 집주인으로부터 괴롭힘을 당한 경험이 있다면 그 마음을 잘 알 것이다.

많은 젊은이가 꿈을 이루겠다는 의지를 가슴에 품고 고향을 떠나 낯선 도시로 향한다. 도시에서 생활하는 동안 그들은 안정적으로 뿌리를 내리기를 간절히 원한다. 이런 신념은 결국 하나의 결론으로 이어진다. 바로 내 집 마련이다.

자기 집이 없으면 그들은 불안해하고, 제대로 삶을 누리지 못한다. 자기 집이 아니기 때문에 물건도 많이 살 수 없다. 언제 이사를 가야 할지 모르기 때문에 세간은 최소한으로만 둔다. 세를 들어 사는 사람들은 인테리어도 못하고, 좋은 가전도 못 사고, 좋아하는 커튼이나 벽지도 못 산다. 남의 집이기 때문이다. 그럭저럭 살아온 인생처럼 계속 그런대로 만족하며 지낼 뿐이다.

그러니 누가 드라마 속 인물처럼 돈 있고 힘 있는 사람들을 대놓고 비난할 수 있겠는가? 직접 겪어본 사람은 그 고통을 뼈저리게 안다. 하지만 이해는 하지만 그 행동을 인정하기는 어렵다. 꼭 자기 자신을 무너뜨리면서까지 그런 선택을 할 필요는 없다. 어쩌면 그런 거래를 할 기회도 없는 삶이 더 슬프다고 생각할지도 모른다.

우후죽순처럼 도시로 몰려온 청년들은 아마 집을 얻기 위해 이를 악물어야 하리라고는, 힘든 일도 어떻게든 버텨야 하리라고는 생각하지 못했을 것이다. 베이징에서 화장실 하나를 살 돈이면 유럽이나 세계 다른 나라를 충분히 여행할 수 있다는 말도 있는데, 집을 장만할 돈으로 대범하게 세계 일주를 하고픈 마음이야 왜 없었겠는가? 그러나 날아다니는 새도 언젠가는 날개를 접고 쉴 곳을 찾을 때가 온다. 그것을 걱정하느라 청춘들은 감히 이런 모험에 나서지 못한다. 잠깐의 자유를 내려놓고 집을 마련하는 것이 더 필요하다고 생각하는 것이다. 그들에게는 가족이 더 필요했기 때문이다.

서양인은 동양 청년들이 왜 그렇게 집 장만에 열망하는지 이해하지 못한다. 이유는 간단하다. 우리는 체질적으로 유랑에 익숙하지 않은 민족이다. 수천 년 전부터 지금까지 우리는 땅과 가정을 의지하고 그리워해왔으며, 이런 특성은 DNA처럼 그들 안에 깊이 새겨져 있다.

드라마를 본 사람들은 이런 이야기가 실제로 수도 없이 많이 일어난다고, 아니 심지어 텔레비전에서 나오는 이야기보다 더 잔인하고 가슴 아픈 일들이 현실에 존재한다고 생각했다. 사실, 인생의 잔혹한 현실이 우리 앞에 펼쳐지기 전까지는 누구도 자신이 두 손 다 들고 현실에 항복하리라고, 사랑과 우정과 도덕을 희생하면서까지 잠깐의 승리를 거머쥐려 하리라고 생각하지 않는다.

사실, 이 모든 잘못의 원인은 집이 아니라 사람들이 그 시멘트 상자 속에 너무 많은 이상과 꿈을 건다는 데 있다. 험난한 인생과 고생을 마다하지 않고 분주하게 다니는 이유는 해 질 녘에 돌아갈 집 때문이 아니겠는가?

집은 가정의 시작이다. 그 속에 작은 물건 하나, 집 안 구석구석, 곳곳의 벽, 모퉁이 하나하나 어느 곳이든 심혈을 기울이지 않은 곳이 없다. 심지어 연애를 할 때보다 더 어렵다. 돌아보면 집 안 곳곳에 자신의 이야기가 깃들어 있다. 당신이 살아 있는 한 이 모든 것은 당신의 소유다. 평범한 사람들이 꿈꾸고 바라는 결론은 그저 이 정도다.

그래서 집이란 국가나 지구적 차원에서는 별것 아닌 존재지만 일반 사람들에게는 정말 세상 무엇보다 엄청난 것으로, 그들의 작은 세상을 혼란스럽게 만들기 충분할 정도로 거대한 일이다.

드라마 남자 주인공은 한밤중에 여자 주인공을 데리고 공사 현장에 간다. 두 사람은 아직 완성되지 않은 집을 함께 바라본다. 남자가 신나서 이야기한다.

"여기에 널 위해서 안을 들여다볼 수 있는 부엌을 만들 거야. 그리고 저쪽에는 널 위한 책상을 둘게."

이때, 누가 감히 이런 꿈을 깨뜨릴 수 있겠는가? 그러나 안타깝게도 꿈에서 깨어난 후, 남자는 바라던 집은 얻었으나 사랑은 잃고 말았다.

최고의 사랑

여자는 일단 자기보다 잘난 남자를 만나면 완벽하지 않은 자신을 곧잘 한탄한다. 볼륨감 없는 몸매에 성에 안 차는 얼굴, 똑똑하지 못한 것까지 짜증스럽다. 겨울에는 심지어 전혀 섹시하지 않은 내복을 입은 걸 알아챈 상대가 자신에게 흥미를 느끼지 못할까 두려워한다. 헤어진 지 오래된 후에도 계속 스스로를 돌아보며 지난 기억들을 하나하나 짚어본다. 그런데 정작 대체 무엇이 문제였는지는 콕 짚어 말하지 못한다.

이렇듯 별로인 남자 앞에서는 여왕이라도 된 듯 떵떵거리다가도 조건이 괜찮은 남자 앞에서는 난쟁이로 변해버리는, 논리적이지 못한 여자가 많다. 그녀들의 머릿속에 허영심만 가득 차 있기 때문일까. 그러나 그녀들은 이것이 허영심과 전혀 무관하다고 생각한다. 오히려 그녀들이 보기에 이것은 매우 순수한 감정이다.

"당신을 사랑해요. 당신의 지위가 높아서가 아니에요. 앞으로 당신이 시골로 내려가 농사를 짓는다고 해도 나는 당신과 함께하고 싶어요."

그러나 반대로 생각하면 어떨까? 만약 남자가 지금 촌뜨기라면, 앞으로 그가 부자가 될 가능성이 높다고 해도 당장 그와 결혼하고 싶은 여자는 많지 않을 것이다.

왜? 수많은 선택이 가능한 남자가 굳이 자신을, 다른 사람도 아닌 자신을 선택했기 때문이다! 세상에 섹시하고 똑똑한 여자가 많지만, 그들과 다르게 자신에게는 아름다운 사랑이 있기 때문이다. 이들은 이런 계산에서 비롯된 허영심을 즐긴다. 그녀들은 이렇게 주변 사람들보다 더 행복한 사랑을 소유할 때만 정신없을 정도의 만족감을 누릴 수 있는 듯하다.

남들에게 자랑하기 위한 사랑은 오히려 여자들을 옭아매는 밧줄이 된다. 이런 감정은 자존감과 자기 자신을 잊게 만든다. 그리고 자신이 대단한 행운아라도 된 줄 착각한 채 거만하게 잘난 척하고 돌아다닌다. 결국 그 행운이 멀어지면, 그녀들은 마치 가파른 낭떠러지에서 떨어져버린 듯 후회와 반성에 사로잡혀 헤어나지 못한다.

그 꿈에서 깨어나지 못한 여자들은 영원히 알 수 없다. 사랑의 행복 지수는 남자의 사회적 지위와 오히려 반비례한다는 사실을……. 두 사람의 관계에서 여자가 자신의 매력과 독립적인 성향을 잃어버리면 남자는 쉽게 질려한다. 그러니 그 남자의 테두리 안에서 여자가 충분한 안정과 만족을 누릴 수 있겠는가?

당신이 그를 사랑할 때 그는 자신이 왕인 줄 착각한다. 당신의 사랑이 없다면 그는 내세울 것도, 자랑할 것도 없는 존재다. 당신이 그에게 빛을

비추어줄 때, 그는 정말 자신이 반짝반짝 빛난다고 착각한다. 사랑의 세계에서는 세속적인 생각 따윈 집어치워라. 어쩌면 그는 어떻게 여자를 사랑해야 하는지 '경제적용남經濟適用男(중국 정부가 저소득 서민층에 공급하는 주택을 일컫는 '경제적용방經濟適用房(평범하고 안정적인 남성상을 지칭한다)'보다 더 모를 수 있다.

'아저씨 마니아'인 여자들은 항상 동갑내기 남자들을 못 만나겠다고 고민한다. 그녀들을 만날 때마다 나는 예전 시간들이 떠오른다.

여자들은 후광이 비추는 느낌의 멋진 남자에게 쉽게 호감을 느낄 때가 있다. 그 남자들이 연마해온 성숙한 유머에 두근거리고, 그들이 열심히 보여주는 너그러움과 자신감 때문에 여자들은 당장 사랑에 빠져버린다.

그런 후에는 어떻게 될까? 그 남자는 좋은 사람이다. 그러나 그의 좋은 점이 당신과 상관이 있어야 당신도 만족할 수 있다. 그는 좋은 사람이지만 그 장점들이 당신과 아무 상관없다면, 당신의 눈앞에는 공허한 풍경만 펼쳐질 것이다. 마치 절벽 끝에서 절경을 보듯이 남들이 쉽게 볼 수 없는 멋진 풍경을 감상할 수는 있지만, 들판에 나와 자연스럽고 편안하게 숨 쉬는 느낌은 영원히 알 수 없다.

사람은 항상 점점 더 나은 방향으로 살아간다. 고독, 반성의 시간이 지나고 자아를 찾아 헤맨 후에는 진정한 자신의 모습으로 살 수 있다. 사람은 항상 화려함이 사라지고 난 후에야 순수하고 자신에게 속한 감정이 무엇인지 깨닫는다.

내가 당신을 사랑하는 이유는 당신이 어떠어떠한 사람이기 때문이 아니다. 당신과 함께일 때 나답게 살 수 있어서 당신을 사랑한다. 나는 내 완벽하지 못한 모습 때문에 당신이 나를 버릴까 두려워하지 않는다. 당신이 완전히 내 사람이 되지 못할까 두렵지도 않다. 당신 역시 완벽하지 못한 모습 그대로 존재하면 된다. 이런 모자란 우리가 함께할 때 완벽한 사랑이 이루어진다. 마치 들판에서 함께 자라는 나무처럼, 비바람도 함께 맞고 자유롭게 호흡하며 그렇게 완벽한 모습으로 말이다.

사랑하기 때문에,
내려놓음

누가 봐도 현모양처인 한 친구가 산후 조리를 마친 후, 어느 날 갑자기 아무런 말도 없이 상하이행 비행기 티켓을 끊고 짐을 싸서는 홀연히 떠나버렸다. 그녀는 이렇게 말했다.

"떠나지 않으면, 정신이 분열할 것 같았어."

여자에게 출산이란 마치 자아가 완전히 무너지고 다시 태어나는 느낌이다. 모유 수유를 한다고 곧바로 살이 빠지지도 않고, 예전에 입었던 예쁜 옷들은 구석에 처박아두어야 한다. 그러나 더 두려운 것은 바로 당신의 1분 1초 모든 순간을 아이와 함께해야 한다는 점이다. 집 문을 나설 때조차 감옥에서 잠시 '바람을 쐬러' 나가는 느낌을 받는다.

이런 부부도 있다. 부인은 하루 종일 아이와 함께 있으면서 한순간도 아이를 내려놓지 못했다. 부인은 자신이 없는 사이 아이가 울기라도 할까 걱정이 되어 시장도 번개처럼 다녀왔다. 그러고는 사람들에게 확실히 이야기했다.

"내가 밖에 나가기라도 하면 아기가 눈치를 채고 계속 울면서 보채. 누가 와서 달래도 아무 소용이 없어."

이 상황을 참다못한 남편은 부인에게 나가서 영화라도 보라고 권했다. 그녀를 안심시키기 위해서 남편은 부인이 먼저 영화를 보게 했다. 그동안 자신이 유모차를 끌고 영화관 주변 카페에 앉아 일을 했다. 영화가 끝난 후 부인은 아이를 데리고 집으로 갔고, 남편은 그다음 시간대의 영화를 혼자 보러 갔다.

홀로 비행기를 타고 떠났던 그 친구는 이 이야기를 듣고 감탄했다.

"센스 있는 남편이랑 살아서 정말 좋겠다."

그럴 수 있었다면 그녀도 혼자 그렇게 떠날 필요가 없었다. 그녀의 말을 빌리면 이렇다.

"아이가 태어난 후부터 계속 시어머니랑 같이 살고 있거든. 섹시한 속옷 같은 것도 입을 엄두가 안 나. 나중에 빨래를 널면 어머님이 다 보실 거 아냐."

많은 유부남이 이렇게 하소연한다.

"아이가 태어난 후 집에서 제 순위는 제일 꼴찌가 되었어요. 무슨 일이든 아이가 제일 먼저고, 부부 사이에 키스나 포옹도 사라졌어요. 주말이면 보디가드나 기사 노릇을 하며 가족들을 데리고 공원에 가서 시간을 보내야 해요. 온 가족의 관심은 모두 아이에게 가 있죠. 아내는 더 이상 자기 자신의 기분에도 관심을 가지지 않아요. 심지어 사랑을 나누는 잠자리를 가질 생각은 더더욱 없죠."

이 때문에 부부 사이에 냉각기가 찾아온다. 두 사람은 늘 자녀 이야기 외에 특별히 다른 이야깃거리가 없다. 아이가 좀 더 자라면 퇴근 후에 누가 아이를 데리러 갈 것인가를 생각한다. 주말이나 휴일에는 아이들을 놀이학교로 데려간다. 이렇게 조금씩 부부 사이는 멀어지고 서로 무슨 생각을 하는지 알지 못하며 스킨십도 사라진다. 서로의 역할관계도 변한다.

"아, 우리는 아이들의 엄마, 아빠지."

서로를 부를 때조차 친밀한 느낌은 사라지고 애들 아빠, 애들 엄마로 부른다.

홍콩 배우 차이사오펀蔡少芬은 본인의 결혼과 가정을 이야기할 때 다음과 같이 말했다.

"아이는 분명 우리에게 많은 행복을 안겨준다. 일을 마치고 집에 돌아온 당신을 향해 아이가 달려오면 모든 피로가 눈 녹듯이 사라짐을 느낄 것이다. 그러나 아이가 생긴 이후 당신은 내려놓음을 더 많이 배워야 한다. 내려놓지 못한다면 자신의 삶을 살 수 없고, 남편과의 사랑도 계속 이어갈 수 없다."

이 말을 듣고 나는 부부 금슬이 좋다는 그녀의 말을 믿을 수 있었다. 서른이 되고 마흔이 되어도 사랑과 자기 자신을 포기하고 살아서는 안 된다.

홍콩 여자들은 이런 면에서는 타의 추종을 불허한다. 그들은 아이가 있어도 여전히 사랑을 갈구한다. 아이는 분명 필요한 존재지만 결혼생활에는 그 외에 다른 요소도 필요하다. 어른이 되어 결혼을 하고 나면, 수많은 고충을 토로할 곳이 없다. 그래서 누군가의 따뜻한 태도가 간절하고, 홀로 멍하게 지낼 틈이 필요하며, '다른 곳에 머무를' 시간이 주어져야 한다. 또한 보살핌과 관심이 더욱 요구된다.

결혼 후 우리는 새로운 생명을 얻으면서 새로운 인생을 경험하고 다른 사람은 누릴 수 없는 특별한 행복을 느낀다. 그 이후에 결혼의 기초를 어떻게 세워나갈지는 오직 두 사람에게 달려 있다. 자녀는 언젠가는 당신의 품을 떠난다. 그들은 자신이 속한 세상에서 자신의 인생을 찾아 나선다.

자녀를 키울 때 책임감과 헌신 외에 필요한 또 다른 명제가 있다. 바로 '내려놓음'이다.

자녀를 내려놓아라. 자녀가 당신을 의존하는 기간은 매우 짧다. 그러나 인생의 반려자는 당신과 더 많은 시간을 함께 보내게 된다. 백발이 성성한 나이가 되었을 때, 지난 수십 년 동안 매일 한 침대에서 한 이불을 덮고 자던 두 사람이 공유하는 기억이 자녀에 관한 것밖에 없음을 발견한다면, 물론 그것도 행복하겠지만, 인생을 충분히 즐기지 못하고 참 힘들게 살았음을 아쉬워할 것이다.

내 마음의 쉼터,
집

2010년, 광저우廣州식 사랑에 지겨워진 그녀는 인생의 또 다른 돌파구를 찾고자 IELTS(국제 영어 능력 시험)를 준비해서 유학을 가기로 결정했다. 그녀는 캐리어 하나와 큰 짐 하나만 남기고 지난 2년간 사용한 물건을 모두 정리했다.

나는 선전深圳 기차역에서 그녀를 맞았다. 그때 우리는 둘 다 각자의 고민거리에 지쳐 있었고, 행복과는 거리가 먼 상황이었다. 그녀는 많은 물건을 잃어버렸으면서도 과도 하나만은 잊지 않고 챙겨왔다. 그 과도는 아직도 우리 집 부엌에 남아 있다.

우리는 아파트에서 함께 생활했다. 함께 식사를 하고, 저녁이 되면 시장에 가서 채소를 샀으며, 길거리나 노점상에서 과일값을 깎기도 했다. 함께 장을 보고 함께 짐을 들고 돌아와 길거리에 하나둘 불이 켜질 때쯤 함께 텔레비전을 보며 밥을 먹었다.

어느 날, 나는 전화 통화 소리에 잠이 깼다. 그녀가 바깥에서 누군가와 일 관련 이야기를 하고 있었다. 그리고 나는 그녀가 이미 결정을 내렸음을 알아챘다.

다음 날 아침, 그녀는 나에게 간단하게 설명했다.

"나 창사長沙에 가서 일하기로 했어."

그녀에게 외국에 나가 공부하라고 여러 번 이야기해온 나는 그 순간 그녀가 조금 불안해 보였지만 담담하게 답했다.

"그래, 언제 가는데?"

서로 알게 된 지 2년, 서로 다른 도시에 살았지만 우리는 매달 한 번은 얼굴을 보면서 일과 사랑에 대한 이야기를 나누었다. 때로는 아무 말도 하지 않고 같이 네일 숍에 가고, 밥을 먹고, 거리를 거닐었다. 그때가 우리가 가장 오랫동안 함께 지낸 시간이었다. 헤어질 타이밍이 이렇게 빨리 오리라고는 생각도 못했다. 그렇지만 나는 그녀가 그런 선택을 하리라는 것을 알고 있었다.

공항에서 헤어질 때 나는 아쉬운 마음에 오히려 돌아보지 않았다. 이제 그녀와 나의 거리는 광저우에서 선전처럼 고속철도 한 시간만 타면 볼 수 있는 거리가 아니었다.

우리는 괜찮은 가정 환경에 외모도 괜찮고 안정된 생활을 유지할 수 있다면 행운아라고 생각한다. 분명 그렇다. 우리는 집을 떠난 후에 많은 역경, 배반, 의심, 자기부정 같은 일들과 대면했다. 이제 막 사회생활을 시작했을 때, 자신이 얼마나 엉망진창이었는지 당신도 잘 알 것이다. 그러나 우리는 모두 최선을 다해 이 낯선 도시에서 살아남겠다는 패기가 있었고, 해마다 더 나은 삶을 살겠다고 다짐했다. 매년 생일을 축하할 때면 친구들과 함께 운명에 감사 인사를 전했고, 작년보다 더 나아진 올해에 감사하며 자리를 마무리했다.

이렇게 보잘것없는 삶을 살면서도 우리는 앞으로 더 나아지리라고 믿었다. 특별한 이유는 없었다. 그저 원하는 것이 많지 않았기 때문이다. 남들에게는 행운처럼 보이는 것들도 당사자인 우리에게는 그저 불안하고 짜증이 나는 일일 뿐이다. 엄하고 강직한 부모님, 우리에게 많은 기대를 품고 있는 부모님은 우리에게 목표를 제시하며 더 멀리 더 높이 날기를 기대하기 때문이다. 그래서? 결국 남들은 죽어도 놓지 못하는 것들을 우리는 쉽게 내려놓게 된다.

자기 모습이 마음에 들지 않는다면, 내려놓아라. 스스로의 사랑이 마음에 들지 않아 자신마저 미워지려 한다면, 내려놓아라. 마음 나눌 사람 하나 없는 도시라면, 떠나라. 이제 집으로 돌아가야 할 때라고 느껴진다면, 돌아가라. 국수를 먹던 그 거리, 그 골목으로 돌아가라. 놀음에 빠진 마누라에 대해 구시렁거리는 택시 기사 아저씨의 푸념을 듣고 있노라면, 내가 있어야 할 곳으로 돌아온 것 같이 느껴질 것이다.

더 이상 비범하고 성숙한 신사를 만나지 못할 것 같다면, 단순하고 진심을 다하는 남자를 만나 진지하게 오랫동안 연애를 하라. 성공한 유명인사가 될 기회가 더 이상 주어지지 않는다면, 소탈한 주부의 삶을 살아라.

아쉬움 없이 인생을 사는 사람들이 있다. 이들은 성공학과는 전혀 관련 없는 삶을 산다. 이들은 지금 하고 싶은 것이 있으면 그것을 한다. 현재를 사는 것, 자신의 인생의 주인이 되는 것, 그뿐이다.

우리 중 대부분은 모두 반드시 열심히 살아야 하고, 열심히 살 수밖에 없으며, 열심히 살지 않을 방도가 없다. 그러나 그것은 성공에 더욱 가까워지고 있음을 증명하기 위해서가 아니다. 젊은 시절에는 무엇이 의미 있는 일인지 몰랐기 때문이다. 자신의 재능이 어느 정도인지 인정하게 되는 날, 자신이 원하는 대로 살면 된다.

나이가 많이 어렸던 한 여성은 나를 만났을 때 인생에서 중요한 첫 번째 선택을 앞두고 있었다. 그녀가 물었다.

"조그만 도시에서 편안하게 평생을 보내야 할까요, 아니면 멀리 떨어진 곳에서 만원버스에 시달리며 아침부터 저녁까지 일하며 살아야 할까요?"

나는 말했다.

"인생에서 한 번은 분투하고 노력을 해야 후회가 남지 않아. 적어도 나중에 아기를 낳고 집안일에 정신없는 생활을 하게 되더라도, 어쨌든 나는 세상을 겪어보았고 싸워보았다고 스스로에게 말해줄 수 있지 않겠니?"

우리 인생의 수많은 선택은 사실 성공을 위한 것이 아니다. 용기를 잃지 않고, 나약하게 살지 않고, 세상에 대해 무지하게 살지 않기 위해서다. 돈과 시간이 있을 때, 하고 싶은 일을 해라. 그러면 자신만의 답을 찾게 된다.

우리는 삶을 미리 알 수 없다. 정확한 미래를 계획하거나 바꿀 수도 없다. 그저 자신에게 만족하고 앞으로 지금보다 더 나은 삶을 사는 법을 배울 뿐이다. 과거의 나보다 더 나은 모습으로 살면 족하다. 담담하고 행복한 삶이 어디에 있겠는가? 마음이 편안한 곳, 그곳이 바로 내가 있을 곳이다.

PART 4

함께한 이후의 진실

부부란 마치 함께 자라나는 두 그루의 나무와 같다. 다른 사람이 어떻게 보든 상관없이 당신은 상대가 무엇 때문에
힘들고 즐거운지, 또 얼마나 평범하고 촌스러운 사람인지 안다. 그것은 결혼한 여자들이 가장 실망하는 부분이지만,
또 이 현실을 받아들일 수밖에 없다. 이제 남자를 더 이상 의지할 수 없게 되었거나, 남자의 마음에
당신이 존재하지 않는다는 의미가 아니다. 두 사람의 감정은 새로운 단계로 접어든 것이다.
당신이 존재하는 가정은 남자에게 마치 어머니의 자궁과 같아서,
자연스럽게 휴식하고 숨 쉬는 공간이 되어 에너지를 공급해준다. 이것이 바로 남자가 원하는 가정이다.

당신의 모습에서 결정되는 사랑

지난 몇 년 동안 사랑하는 모습을 보여주었던 셰팅펑謝霆鋒과 장바이즈張柏芝가 두 아이를 낳은 후 이혼 소식을 전했다. 연예계에 떠도는 소식으로는 장바이즈가 재산을 자기 명의로 해달라고 계속 조르는 바람에 셰팅펑이 화가 났고, 벌써 별거에 들어갔다고 한다. 이 소식에 기자들이 벌 떼처럼 몰려들었고 이제 웨이보에서는 사랑의 도피에 이어 다음 화제를 새롭게 떠들기 시작했다.

"당신은 아직도 사랑을 믿나요?"

리우예劉燁와 시에나謝娜는 이별 후 각자 새로운 사랑을 만났다. 리우예는 어느새 예쁜 부인과 아이까지 생겼다. 이를 본 많은 이는 무척 속상해하며 다시는 사랑을 믿지 않겠다고 했다.

세상 시끄럽게 절절히 사랑했던 야오천姚晨과 링샤오쑤凌瀟肅도 결국 이혼했다. 여자는 새로운 상대와 결혼했고, 남자도 역시 새 애인을 만났으니 둘 중 누구도 손해를 보지는 않았다. 다만, 사람들은 더 속상해하며 말한다.

"아직도 사랑을 믿어야 하는 거야?"

일반인들은 자신들과 전혀 상관없는 스타들의 만남과 헤어짐에 감정을 이입하곤 한다. 그런데 재미있는 것은 수많은 여자가 돈 많은 스타들의 해묵은 앙금과 불화에 관한 내용들을 파악하느라 이런 가십 잡지들을 보는 데 시간을 축내고, 스스로 그 얽힌 굴레 속에 들어가고 싶어 한다는 사실이다.

"당신은 아직도 사랑을 믿습니까?"

"나와 함께 사랑의 도피를 하겠습니까?"

이런 진지한 질문은 이제 썰렁한 유머로 통한다.

어느 날, 친구에게 아직 사랑을 믿는지 물었다. 그녀는 갑자기 어리둥절해하다가 웃으며 답했다.

"그런 생각을 안 한 지가 오래되었네."

어쩌면 당신은 이미 알고 있다. 끊임없이 스스로에게 사랑을 믿는지 물어보는 사람은 사실 사랑에 가장 많은 기대를 품고 있음을, 당신에게 자신과 사랑의 도피를 할 거냐고 물어보는 그 남자는 사실 가장 용기 없는 사람인 것을….

감정이란 누군가에게는 달콤한 사탕일지라도 다른 누군가에게는 비상砒霜 같은 독이 되기에 정확하게 정의내릴 수 없다. 당신이 전혀 거들떠보지 않던 그 남자도 다른 누군가에게는 애지중지할 만큼 귀한 사람일 수 있다.

한 친구는 자신에게 죽자고 매달리던 남자들이 항상 완벽한 사랑을 하는 척 쇼를 하다가도 자신에게 거절당하는 순간 마치 기다리기라도 했다는 듯 재빨리 다른 사람으로 갈아타는 모습에 정말 짜증이 난다고 했다. 그러니 아직도 사랑을 믿느냐는 질문을 하느니 차라리 대타를 마련해두고 있지는 않은지 물어보는 게 낫지 않겠냐는 것이다.

사실, 많은 사람이 애매한 관계를 유지하는 상대가 있으면서도 맞선을 보러 나간다. 또 약혼 전에도 혹 더 괜찮은 사람이 나타나지 않을까 하는 마음에 솔로들의 미팅자리에 참석한다. 누군가는 양손에 카드를 들고 어느 패를 빼고 어느 패를 간직해야 최상의 결과를 얻을 수 있을지 고민한다. 혹자는 너무 고민하다가 결국 둘 다 놓쳐버리는 바람에 함께 영화 보고 식사할 사람도 못 찾는 지경에 이른다.

솔메이트니 뭐니 떠들어대지만 옆에서 보기에는 그저 비현실적인 망상에 불과하다. 사람들은 좀 더 현실적으로 다가가서 외양과 내면을 따진 후 종합 점수가 가장 높은 사람을 선택하는 데 관심을 가진다. 마치 텔레비전 커플 매칭 프로그램에 나오는 여성 출연자 대부분이 자신과 맞는 사람을 찾기보다 사람들에게 주목받기를 더 중요하게 생각하듯이 말이다. 무대 위에서 공주로 변신한 아가씨들은 그저 각박한 세상을 풍자하고 있을 뿐이다. 그들은 진정한 사랑을 찾고 있는 게 아니다.

'사랑이란 무엇인가? 믿음이란 또 무엇인가?'

전 세계 아티스트들은 이 명제에 대한 답을 캐내기 위해 노력했다. 그것이 이치에 맞든 맞지 않든, 사람들이 웃든지 울든지 상관없이 그저 빛나는 해답을 캐낼 수 있다면 족했다. 사랑과 믿음은 최상위에서 효력을 발하는 수단이 되었고, 표현하기는 쉬워도 실제로 이루기는 가장 어려운 일이 되었다.

그러나 인간 내면에 가장 깊이 자리 잡은 감정이 바로 사랑이요 믿음 아니던가? 원래 인간은 이를 위해 모든 부, 지위, 신분, 지역 분열 같은 감정을 다 버릴 수 있었다. 그러므로 당신이 어떠한 사람인지에 따라 당신의 사랑도 결정된다. 당신이 자기 자신을 믿지 못하면, 당신의 사랑도 당신을 믿지 못한다. 당신의 사랑은 당신의 기대를 저버리고 싶지 않다. 그것은 이미 사랑의 본뜻이 아니다. 당신이 사랑을 믿는지 여부는 사랑 자체에는 중요하지 않다. 왜냐하면 사랑은 당신의 지금 모습을 그대로 비추는 거울이기 때문이다. 사랑은 잔인할 정도로, 사람이 연연해할 정도로 진실한 감정이다.

사람들은 사랑을 하면서 얻기도 하고 잃기도 한다. 그것은 자신의 허영심과 탐욕 때문이며, 나약하고 비참한 자기 모습 때문이다. 사랑이라는 감정 자체는 한 번도 변한 적이 없다. 오랜 시간 이어온 모든 사랑 이야기는 모두 동일한 사랑 이야기다.

결혼의 잔혹함을 알고 나서야
어떻게 결혼을 지켜야 할지 깨닫는다

타이완의 중견 여류 작가 주톈신朱天心은 이렇게 언급했다.

'모든 사랑은 결국 다 마찬가지다. 그 잔혹함을 알고 나서야 어떻게 지켜야 할지 깨닫는다.'

개인적으로 주톈신을 좋아하지는 않지만, 그녀의 이 문장은 정말 마음에 든다.

중국의 소설가 왕쉬王朔는 반평생이 지난 후 감정에 대해 얻은 깨달음을 이렇게 표현했다.

"모든 결혼은 잘못된 선택이다. 당신은 이 잘못된 길을 나와 함께 가기 원하는가?"

영화 〈쉬즈 더 원She's the one 2〉에서 여주인공은 남자 주인공을 좋아하지 않으면서 그와 결혼한다. 그것은 그녀가 인생무상을 깨달았기 때문일까? 아니면 남자 조연이 죽기 전에 남긴 그 말 때문일까?

"당신들 얼마나 잘되는지 내가 지켜볼 거야!"

나는 그 결말을 믿지 않는다. 사실, 린리후이舒淇가 연기한 량소소는 다양한 선택을 할 수 있고, 많은 사람에게 사랑받을 수 있는 캐릭터다. 그녀는 남들에게 받는 사랑이 부족하지 않았다. 그녀는 그저 조금 특별한 사랑을 원했다. 남들과 다른 사랑이야말로 진정한 사랑이라고 생각한 것이다.

여자들은 나이가 든다고 더 지혜로워지지는 않는다. 그녀들은 전광석화처럼 짧은 사랑을 한다. 불구덩이에 뛰어드는 것을 마다하지 않고 모든 것을 잊은 채 세상 끝까지 함께 갈 수 있는 사랑을 한다. 그녀들의 눈에는 서로를 보호하기 위해 일상과 현실에 굴복하는 여자들이야말로 진실한 사랑을 포기한 겁쟁이로 보인다.

누군가는 함께할 남자를 얻고자 하여도 구하지 못하고, 또 누군가는 고르고 고르다가는 결정을 못 내려 세월을 허비한다. 그리고 여전히 기다린다. 사랑의 세계는 부의 세계보다 훨씬 더 불공평하다. 오히려 결혼은 훨씬 더 공평하다.

사회 초년생으로서의 삶을 시작한 아가씨들은 감탄한다. 모 사장님이나 모 상무님의 부인은 어쩜 그리도 고상할까? 왜 성공한 인물 옆에는 학벌도 좋고 인품도 고상한 여인이 존재하는 걸까?

그것이 바로 시간의 마력임을 그녀들이 알 리 없다. 자신은 평범하게 살더라도 남자들에게 따뜻하고 안정된 삶을 선사하고자 했던 여자가 있었기에 10년 후 남자들이 그런 인물이 될 수 있었다. 그러나 지금은 자신의 청춘을 건 도박을 원치 않는 여자가 너무 많다. 당연히 자신이 남자의 성공을 위한 발판이 되려는 생각도 하지 않는다.

결혼은 사랑과 전혀 다르다. 사랑에 너무 큰 기대를 가지는 사람은 결혼하기가 어렵다. 솔직하게 세상에 투항한 사람들만이 성공한 결혼생활을 할 수 있다.

그렇다면 돈 많은 남자를 찾는 것도 아닌데 마음에 드는 사람을 만나기가 왜 이리 어려울까? 심지어 집, 재산, 부동산까지 까다롭게 따지지도 않는데 결혼하기 힘든 이유는 무엇일까? 그것은 그녀들이 스스로를 아무것도 바라지 않을 정도로 고상하다고 생각하기 때문이다. 자신이 꿈꾸던 사랑을 포기하지 못하기 때문이다. 이유 불문하고 남자들의 그림자가 되어 빛을 발하지 못하는 여자가 될 수 없기 때문이다.

"내가 바란 건 집, 차, 통장 잔고가 아니야. 어쩜 그 사람은 그렇게 기품도 없고, 문화 수준도 떨어지고, 교양도 없고, 말투도 경박하고, 심지어 낭만적이지도 않을까?"

이게 바로 그녀들의 진심이다. 돈이나 권세, 좋은 학벌에 대한 아쉬움이 전혀 없기 때문에 상대방에게서 풍기는 졸부 분위기를 경멸한다. 그러고는 자신들에게는 고상하고 교양 수준이 높은 남자가 잘 어울린다고 생각한다.

원래부터 교양 있고 진중한 말투에 낭만도 갖춘 남자가 그리 흔할까? 그렇지 않다. 남자들의 세상에서는 문화나 교양, 낭만으로 승패를 겨루려 하지 않는다. 남자들은 정취도 즐길 줄 알고 미녀들에게 작업도 잘 거는 부류를 가끔 부러워한다. 그러나 그들은 내심 '돈과 권세'를 가져야 궁극적인 매력이 있다고 생각한다.

그들은 총 한 자루와 위임장 하나를 돈과 바꾼다. 영화 〈양자탄비讓子彈飛〉에서처럼! 누가 더 예의와 염치를 모르는지, 누가 더 문화 수준이 떨어지는지 여부는 이들에게 중요하지 않다. 이기고 지는 것에 목숨을 거는 것, 이것이 바로 남자들의 세계관이다.

"저기요, 여자 여러분, 이긴 사람을 선택할 건가요? 잘생긴 사람을 선택할 건가요? 아니면 돈 많은 사람을 선택할 건가요? 웃긴 사람을 선택할 건가요?"

이것이 그들의 논리다.

"잘생긴 남자요, 그리고 이겼다는 그 사람은 꼴찌!"

"돈도 많고 저를 웃겨줄 수 있는 사람이요."

이런 답을 내놓는 여자들은 통상 유부남을 좋아하기 쉽다. 그녀들은 바라는 것을 얻지 못하면서도 이미 그들의 옆자리를 차지한 여자들을 무시한다. 자신들이 사랑하는 그 남자가 남편이 되는 순간, 그는 더 이상 연인이나 친한 오빠가 아니라 오직 '남편' 역할만 하게 된다는 사실을 까마득하게 모르고 있기 때문이다.

그렇지 않았다면 이수가 왜 이렇게 탄식했겠는가.

"그렇게 괜찮던 남자가 어쩌다가 '남편'으로 변해버렸을까?"

선의라는 이름으로 악을 행하지 마라

이것은 실화다.

스카이다이빙을 너무 좋아했던 한 부자가 사고로 목 아래 사지가 마비된다. 그는 전담 간병인을 고용하려 한다. 그런데 많은 지원자 가운데서 그가 선택한 이는 사람들의 예상과 달리 경력도 없고 이제 막 출소한 건달이었다. 이 상황을 이해하지 못하는 주변 사람들에게 그는 말한다.

"그 사람은 내 몸이 마비되었다는 사실을 잊고 있었소. 나는 그런 사람이 필요해요. 동정심도, 특별 대우도 없고, 차별하지도 않는 사람 말이오."

이렇게 완전히 다른 환경에서 지내던 두 사람이 고용주와 피고용인으로 만난다. 사람들의 예상과 달리 두 사람은 매우 잘 지냈다. 한밤중에 환자가 통증으로 고통스러워하면, 간병인은 그를 데리고 밖으로 나가 길거리에서 함께 담배를 태웠다. 두 사람은 함께 차를 타고 질주하다가 거짓

연기로 경찰의 에스코트를 받자고 서로 내기도 한다. 사람들 몰래 스카이다이빙을 하러 떠난 두 사람은 높은 곳에 올라 멋진 대지의 풍경을 감상하며 정복감을 느끼기도 했다. 환자는 자신의 곁에 있는 이 간병인 덕분에 마비된 자기 몸에 대한 열등감을 떨쳐버리고 자신감을 회복한다.

이 실화는 나중에 영화 〈언터처블 : 1%의 우정Untouchable〉으로 제작되었고, 프랑스 박스오피스 1위를 차지했다. 진부하게 느껴질 수 있는 이야기가 흥미진진하면서 진실하고 자연스러우면서 감동적인 영상으로 탄생하였다. 만약 같은 이야기가 중국에서 일어났다면, 간병인이 헌신적으로 환자를 간호하고 자신을 희생하면서 환자의 나쁜 성격과 버릇을 용납해주는 아름다운 이야기로 바뀌었을 것이다. 우리에게 감동은 주로 이렇게 정의되어 차원을 뛰어넘는 아름다운 인성, 세상의 기준을 뛰어넘는 용감함으로 변한다.

그러나 이 영화는 삶과 죽음을 이야기하면서도 관객에게 눈물을 유도하지 않는다. 끝이 보이는 인생을 마음이 가는 대로 살지언정 이미 죽은 사람처럼 주변 사람들에게 도움만 구하면서 살지는 않으려 한다. 이는 생명에 대한 존중이자 경의의 표현이다. 감동을 종용하지 않고 보는 내내 마음을 따뜻하게 해준 영화였다.

영화 후반에 부자는 간병인의 남은 인생을 환자 한 명을 돌보는 데 쓰게 하지 않으려고 다른 간병인을 고용한다. 고용된 전문 간병인은 늘 그를 조심스레 대했고, 조금이라도 문제가 생기면 "환자라서 그래요"라는 말로 곁에 있는 사람에게 설명을 해주었다. 전문 간병인과 함께 지내면서 주인공의 마음은 나날이 늙어간다. 예전에 그와 함께 놀아주고 함께 미친 짓도 하고, 심지어 마비 환자라는 사실 자체로 농담 따먹기를 하던 예전의 그 친구를 더욱 그리워한다.

이 이야기는 한 사람이 다른 누군가를 위해 더 큰 희생을 함으로써 인간의 본성을 빛내보고자 하는 의도를 담지 않았다. 그저 이것이면 충분했다.

> 당신은 내가 그토록 원하는 안정과 존엄을 느끼게 해주었고, 나는 당신이 원하는 대로 당신을 인정하고 협력했다.

두 사람은 학식, 신분, 지위가 완전히 달랐으나 바로 이 점 때문에 의기투합할 수 있었다.

당신이 생각하는 선의로 상대방을 감동시키려고 하지 마라. 건강하든 병에 걸렸든 상관없이 누구나 어른이 되면 낯선 사람이 쉽게 건드릴 수 없는 내면의 세상이 생긴다. 이들은 오직 자신과 비슷한 부류의 사람을 만나는 순간 기뻐하며 친절을 보인다. 이는 전통적인 의미의 친절이 아니다. 서로의 능력을 신뢰하고 중시하며, 솔직하게 자신의 모습을 드러내고, 자신이 생각하는 친절을 상대방에게 강요하지 않는다.

선의라는 이름으로 폭행을 가하지 마라. 당신은 지금 그녀에게 따뜻한 위로가 필요하다고 생각할지 모르나 그녀는 사실 혼자 어두운 밤을 보내고 싶을 뿐이다. 당신은 그녀가 분명 더 나은 선택을 하리라고 생각하며 백방으로 도움을 주려 하지만, 때로는 혼자서 가야만 하는 길이 있음을 방관한 처사다. 틀린 길이라고 해도 때로는 마음이 가는 방향으로 가야만 한다.

부모님과 친구들은 모두 의심할 나위 없이 우리를 위하는 존재이다. 그런데 정말 어려운 일이 닥쳤을 때, 우리는 왜 그들에게 입을 떼지 못하고 오히려 더 멀리 도망치는 걸까? 선과 악에 대한 관점이 일치하는 사람들은 서로 마음이 통한다. 옆 사람이 생각하는 선함이 자신에게는 오히려 더 큰 부담일 수 있다. 옆 사람이 나쁘다고 결론 내린 부분이 당신에게는 더 자유롭고 좋은 선택처럼 느껴질 수 있다.

영화 속 너무 다른 부류였던 두 사람은 어떻게 그토록 마음이 통할 수 있었을까? 두 사람은 나중에 각자의 자리에 있으면서도 자주 왕래하며 관계를 이어갔다. 바로 서로가 바라는 선함이 무엇인지 알았기 때문이다. 또 이들은 상대방이 독립적 인격을 갖춘 자유인임을 인정했기에 서로 친구가 될 수 있었다. 누구든 정情을 무기로 상대방의 인격적 자유를 통제하려 든다면 결국 서로 간의 남아 있던 정조차 무너지고 만다.

슬픔도 기쁨도,
모두 나 때문에

친구의 어머니는 친구에게 이렇게 말씀하셨다.

"넌 가능하면 부모님이 다 안 계신 남자에게 시집을 가는 게 좋겠다."

그녀는 쓴웃음을 지었다. 그녀는 자신이 도저히 어머니 수준에 이를 수 없음을 알고 있었다. 감자와 계란 요리밖에 할 줄 모르고 펑크한 장신구에만 열중하는 자신이 시어머니에게 점수 딸 일은 세계여행보다 더 힘들 것이라 느꼈다.

또 다른 내 친구는 시어머니와 함께 오랫동안 생활했다. 장기간의 투쟁 끝에 그녀는 숙녀 중의 파이터로, 아내들 중의 소크라테스로 성장하여 동창들의 생활 멘토가 되었다.

문학을 전공했던 예술 청년들은 과거에 결혼과 관련된 단어나 화제만 나와도 코웃음을 쳤었지만, 중년의 나이에 접어들고 나서야 고상함과 문학은 인생에 도움이 안 된다는 사실을 깨달았다. 현실에서는 이치를 다 따질 수 없고, 소망했던 높은 수준의 예술 경지에 이를 수도 없었다. 그 대신 성공을 선택한 주부들은 그와 관련된 한두 개 팁을 얻으면 도리어 즐거워하고 기뻐한다.

한동안 인기리에 방영되어 로라 부시 전 영부인마저 흠뻑 빠졌다는 미국 드라마가 있었다. 아주 평온한 아침 장면에서 드라마는 시작한다. 아침 식사를 잘 차려놓고 남편과 아들이 집을 나선 후, 깔끔하게 차려입은 중년의 부인은 서랍 속에서 작은 소총을 꺼내 자기 머리를 향해 겨눈다. 예고 없던 비극이다. 그녀의 남편과 아이 모두 왜 그녀가 이토록 절망에 빠져 있었는지 모른다. 그리고 주부들의 생활 속에 숨어 있던 위기들이 하나둘 드러나기 시작한다.

결혼한 여자들의 스트레스는 얼마나 될까? 자녀를 양육하고 부모님을 봉양하고 힘든 직장생활을 견뎌야 하는 그녀들에게 가장 큰 문제는 다름 아닌 반려자다. 훤한 대낮에는 밤의 어두움을 상상하기 힘들듯 그는 당신의 슬픔을 이해하지 못한다.

남자는 늘 심오하고 광활한 세상을 정복하고 싶어 한다. 그러나 정작 실제 삶은 그다지 특별하지 않고 평범하다는 것을 깨닫는다. 평범한 삶에서 책임감을 빼고 나면, 남자들은 삶에서 즐거움을 찾지 못한다. 평범함 속에 담긴 비밀이나 참된 지식을 알기란 더더욱 어렵다. 그래서 결혼 후 여자들은 종종 홀로 고군분투하는 어려움에 처한다. 같은 지붕 아래서 생활하고 있지만 자기 마음을 알아주는 이가 자신밖에 없다는 사실은 힘들고 번거로운 일들보다 더 극복하기 어려운 커다란 장벽이다.

투쟁도 하고 소크라테스 역할도 감당하던 한 중년 여성은 산후도우미를 쓰는 문제로 한 달 가까이 투쟁한 끝에 결국 남편과 시어머니로부터 동의를 얻었다. 그리고 전문 산후도우미를 구하는 일이 산후 조리를 하는 여성에게 얼마나 대단한 일인지도 알게 되었다. 그녀는 이런 싸움을 하느라 힘들어하거나 눈물을 흘리지 않았다. 이런 상황은 이미 그녀 생활의 일부였기 때문이다. 태양은 다시 떠오르고, 회사원은 출근을 하고, 학생은 등교를 하며, 아기 엄마는 아기를 데리고 다니듯이 자연스러웠다.

젊은 여자들은 남자들이 대충 넘어가려는 모습을 받아주지 못한다. 일에만 열중하는 남자는 더더욱 싫어한다. 그런데 소크라테스로 불리는 그녀는 오히려 새로 살 집을 구하면서 남편을 위한 서재를 따로 만들어야겠다고 생각했다. 가족 중 누구보다도 독립적인 공간이 필요한 사람은 남편이라는 게 그녀의 생각이었다. 나는 웃으며 역시 엄마 같은 아내가 좋은 아내라고 말해주었다. 그러자 그녀는 담담하게 말했다.

"가끔은 물러설 줄 알아야 앞으로 나갈 수도 있는 법이지, 이게 바로 결혼생활의 전투 철학이야."

아무리 사랑하는 부부라고 해도 한쪽만 내내 양보하기는 힘들다. 한번쯤은 한쪽이 져주기도 한다. 오늘은 당신이, 내일은 내가, 각자 맡은 일을 하고 각자 필요한 것을 취한다. 시소 놀이를 할 때도 번갈아 올라가고 내려가야 모두가 즐겁다. 항상 이기기만 하는 사람은 없다. 적대적인 태도는 자기 뜻대로 풀리지 않는 생활 속 일들을 암세포처럼 변모시켜 정상적이고 건강한 영역까지 침범당하게 만든다.

10년을 지내오는 동안, 늘 양보하고 울기만 하던 단계에서 내 마음대로 구는 단계로 이동했고, 마지막에는 인내할 줄도 알고 싸울 줄도 아는 단계에 이르렀다. 이제는 자신이 정한 마지노선이 흔들릴 때는 어떻게 싸워야 하는지, 나아가 타협하지 않는 방법은 무엇인지도 안다. 또 다른 사람의 마지노선 앞에서 포용력과 이해심을 발휘할 줄도 안다.

나는 이런 태도가 결혼에만 국한되지 않고 우리 삶에 적용 가능한 전투 철학이라고 생각한다. 나를 지킬 줄 알아야 절망하지 않기 때문이다. 자비와 관용을 베풀 때 사랑을 놓치지 않기 때문이다.

삶은 마치 쏸라탕(일종의 시큼하면서도 매운 맛이 나는 국) 한 그릇 같다. 시큼한 맛과 매운 맛 가운데서 균형과 즐거움을 찾을 수 있다. 그러면서 결국에는 상대가 나의 슬픔을 모른다는 하소연을 하지 않아도 되는 때가 온다.

사랑에 굴복하되
사랑 때문에 소멸되지 마라

남자와 여자는 결혼을 할 때 각자 자신만의 대가를 지불한다. 남자는 자유와 부담을, 여자는 낭만과 세월을 대가로 지불한다. 그렇기에 결혼이라는 체제가 모두에게 적합한 것은 아니다. 어떤 사람은 평생 연애나 산뜻한 데이트만 하고 싶어 한다.

직업 '내연녀'가 몰려드는 이유는 사회가 경박해졌기 때문이라기보다 물질주의가 팽배해진 환경에서 모두 자기 필요만 채우려 하기 때문일 것이다. 누군가는 돈으로 슬픔을 잊으려 하고, 누군가는 청춘을 대가로 의식주를 해결하려 한다. 만약 당신이 더 많은 것을 얻기 위해 아름다움과 청춘을 대가로 지불하려고 마음먹었다면, 정말 세월을 만만하게 본 것이다. 당신이 원하는 바를 반드시 얻을 수 있는 것은 아니다.

모든 연인과 부부는 두 사람만의 암호나 언어를 가지고 있다. 남들은

그 뜻을 제대로 파악하기 어렵기에, 터무니없고 황당무계하게 느껴진다. 다른 사람들 눈에는 이상하지만 두 사람은 아무리 따져보아도 매우 합리적인 관계다.

그 남자를 포기할 수 있었다면 여자가 자진해서 그의 세상에 발을 내디뎠을까? 그녀가 아니면 안 되기에 남자는 그녀와 결혼한 게 아니겠는가? 추녀가 미남을 만났든 미녀가 야수를 만났든, 당사자가 아닌 주변 사람의 눈으로는 이해할 수 없는 게 인연이다.

자신들이 무엇을 원하고 바라는지는 그들 스스로가 가장 잘 안다. 당신은 바라던 것을 얻고 싶다. 당신은 앞으로 이어질 긴 세월을 바라고, 남은 생애 오랫동안 함께하기를 바라고, 중전마마의 지위를 바란다. 그리고 그것을 얻으려면 반드시, 그리고 어쩔 수 없이 포기해야 하는 것들이 있다.

아무리 서로를 아끼며 사랑하고 사랑받기 위해 노력하더라도, 예전에 스파크가 튀던 그때 그 감정이 사라지는 시기가 되면 어떻게 해야 낙담하지 않을 수 있을까? 빠르게 지나가버린 세월 속에서 놓친 많은 것에 대해 절대 따지고 들지 않는 수준에 이르면 된다.

친구의 어머니는 결혼 전에는 눈을 부릅뜨고 살아도 결혼 후에는 눈을 감아주며 살라고 당부하셨다.

남자는 여자와는 다른 동물이다. 상대가 아무리 멋진 조건의 남자라 해도 여자는 쉽게 결정내릴 수 없다. 가까이 다가간 순간 이럴 수도 없고 저럴 수도 없는 해결하기 힘든 부분을 발견하기 때문이다. 지나간 과거에 매이지 마라. 결국에는 오랫동안 함께한 세월이 그 과거를 이긴다. 당신이 바라는 것은 앞으로 함께할 50년이니 충분히 수지맞는 계산이다. 짧은 인생을 무난하게 보내기란 그리 쉬운 일이 아니지 않겠는가.

사랑은 화려하고 환상적이다. 그러나 결혼 뒤에 숨겨진 불꽃과 자질구레하고 사소한 삶은 모두 여자가 감당해야 한다. 내연녀들이 이런 자질구레한 삶을 알기나 할까? 생각이 제대로 박힌 남자라면 함께 살고 있는 아내야말로 이런 짐을 함께 지기에 가장 적합한 존재임을 안다.

결혼 후 여자들은 자아를 보호하고 자신의 행복을 지키며 살아야 한다. 남자가 이미 당신의 모든 영역을 정복했다고 여기게 해서는 안 된다. 파자마를 입은 채로 돌아다니거나 세수도 안 한 채 지내서는 안 된다. 잠시 남자의 사랑에 항복하더라도, 남자 때문에 자신을 잃어서는 안 된다.

여자들이여, 결혼 후에 평생 편안한 삶이 이어지지는 않는다. 처음에는 본능을 따라 살아도, 별다른 기술이 없어도 편안하다. 그러나 시간이 흐르면 지혜가 간절해진다.

물론 그저 평범하고 사소한 삶에서 즐거움을 찾지 못하고 그저 숨 막힐 듯한 사랑, 불꽃같은 사랑만을 바라는 사람들도 있다. 어떤 선택도 비난받을 이유는 없다. 그저 자신이 바라는 대로, 자신이 짊어져야 할 짐을 지면 그만이다.

그러나 한 여자의 인생에 화려한 순간이 과연 몇 번이나 될까? 아름다운 얼굴도 순식간에 늙는다. 결국 포기할 것은 포기하고, 책임져야 하는 것은 책임져야 할 때가 온다. 인간은 결국 마지막 순간에 이르면, 믿어야 할 것은 반드시 믿고, 물러서야 할 때는 반드시 물러서야 함을 깨닫는다.

당신이 평생 사랑하기에
합당한 남자는?

〈섹스 앤 더 시티〉의 마지막 회에 미스터 빅이 파리 거리에서 캐리에게 청혼하던 장면을 기억한다.

사실, 나는 미스터 빅을 별로 좋아하지 않았다. 항상 갑작스럽게 상처를 주고 여자 주인공이 어찌할 수 없게 만들었기 때문이다. 어느 정도 거리를 두고 사랑을 하는 이 남자는 여자가 당연히 행복하다고 느껴야 할 그 순간에 매몰차고 갑작스럽게 이별을 선언했다. 그러다가 그녀가 새로운 행복을 찾을 때쯤 또 불쑥 찾아와 그녀의 마음을 흔들었다.

분노에 찬 그녀는 결국 거리에서 그를 향해 소리 지른다.

"혹시 무슨 레이더라도 달고 다녀? 왜 내가 행복하다고 느끼는 순간에만 내 앞에 나타나는 거야?"

아무 대답도 못하는 그를 보면서 나도 잠시 흥분했다.

인과응보라는 이치는 왜 사랑에서는 통하지 않을까? 사랑은 원인과 결과가 정확하게 이어지지 않는 듯하다. 더 많이 사랑할수록 더 많이 아파한다. 선을 긋지 않고 사랑하면 더 바닥으로 떨어진다. 사랑은 우리를 나쁜 사람으로 만들고 정신없이 빠져들게 만든다.

캐리는 두 사람이 알고 지낸 6년 동안 그를 미워한 적도 있었다. 그러나 파리 거리에서 그녀는 미란다에게 전화를 걸어 말한다.

"날 비웃지 말고 들어줘. 나 미스터 빅이 보고 싶어."

사랑하는 사람으로서 80점을 얻는 것이 90점짜리 남자 친구 노릇을 하기보다 어렵다. 화가는 90점짜리 남자 친구였다. 그는 피아노도 칠 줄 알고, 아침 식사도 차려주었으며 그녀에게 시를 읽어주기까지 했다. 지난 6년 동안 미스터 빅 역시 좋은 남자 친구였지만, 그가 사랑하는 사람으로서 80점을 얻기까지는 오랫동안 우여곡절을 겪어야 했다.

결국 마지막에 나온 사랑 고백은 "영원히 당신을 사랑해"도, "결혼해줘, 평생 행복하게 해줄게"도 아니었다. 이 얼마나 우습고 비극적인가.

그가 자신을 정말로 사랑하고 있고, 진심으로 자신과 결혼하고 싶어 한다고 믿게 된 것은 바로 그가 그녀의 친구들에게 한 말 때문이었다.

"캐리가 정말 사랑하는 사람은 당신들이에요. 캐리에게 당신들에 이어 네 번째 존재가 될 수 있다면, 그야말로 하늘에 감사할 일이죠."

그 한마디에 그녀는 그가 정말로 자신의 세계를 이해하고 있음을 알았다. 그는 진심으로 그녀의 세계를 받아들였고 자신이 1순위가 아닌 4순위라 해도 기꺼이 그녀의 세계로 들어오려고 했다.

많은 여자가 결혼 상대를 택할 때 그렇게 복잡하게 생각하지 않는다.

단지 이렇게 바랄 뿐이다.

'진심으로 내 마음에 들어오지 않을 거라면, 당신 인생에 날 끌어들일 생각은 하지 말아요.'

안타깝게도 남자들은 '진심'으로 여자의 마음에 들어간다는 의미를 이해하지 못한다. 동시에 그들은 여자의 인생에서 '절친'의 존재가 얼마나 중요한 위치를 차지하는지도 모른다. 그들은 '절친'을 여자 마음을 오락가락하게 만드는 원흉이라고 생각한다.

아내의 세상에 오직 남편과 자녀만 존재하기를 바라는 남자는 골치 아픈 일을 자초하는 셈이다. 그는 왕처럼 군림하길 바라기에 여자가 다른 마음의 쉼터로 가는 길을 무지막지하게 차단한다. 그렇다고 여자가 원하는 것은 무엇이든 들어줄 능력도 없다. 그런 남자를 선택한다는 것은 고생만 하고 좋은 소리는 못 듣는 정말 어리석은 짓이다.

여자와 여자의 친구들은 남자와 그 친구들의 관계와 마찬가지로 모두 자산이다. 누가 그 자산을 다른 데로 옮겨놓으려면 반드시 대가를 치러야 한다. 만약 대가를 치를 수 없다면 제발 멋대로 그들과의 관계를 가로막지 마라. 어쨌든 누구도 서로에게 완벽한 천국을 제공할 수는 없으니 말이다.

〈오만과 편견Pride and Prejudice〉에서 엘리자베스의 아버지는 그가 가장 사랑하는 딸은 그만한 가치가 있는 남자와 결혼해야 한다고 말한다. 여자 친구들 사이의 사랑은 이러한 부성애와 모성애가 뒤섞인 복잡한 감정이다. 어른이 된 후 아무도 채워주지 못한 감정의 결핍 가운데 그녀들은 서로를 의지하면서 따뜻한 마음을 나누었고 서로 피난처가 되어주었다.

스티브는 말했다.

“미란다, 당신 친구들과 맞출 수 있는 사람은 없는 것 같아.”

사실, 그렇지 않았다. 그는 몰랐을 뿐이다, 그녀들은 자신들과 맞는 사람을 원한 것이 아니라 그만큼 가치 있는 존재를 원했음을. 즉, 깊은 사랑을 가져주기를 바란 것을 알아채지 못한 것이다. 자신의 가치를 제대로 봐주길 바랐음을 몰랐던 것이다.

그래서 훌륭한 집안 출신의 샬럿은 별로 대단치 않은 유대인 변호사와 결혼하고, 유능한 미란다는 술집 바텐더와 결혼하며, 홍보 회사 대표 사만다는 나이 어린 레스토랑 웨이터 스미스를 좋아하게 된다. 모두 유능하고 낭만적인 연인은 아니었지만, 그들은 그녀들이 가장 연약하고 창피하고 아무것도 할 수 없는 순간에 곁에 있어주었다.

오직 여자만이 여자의 분노, 실망, 나약함, 타협을 이해할 수 있다. 그래서 그녀들은 친구의 결혼 상대에게 더 까다로운 요구를 한다. 사실, 여자들이 원하는 것은 결과가 아닌 태도일 때가 많다. 사랑할 만한 가치가 있다고 느끼게 하는 태도 말이다. 그녀들은 그렇게 헛된 것을 좇는 존재다. 여자는 남자가 온 세상을 줄 수 있는지 여부를 중요하게 생각하지 않는다. 그저 사랑을 의심하고 싶지 않을 뿐이다. 그녀들은 사랑에 대해서만큼은 나약하거나 소홀해서는 안 된다고 생각하며, 어떤 사소한 도피도 참으려고 하지 않는다.

만약 그녀를 사랑한다면 우선 그녀의 친구들을 존중하는 데서부터 시작하라. 그녀의 내면에서 절대 없어서는 안 될 기둥 같은 존재이기 때문이다.

집을 사랑하는 남자가 있기에 가능한 평온한 인생

며칠 전 한 친구가 같이 식사하는 자리에서 이런 말을 했다.

"한동안 집에 가는 게 너무 싫어서 주말에도 근무를 했어."

그의 말을 듣는 순간 나는 흠칫 놀랐다.

친한 친구가 내게 했던 말이 떠올랐던 것이다. 그녀의 남편은 차를 장만한 후, 집에 들어오기 전에 한동안 차에 앉아 있기를 좋아했다. 차 안에서 아무것도 하지 않고 그냥 음악을 틀어놓은 채 멍하니 있다가 집에 들어왔다.

"그 사람은 나와 단둘이 있을 때라야 자기 모습을 찾을 수 있거든. 얼마나 불쌍한지 몰라."

남편은 집에 돌아오면 자신을 기다리는 부모님과 아이들의 기분을 맞춰줘야 했다. 만약 내가 그 상황이라도 정말 피곤했을 것이다.

그런데 남자들이 '집에 오기를 두려워'하는 이유를 아는 여자가 과연 얼마나 될까? '집에 오고 싶어 하는' 남편의 모습이야말로 아내에 대한 최고의 평가라는 사실을 아는 여자는 또 얼마나 될까?

전통적인 여성은 결혼 후 가족 가운데 자신이 가장 중심을 차지하기 위해서 남편에게 숨을 공간을 전혀 남겨주지 않는다. 그렇게 하면 자신은 안정감을 찾을지 모르지만 두 사람의 관계에는 악영향을 미친다.

결혼 후 가장 두려운 일은 한쪽이 자기감정에만 치우쳐 상대방의 의중은 전혀 아랑곳하지 않는 것이다. 남자의 내면에는 순진한 아이가 있다. 그는 많은 것을 바라지도 않는다. 그저 잠시 조용히 누워 쉬기만 바랄 뿐이다. 아니면 간단하게 집에서 차린 음식을 먹고 함께 텔레비전을 보면서 같이 게임도 하고, 사랑하는 여자와 함께 있고 싶을 뿐이다.

결혼 후 오랜 시간이 흐르면 많은 사람이 바로 이 점 때문에 힘들어하면서 혹시 사랑이 식은 것은 아닌지, 서로 관심이 없어진 것은 아닌지 의심한다.

사실, 대부분의 남자는 집에 오면 멍청하고 어리석은 사람처럼 변하기 쉽다. 말수도 적어지고, 입담 좋던 모습도 사라지며, 머리도 안 쓰고 생각도 하지 않으려 한다. 그래서 그들은 사소한 일들을 귀찮아한다. 어린 아이처럼 제멋대로 굴고 싶어 하고, 집에 오기 전까지 쓰고 있던 성숙하고 진중한 어른의 가면을 벗어버리고 싶어 한다. 남편들도 불평할 때가 있고, 피곤하기도 하며, 멍하게 있기도 한다. 피곤하거나 도망가고 싶기도 하며, 실의에 빠진 모습을 감추지 못하기도 한다.

젊은 여자들은 이에 대해 불만을 토로한다.

"왜 나보다 더 나약하게 굴고 작은 일에도 무너지는 걸까요?"

겉으로 드러난 모습만으로 남편을 판단하지 말고, 마음으로 생각해보라. 그가 모든 경계와 무장을 내려놓는 것, 그가 그렇게 강인한 모습을 내려놓은 이유는 하나다. 세상 그 누구보다도 당신을 신뢰하기 때문이다.

결혼을 하고 나면 남자는 연애할 때와 180도 달라진다. 유머 감각도 사라지고, 기분을 맞춰주지도 않으며, 견고한 모습으로 위장하지도 않는다. 이제 당신은 그가 사로잡아야 할 목표물이 아니라 그의 반려자이기 때문이다. 그는 이제 무장을 하고 시시때때로 전투를 준비하지 않아도 된다. 집에 들어서는 순간 모든 경계를 내려놓기 때문에 더 피곤해 보인다. 그런데 이와 반대로 여자에게 가정은 항상 예민한 감각을 세우고 있어야 하는 전쟁터다. 그래서 그녀는 남자가 가족들과 함께 있을 때 어쩌면 그렇게 '무신경'할 수 있는지 이해하지 못한다.

사실, 나는 모든 부부가 함께 자라는 나무와 같다고 생각한다. 다른 사람 눈에 그가 어떻게 보이든 간에 당신은 그의 고통과 즐거움, 평범함과 촌스러운 모습을 아주 잘 알고 있다. 결혼생활에서 여자는 바로 이 부분, 가장 낙담하게 되는 이 부분을 감당해야 한다. 더 이상 의지할 만한 남편이 아니라거나 남편의 마음에서 당신이 사라진 것은 아니다. 오히려 그 감정이 다른 모양으로 승화된 것이다. 당신이 함께하는 그 집은 그에게는 마치 어머니의 자궁과 같아서 자연스럽게 그에게 쉼을 주고 숨통이 트이게 하는 공간이다. 그에게 힘이 되어주는 곳, 그곳이 바로 그가 바라던 집이다.

오랜 시간 평온한 일상을 함께하기 위해서는 서로 괴롭히지 않는 마음뿐 아니라 서로를 잘 아는 마음도 필요하다. 모든 사람의 내면에는 하나의 공간이 필요하다. 남자가 집을 사랑하고, 먼 곳에 있더라도 분명 집으로 돌아올 것을 알기에 오랜 시간 평온한 일상을 함께하는 일이 가능하다.

평온한 세월! 참 말은 쉽지만 실제로 이루기는 어렵다. 서로를 잘 이해할 수만 있다면 서로를 속박하다 결국 서로에 대한 감정마저 잃어버리는 일은 없을 것이다.

무엇을 택하든
나답게 살기

남자들은 우울하면 친구들을 불러 함께 술을 마신다. 서로 아무 말 하지 않아도 좋은 관계, 이것이 바로 남자들의 우정이다. 여자들은 억울하면 친구들을 불러 함께 차를 마신다. 눈물 콧물 다 쏟으며 힘든 일들을 거리낌없이 털어놓을 수 있는 관계, 이것이 바로 여자들의 우정이다.

C씨는 텔레비전 커플 매칭 프로그램에서 한 남자를 만났다. 그는 시골에서 상경해 열심히 공부해서 공대를 졸업한 후 국유기업에 다니고 있었다. 그 후 두 사람은 몇 번 식사를 같이했다. 그녀는 남자가 언제 어디서든 그녀가 지금 무엇을 하는지 알아야 안심하고 의심이 심하다는 사실을 발견했다. 결국 그녀는 단호하게 그와의 연락을 끊었다. 그런데 어느 날 이 남자가 대뜸 전화를 걸어 심한 욕을 퍼붓는 게 아닌가. 그는 그녀가 자신을 속였다며 식사 비용과 데이트할 때 보내준 선물을 모두 돌려달라고

했다. 화가 난 그녀는 다 합쳐도 많아봐야 800위안 정도밖에 되지 않을 테니 한 푼도 빠짐없이 그에게 돌려주려 했다. 나는 바로 그녀의 허세어린 정직함을 가로막으며 경고했다.

"만약 이런 사람의 말을 곧이곧대로 들어주면 그 분노는 끝없이 이어질 거야. 이 사람은 감정관계를 마치 시장에서 물건을 사고파는 것처럼 생각하고, 자기가 문을 열고 가게에 들어서는 자체가 영광인 줄 착각하겠지. 이런 재수 없는 일쯤은 그냥 넘겨. 절대 그 사람과 같은 수준으로 떨어져서 시장에 나온 시골 아줌마처럼 이리저리 흥정하지 마."

그녀는 크게 웃었다. 그 웃음소리를 들으니 우리 안에 있는 상처들이 줄어드는 듯했다.

W씨는 연애라는 길고 긴 과정 속에서 남들은 겪은 적 없는 진상을 무수히 만나보았다. 한번은 정 많고 친절한 외국 남자를 만난 적이 있다. 그는 평소 건전하게 생활했고, 늘 품위 있는 옷차림에, 멋진 몸매를 유지했다. 그는 그녀에게 굳게 맹세했다.

"전 부인과 이미 별거 중이야. 아이 문제 때문에 아직 이혼은 못했지만 당신만 원하면 바로 당신과 결혼할 수 있어."

W씨가 슬퍼하며 "백마 탄 왕자가 나타났지만 난 더 이상 공주가 아니야"라며 한탄하고 있을 때 갑자기 편지가 하나 날아왔다.

'그 사람은 책임감 있는 남편이자 아버지입니다. 거절을 잘 못하고 돌려 말할 줄도 모르며 과감하게 끊어내지 못하는 사람이에요. 난 그 남자가 당신 같은 여자의 재능을 잘 이해하지 못하고 있다고 생각해요.'

이 편지를 받은 우리는 모두 같은 느낌을 받았다. 사용한 어휘나 문장 표현만 봐도 절대 부인은 아닌 듯했다. 아무리 봐도 중국 여자가 쓴 게 분명했다. 알고 보니 편지의 주인공은 그 남자가 중국에서 따로 사귀고 있는 여자 친구였다. 그 여자 역시 본처가 아니었다.

그녀는 내게 물었다.

"이 세상에 믿을 만한 남자가 아직도 있을까?"

나는 믿음이 깨지면 마음도 산산이 조각난다는 사실을 느낄 수 있었다. 실연은 두렵지 않았다. 실연보다 더 무서운 것은 인생관이 무너지면 계속 움츠러들다가 더 이상 자유로워질 수도, 누군가를 믿을 수도 없어진다는 점이다.

이 세상에 정말 믿을 만한 남자가 있을까? 당연히 있다. 단지 당신이 믿을 만한 사람을 좋아하지 않을 뿐이다. 당신은 그들이 너무 단순하고, 도전 의지도 없고, 정복욕도 없다며 싫어한다. 그녀는 내 말이 너무 잔인하다며, 내 앞에서는 불쌍한 척도 못하겠다고 투덜댔다. 그러거나 말거나 사실 각자 마음속으로는 잘 알고 있다. 이미 많이 가진 사람이 어찌 너무 많다며 원망할 수 있는가?

하늘은 이미 당신에게 남들보다 예쁜 얼굴과 더 건강한 몸이라는 좋은 조건을 허락했다. 당신 앞에는 주변 사람들보다 더 나은 선택의 여지가 기다리고 있고, 더 멋진 남자들이 당신을 원한다. 그래서 당신은 더 많은 것을 얻고 싶어 한다. 비범한 품격을 가진 남자를 만나고 싶어 하면서 어떻게 그 남자가 평범한 남자들처럼 규범을 지키며 살기를 바라는가? 여왕의 자리에 앉고 싶으면서 어떻게 공주도 되고 싶어 하는가?

만약 내가 그녀에게 "누구 남편은 월급이 삼천 위안이고, 매일 정시에 집에 돌아와서 밥도 해주고 빨래도 해준대. 그리고 저녁 식사 후에는 외출하지도 않아. 이런 남자는 어때?"라고 묻는다면 그녀는 분명 고개를 세차게 저으며 소리칠 것이다.

"어쩜 그렇게 찬물 끼얹는 소리를 할 수 있니?"

나라고 찬물 끼얹는 데 소질이 있는 것은 아니다. 어쩌면 아큐정신阿Q精神(루쉰魯迅의 소설 아큐정전阿Q正傳에서 비롯된 것으로 낙관적이다 못해 현실을 도피하려는 정신을 일컫는다. 긍정과 부정 모두로 활용되고 있다)에 익숙해진 것일지도 모른다. 루쉰은 아큐정신이야말로 나라와 민족을 망친다고 했지만, 나는 오히려 이러한 정신은 불꽃같은 인생에 도움이 되며 이 역시 인간의 본성이라고 생각한다.

아무리 아름다운 여자라 해도, 스스로를 돌아볼 줄 알아야만 이 각박한 세상에서 더 많은 것을 얻을 수 있다.

한 남자가 미모의 부인을 얻었다. 그녀는 좋은 집안에서 귀하게 자랐다. 그런 부인을 두고 그는 이혼을 결심했다. 알고 보니 그녀는 집에 있을 때도 화려하게 차려입고 다니며 남자의 친구나 친척들과 말을 섞으려 들지 않았다. 게다가 결벽증까지 있어서 남자를 너무나 피곤하게 만들었다.

이에 비해 감성지수를 가장 잘 시험할 수 있는 연예계에서 한 자리씩 차지한 여성 스타들은 정말 '험한 일도 몸에 좋은 약으로' 바꿀 줄 아는 사람들이다. 예를 들어 린즈링林志玲은 몇 년 동안 아기 같은 목소리 때문에 비호감 대상이었다.

"겨우 애교 떠는 목소리 하나 가지고 있을 뿐인걸."

그러나 그녀 스스로 부족한 부분을 겉으로 드러내고 함께 비웃자, 그녀를 욕했던 사람들은 점차 줄어들고 반대하던 목소리도 수그러들었다. 또 쉬징레이徐靜蕾는 '남자 대학생 이상형' 1위를 차지했음에도 자신을 '늙은 쉬'라고 부르며 스스로 웃음거리가 되면서 예술가적 이미지 변신에 성공했다. 판빙빙范冰冰은 요염한 매력 때문에 사람들에게 '여우'라는 소리를 들었지만 도리어 자신을 '판 아저씨'라고 부른 후 여자들의 롤모델이 되었다.

이미 가진 것이 많으니 상황을 원망하기보다 먼저 웃음거리가 되어주라. 만약 똥 밟은 것 같은 인연을 만났다 해도, 그것이 당신의 인생관을 풍성하게 하고 견문을 넓혀준다고 생각하면 더 이상 세상일에 쉽게 놀라지 않게 된다. 만약 누가 대놓고 찬물을 끼얹는 말을 하며 당신은 '운이 나쁜 것이 아니라 기대치가 높다'고 지적한다면 그 사람에게 진심으로 감사해야 한다. 그 말을 듣지 않았다면 당신은 분명 '세상 험한 일이 다 내게만 일어난다'고 착각하며 당신이 '많은 것을 가진' 사람임을 잊을 수 있기 때문이다.

나처럼 남에게 찬물 끼얹기를 좋아하는 사람이 믿는 이치는 매우 단순하다. 만약 하늘이 당신에게 평범하지 않은 나쁜 일들을 허락했다면 그것은 당신이 '비범한' 사람이 되길 기대한다는 뜻이다. 이 역시 세상의 이치일 것이다.

LOVE

당신과 함께 세상을 나누고 싶어 하는 그 사람을 찾아라

요즘에는 결혼한 사람이든 그렇지 않은 사람이든 모두 주말에는 커플 매칭 프로그램을 보면서 시간을 보내는 듯하다.

하루는 IT 업계에 종사하는 사람들과 함께 식사를 했다. 그때 같이 식사한 사람들 모두 이구동성으로 그 프로그램이 괜찮다고 칭찬했다. 심지어 한 사람은 놓쳤던 방송까지 인터넷으로 챙겨보았다고 했다. 커플 매칭 프로그램은 연애 감정을 논하는 토론 현장으로 변한 듯하다. 시청자들은 게스트들이 펼치는 주장이 얼마나 신랄한지는 상관하지 않는다. 그 주장이 얼마나 현실적이고 강렬한지에만 관심 있다. 남녀 게스트가 모두 열변을 토하며 설전을 벌이는 장면이 가장 재미있는 부분이라고들 한다.

커플 매칭 프로그램이 서로의 입장이 부딪치는 토론의 장이 될 때, 시청률은 높아진다. 물론 사람들은 '짜고 치는' 장면이 있음을 안다. 하지만 자기 주변에 저런 사람들이 실존하기 때문에 현실과 완전히 동떨어지지는 않는다고 생각한다.

연애와 결혼은 항상 사람들의 관심을 끄는 화제다. 하지만 이 화제에 대해 이토록 다양한 의견이 나오고, 당당하게 나서는 일은 전에 없이 갑작스럽긴 하다. 남들과는 몹시 다른 생각을 가져도 모두가 이해해준다. 심지어 비슷한 부류의 사람을 찾아주기 때문에 토론에 휩쓸리다가 자기 의견이 짓눌릴까 걱정하지 않아도 된다.

출연자들은 수많은 시청자 앞에서도 용감하게 자기 의견을 말한다.

"나는 BMW 뒷자리에서 울며 살더라도 그런 삶을 원해요."

"어떻게든 재벌 이세에게 시집을 가고 싶어요."

수천만 명에게 욕먹을 각오를 하고 자신이 외모 지상주의자라거나 키 지상주의자임을 솔직하게 말한다. 자신의 요구 사항을 정당하게 밝힌다.

정말 강산은 순식간에 변한다. 누군가는 달콤한 꿀을 바라고, 누군가는 비상 같은 독을 바란다. 그렇게 당신은 당신의 달콤함을 사랑하고 나는 내가 선택한 독을 삼킨다.

그런데 이런 프로그램에서 사람들이 신기하게 생각하는 점이 있다. 프로그램에서 탈락하는 남자 게스트 중 적잖은 수가 사회적으로 성공한 남자라는 사실이다. 어머님들의 마음에 쏙 드는 이런 남자들은 연애 감정에서만큼은 성공하지 못한다. 한 사람씩 탈락될 때마다 시청자들은 탄식한다.

"저렇게 괜찮은 남자를 탈락시키다니, 저 아가씨 혹시 시력이 잘못된 것은 아닐까?"

왜 그런 결과가 나왔을까? 탈락한 남자들은 모두 공통된 사고방식을 가지고 있었다.

'나는 사업적으로 성공했고, 집과 차도 갖고 있다. 나는 성숙하고 진중한 매력을 갖고 있으며 책임감도 있다. 바로 여자들이 원하는 모습이 아닌가? 나는 모든 것이 다 준비되었다. 이제 아내만 있으면 된다.'

그러나 줏대 있는 여자들의 생각은 다르다.

'당신 인생에는 아내가 필요하지, 내가 필요한 게 아니에요. 당신 인생이 아무리 훌륭해도 그게 나와 무슨 상관이죠? 나는 당신에게 없어서는 안 될 그 집사람이 아니에요.'

그녀들도 사회적으로 성공했고, 돈도 있고, 뚜렷한 가치관도 갖고 있다. 그러니 남자들의 결론이 만족스럽겠는가? 그녀들은 현실적 조건도 중요하고 동시에 낭만을 포기할 생각도 없다. 돈도 중요하지만 영혼의 교류도 중요하다. 그녀들은 사랑 없는 부부관계를 가장 견딜 수 없다.

성숙한 남자가 너무 이익을 따져가며 결혼을 이야기한다면 진짜 훌륭한 반려자를 만나기 어렵다. 사실, 남자들에게도 사랑이 필요하다. 단지 결혼을 어떻게 계획해야 할지 잘 모르고, 가정을 세우기 위해 많은 힘을 쏟을 여력이 없을 뿐이다.

성공한 사업가에게 물었다.

"왜 당신 같은 남자들은 모두 감성 지수가 높은 여자와는 결혼하려 하지 않죠?"

그가 답했다.

"낮에 열심히 분투하며 지낸 남자들이 저녁에 집으로 돌아온 후에도 계속 상대방과 밀고 당기는 전투를 이어가고 싶지 않기 때문이죠. 남자들은 동시에 두 가지 싸움을 할 수가 없어요. 그래서 단순하고 실용적인 결혼을 더 원하는 겁니다."

이 말은 현실을 가장 잘 드러낸다. 지능 지수는 높고 감성 지수는 낮은 남자가 결혼하고자 하는 여자는, 다름 아닌 감성 지수가 높은 여자들로부터 '뇌가 없는 것 아니냐'며 비웃음을 받는 여자들이다. 돈은 잘 벌지만 감정적 교류에는 게으른 남자가 모든 뇌세포를 안정된 생활에 집중하는 여자를 만나면, 두 사람은 손발이 딱딱 맞는 환상의 커플이 된다. 영화 〈실연 33일Love is not blind〉에 나오는 한 성공한 남자의 결혼 대상에 대한 기준이 바로 이런 부류를 잘 설명해준다.

이제 감성 지수가 높은 남자와 여자만 남아 서로에게 상처를 주고받는다. 한 사람은 꽃밭을 거닐면서 멈추려 하지 않고, 한 사람은 진심을 품고 있지만 정착할 곳을 찾지 못한다. 나중에 여자가 뒤돌아보면 남자가 선택한 결혼 상대는 자기보다 못한 여자다.

'그의 안목이 겨우 저 정도라니! 세상에는 인연을 맺어주는 월하노인 같은 존재는 없는 것일까?'

그녀들은 많은 남자가 실제적이고 경제적인 관점으로 결혼을 본다는 사실을 알지 못한다. 현실이 남자들의 이상에 침투하여 너무 많은 공간을 차지하였기에 남자들은 사랑에 헌신할 여력이 없다. 그러나 사랑을 신봉하는 여자들은 '솔메이트'를 찾는 꿈을 포기하지 못한다. 그 꿈을 너무 오랫동안 꽉 쥐고 있는 바람에 결국 누구와도 함께하지 못한다.

결론을 말하자면, 사실 당신은 좋은 사람이다. 단지 그가 바라는 여자가 아닐 뿐이다. 마찬가지다. 그 남자는 좋은 사람이다. 단지 당신과는 무관할 뿐이다. 결국 우리는 자신과 상관있는 사람이 되고 싶은 그 대상을 찾는다. 남자의 열정, 꿈, 노력이 모두 당신과 상관있기를, 그의 모든 장점도 당신과 관련된 것이기를, 그의 모든 단점도 당신만이 감당할 수 있기를 바란다. 이것이야말로 세상에서 말하는 원만하고 아름다운 사랑이다.

그저 그림의 떡에 불과한 솔메이트는 겉보기에는 멋질지라도 월하노인이 당신을 위해 준비해둔 최상의 짝은 아니다. 이는 시대를 사는 당신이 어쩔 수 없이 받아들여야만 하는 사실이다.

당신이 확신하는 그 솔메이트는 주로 당신과 함께 세상을 누리고자 하는 사람이 아닌 경우가 많다. 그들은 어떻게 하면 당신의 환심을 살 수 있는지 너무 잘 알기 때문에 당신의 마음에 쏙 들 행동을 하고 가장 적절한 때에 신중한 모습을 보여준다. 그들은 그저 당신과 함께 순간의 즐거움을 만끽하고 싶을 뿐이기에, 자연스럽게 '품위 있는' 영혼을 운운하며 당신과 잠시 춤을 춘다. 정말로 그가 '품위 있는' 영혼의 모습을 항상 유지하면서 수십 년을 하루처럼 산다면 당신은 분명 '전문선수'를 만난 것이다.

한 친구가 장거리 비행 중에 품위 있어 보이는 노부인을 만났다. 그 옆에서는 젊고 잘생긴 남자가 세심하게 그녀를 돌봐주고 있었다. 이 모습을 본 친구는 경탄했다.

"세상에, '오빠'가 아니라 '누님'을 모시는 관계가 있더라고."

그리고 웃으며 말했다.

"진짜 시대를 잘못 맞춰서 태어났나 봐. 이십 년만 늦게 태어났어도 나 그런 쪽으로 엄청 성공했을 텐데."

이런 상황은 고금을 막론하고 드문 이야기가 아니다. 야사野史에도 여자의 총애를 받는 남자를 '약의 찌꺼기藥渣'(옛날 전기소화传奇笑话에서 황제가 후궁들의 병을 치료하라고 명하자, 한 의사가 치료하겠다고 와서는 젊은 남자들과의 만남을 주선하여 후궁들의 혈색을 좋아지게 했다. 나중에 황제가 후궁 대문 밖에 젊은 남자가 많은 것을 보고 그들이 누구냐고 노하자, 의사는 후궁 마마들에게 약을 쓴 후 남은 찌꺼기를 먹고자 기다리는 자들라고 임기응변한 데서 유래한 말이다)라 부르며 비웃었다. 약 찌꺼기는 무엇을 했던가? 시와 무예에 능하면서 동시에 여자들과의 잠자리에도 뛰어났으니 그들은 정말 탁월한 솔메이트인 셈이다.

그러나 당신과 나, 우리는 모두 여왕이 아니다. 그 노부인처럼 자유로운 삶을 살며 곁에 '약의 찌꺼기'를 두고, 평생 늙지 않으려고 노력하며 살다 보면 분명 깊이 깨닫는 날이 온다. 즐거움은 순간이요, 운명의 수레바퀴 속에서 희비가 영원히 교차된다는 사실을 말이다. 그리고 희비가 교차하는 그 순간마저도 당신과 함께하고 싶어 하는 그 사람이야말로 진정 운명을 함께해도 좋은 사람이다. 어쩌면 그는 당신의 내면을 잘 이해하지 못할 수도 있다. 그저 당신이 잘되기만 바라고 당신 홀로 기쁨을 누리게 할 수도 있다. 어쩌면 그도 당신에게 자신의 슬픔과 기쁨을 이해하길 바라지 않을 수 있다. 그저 당신이 자신을 떠나거나 버리지 않기만 바랄 뿐이다. 바로 이런 사람들이 결국 서로를 의지하는 부부가 된다.

평범하고 세속적인 우리는 도리어 고상한 삶을 갈망한다. 그것은 숙명이다. 그러나 분명 하늘이 아닌 세속적인 땅을 밟고 살면서 '세속에 물들지 않은' 운명을 꿈꾼다면 당연히 실망스럽고 자유롭지 못하다.

어떤 여자는 세속에 물들지 않은 사랑을 꿈꾸면서 동시에 착실한 결혼생활을 바란다. 한 남자에게서 이 두 가지 기대를 다 실현하기는 어렵다. 세속에서 벗어나려 한다면 되도록 빨리 벗어나고, 착실한 결혼생활을 하려면 조급해하지 마라.

'세속적이지 않은' 사랑을 노래하는 이는 있어도 '세속적이지 않은' 결혼을 찬미한 이가 있었던가? 결혼은 지극히 세속적인 인간 세상에 속한 것이요, 사랑은 신으로부터 받은 선물이다. 어린 시절 우리는 모두 신의 자녀였기에 함부로 행동하고 멋대로 굴 수도 있었다. 그러나 어느 정도 나이를 먹은 후 우리는 모두 속세로 내려와 통속적인 인간 세상에서 살게 되었다. 한 명도 예외 없이 말이다.

"우리 사귀자!"

가장 통속적인 인간 세상에서 가장 세속적이고 가장 아름다운 말이다. 이때부터 두 사람의 좋고 나쁜 모든 것이 한데 묶인다. 영혼, 정신, 육체의 좋고 나쁜 모든 것을 매일 함께 나눌 수밖에 없다.

그렇다고 해서 상심하지 마라. 왜냐하면 시간이 흐르면 흐를수록 당신과 함께하고 싶어 하는 사람은 점점 줄어들기 때문이다. 그러나 두 사람은 여전히 함께 세속적인 모든 것에 대항한다. 어쩌면 이것은 신이 인간을 위해 준비한, 매 단계마다 미션을 클리어해야 하는 게임이 아닐까?

그는 당신을
너무 깊이 사랑했을 뿐이다

한때 인기리에 상영된 영화 〈그는 당신에게 반하지 않았다〉를 본 후, 다른 도시에 혼자 출장 와 있던 나는 예전에 그와 있었던 여러 일을 추억하게 되었다.

여자가 쉽게 저지르는 나쁜 버릇 중 하나는 남자와 애매한 관계일 때 어떻게든 그 남자가 자신에게 관심이 있다고 스스로를 설득하는 것이다. 그리고 사귀는 중에는 남자가 자신을 충분히 사랑하지 않는다며 원망한다. 이렇게 어긋나는 이유는 여자들이 자신의 기대치를 쉽게 형상화하기 때문이다.

내가 바로 그런 불행한 사람 중 하나였다. 우연히 그가 예전 여자 친구에게 쓴 편지를 본 후, 나는 한동안 그의 마음에는 나보다 그녀가 우선순위일 것이라고 고집스레 생각했다. 답답하고 화가 난 나는 울면서 그에게 물었다.

"네가 가장 사랑하는 사람은 누구야?"

사실, 답은 내 마음에 달려 있었다. 만약 내가 그를 믿지 못한다면 그가 어떤 대답을 하더라도 만족하지 못했을 것이다.

이 영화를 보았을 때 이상하게도 나는 깊은 감동을 받았다. 그 순간 내가 참 행복한 사람이구나, 하고 느낀 것이다.

많은 사람이 엄청난 노력을 해야 겨우 극복할 수 있는 난관 앞에서, 다른 사람은 많이 인내하고 온유한 태도를 유지해야 겨우 해소되는 딱딱한 상황에서, 그는 나를 데리고 아주 가뿐히 그 장애물을 넘었다.

이 영화에서 제니퍼 애니스톤이 분한 베스가 몇 년 동안 사랑해온 남자 친구에게 소리 지르는 장면이 있다.

"만약 나와 결혼 못하겠다면 나한테 그렇게 잘해주지 마. 네가 이렇게 잘 해주는 게 싫어."

현실에서 '어쩔 수 없이 하는 이별'에 1위부터 10위까지 순위를 매긴다면 '결혼에 대한 의견 불일치'가 분명 상위권을 차지할 것이다. 설마 서로 충분히 사랑하지 않아서일까? 한쪽에서는 결혼은 남들에게 보여주기 위한 쇼일 뿐이니 번거롭지 않게 간단히 진행하자고 한다. 그런데 다른 한쪽은 간소하게 식을 올리기를 거부하고 이런 논의 자체를 고통스러워하며 더 이상 시간을 낭비하고 싶어 하지 않는다.

이런 어려운 과정들이 있는 반면, 나와 그는 바람 불고 햇살이 따스했던 어느 오후에 아주 쉽게 결정을 내렸다. 그는 내게 말했다.

"우리 결혼반지를 고르러 가야 하지 않을까?"

친한 친구가 약혼 전에 계속 약혼자와 싸우고 울기도 했다. 여자는 약혼과 결혼 모두 예식이 필요하다고 하는데 남자는 신혼여행이면 족하다고 생각했다. 친구는 전화기를 붙들고 울며 내게 하소연했다.

"남들은 다 쉽게 하는 결혼인데, 왜 나는 그 사람한테서 다른 사람들이 단돈 몇 푼으로 결혼했다는 이야기를 들어야 해?"

결혼 전에 양가 의견이 맞지 않아 결국 파혼하는 경우도 적지 않다. 그래서 나는 친구에게 이렇게 말했다.

"넌 항상 스스로를 아직은 어린 소녀라고 생각해왔지. 그렇지만 지금부터 네 인생에는 반드시 그리고 어쩔 수 없이 마주해야 하는 시험이 시작될 거야. 마지막 결론에 이르기 전까지 행운도 필요하지만 남들 눈에는 보이지 않는 양보, 노력, 포용, 보살핌이 필요해. 소녀에서 누군가의 아내가 되는 과정은 그렇게 쉬운 일이 아니야."

그러나 이런 순간부터 상대방의 부모는 왜 그리 합리적이지 못한지 원망하는 사람이 많다. 서로 자기 집안 입장에서 팽팽하게 대립하다 보면 정작 서로 의지하며 손잡고 이 길을 끝까지 걸어야 할 사람은 다름 아닌 바로 두 사람이라는 사실을 잊고 만다.

"왜 그 남자는 자기 부모님을 설득하지 못하는 거야? 나를 충분히 사랑하지 않는 거 맞지? 왜 그 남자는 항상 부모님 말만 들으려고 하는 거야?"

무턱대고 상대방을 비방하지 말자. 입장을 바꾸어 그의 마음을 헤아려 보기는 어렵다. 하지만 생각해보면 그녀의 말만 듣고 부모님 생각은 고려하지 않는 남자가 어떻게 좋은 남편, 좋은 아버지가 될 수 있겠는가.

우리는 늘 남자들이 여자들을 이해하려고 마음을 쓰지 않는다며 원망한다. 이 영화를 통해 여자들이 더 이상 헛된 망상에 빠지거나 혼자 헛걸음하는 일이 없기를 기대한다. 물론 내 생각은 조금 다르다. 사실, 어쩌면 우리가 남자들의 마음을 몰랐을지도 모른다. 왜 사람은 늘 더 비참한 상황을 보고 나서야 자신의 행복을 깨달을까?

인생은 그런 것이다. 11층에서 인생을 비관하고 뛰어내리는 순간, 10층에 서로 사랑하는 줄 알았던 부부가 싸우고 있고, 9층에 강인해 보였던 여자가 울고 있고, 8층에서는 한 여자가 자기 약혼자와 친한 친구가 바람피운 장면을 목격하고 있고, 7층에 사는 사람은 우울증 약을 먹고 있고, 6층에 사는 실업자는 매일 신문에서 구인 공고를 뒤적이고 있다. 사람들의 존경을 한 몸에 받는 5층의 왕 선생님은 부인의 속옷을 몰래 입고 있고, 4층에 사는 여자는 또 남자 친구와 헤어졌으며, 3층에 사는 할아버지는 매일 누군가 그를 보러 와주기만을 기다린다. 2층에 사는 여자는 결혼한 지 6개월 만에 남편이 실종되어 그 사진만 하염없이 보고 있다. 뛰어내리기 전까지만 해도 나는 세상에서 가장 불행한 사람이었는데 알고 보니 모든 사람이 남들 모르는 어려움을 간직하고 있다. 그제야 자신의 삶도 그만하면 괜찮았음을 처절히 깨닫는다.

행복이란 때론 그저 한순간에 불과하다. 축구 경기를 보며 쓰레기나 던지고 배달 음식을 시켜 먹으면서 아버지도 아내도 돌보지 않는 제부를 보는 순간, 고개를 숙이고 설거지를 하던 남자 친구가 떠오른다. 그 순간 가슴에 자부심과 만족감이 벅차오른다.

'그래, 이 사람이 내 남자지. 자기 자신보다 나를 더 사랑하는 남자.'

더 비참한지 아니면 더 행복한지는 자세히 생각해야 알 수 있다. 마치 어느 날 그가 나에게 참지 못하고 던진 질문처럼 말이다.

"당신은 왜 날 위해서 한 일은 그렇게 잘 기억하면서 내가 당신을 위해 한 일은 다 잊는 거야?"

때로는 정말로 자세히 생각을 한 후에야 발견할 수 있다. 사실, 그는 정말로 당신이 생각하는 것보다 더 당신을 사랑한다는 사실을…….

마지막 순간에 따스한 손이
당신을 붙들어주기를

일본 영화 〈굿' 바이Good & Bye〉는 내가 지금까지 본 영화 중 가장 조용하고 섬세하면서도 거대한 주제를 담고 있는 수작이다.

남자 주인공은 백수가 된 첼리스트로, 생활고를 해결하기 위해 납관사가 된다. 그는 처음에 임금이 높다는 이유로 이 일을 시작한다. 고민도 했고, 괴로워도 했다. 숨으려고도 했으며, 사람들에게 무시도 받았다. 결국에는 조용하고 상냥한 부인마저 그의 이런 직업을 받아들이지 못했다.

그런데 그의 사부는 이렇게 말한다.

"자네는 이 일을 하는 데 타고났어."

그는 이해할 수 없었다. 첼로를 연주하던 손이 어떻게 입관에 적합하다는 말인가? 그는 나중에야 깨닫는다. 적합한지 아닌지는 손과 아무 상관이 없었다. 기술도 그렇게 어렵지 않았다. 중요한 것은 선량하고 상냥하며 자비로운 마음이었다. 죽은 사람이 강간범이든 음양사(천문天文, 역수曆數, 풍수지리 따위를 연구하여 길흉화복을 예언하는 사람)이든, 아니면 부인을 버린 남자이든 상관없이 모두를 따스하게 대하는 그 마음이 중요했다. 그의 양심은 죽은 자의 존엄을 지켜주었고, 살아남은 자들에게 위로를 선사했으며, 생전에 얽혀 있던 원망과 복수심을 모두 내려놓게 만들었다.

첼로를 연주했던 손이 선율을 타고 예술적으로 망자의 몸을 만지는 장면은 정말 감동적이었다. 피비린내 나게 잔인하고 힘든 인생살이를 잊게 하는 잠잠하고 아름다운 모습이었다.

작년 여름, 남편의 할머니가 돌아가셨을 때 나는 처음으로 납관사를 보았다. 산 옆에 위치한 병원 영안실 앞에는 강이 흐르고 있었다. 길가에 늘어선 하얀 울타리와 하얀 등불은 모든 삶과 죽음이 말끔히 정리되는 느낌을 주었다. 우리는 모두 밖에 나와 기다렸고, 마지막으로 염을 하기 위해 남편과 납관사만 안으로 들어갔다. 고무장갑을 낀 남편의 표정은 평온했다. 두렵거나 무서워하는 기색 없이 일상적인 이별을 맞이한 사람처럼 보였다. 그렇게 남편은 할머니에게 직접 옷을 입히고 신발을 신겼다. 어르신이 생전에 미리 준비해두신 옷과 신발은 모두 수수하고 깔끔했다. 어르신은 상스러운 옷차림을 한 채 세상을 떠나고 싶지는 않았기에 임종 전에도 곁에 있는 사람들에게 방 안 서랍에 옷과 신발을 넣어두었다고 신신당부하셨다. 항상 주변을 깨끗하게 정리하던 분, 타인의 돌봄을 거부하며 강한 모습을 보였던 분, 할머니는 생의 마지막에도 최후의 존엄을 지키고자 하셨다.

남편에게 물었다.

"안 무서워?"

다른 친척들은 망자 곁으로 가려고 하지 않았는데 남편만은 유독 납관사와 함께 마지막 순서까지 마쳤다. 남편이 말했다.

"뭐가 무서워?"

죽었든 살았든 그분은 바로 그의 가족이었다.

뉴스에서 남들에게 알리고 싶지 않은 직업을 다룬 적이 있었는데 그중에는 납관사도 있었다. 죽음을 맞이한 사람들을 따스하게 맞아주는 사람은 정작 그들의 가족이 아닌 낯선 사람이다. 실제로 그들의 직업은 영화에서처럼 마치 의식을 치르듯이 일하거나 첼로 선율을 배경 삼지는 않는다. 그들에게 그것은 하나의 일, 남들에게 하나하나 다 설명하지 않는 직업일 뿐이었다.

영화 속 남자주인공은 너무 많은 사별의 상황을 보다가 결국 어떻게 구원받을 수 있는지를 깨닫는다. 바로 살아 있는 모든 이를 소중하게 대하는 것이었다. 그를 버리고 떠나버린 친아버지를 포함해서 말이다.

살아 있는 모든 이는 세상에서 번듯하게 살기 위해 어쩔 수 없이 자신의 본심을 내려놓고 다른 사람의 인정을 받으려 한다. 그러나 우리는 가장 가까이 있는 이들을 얼마나 따뜻하고 근사하게 대하는가? 생의 마지막에 이른 후에야 뒤늦게 후회하지 않기를 바란다.

만족시키기 어려운
까다로운 여자가 되지 마라

F씨는 신이 나서 내게 말했다. 사랑에 관한 소설이나 영화를 보지 않으면서부터 상대가 더 마음에 들게 되었고, 친구들로부터 요즘 표정이 밝아졌다는 이야기를 듣고 있으며, 스스로도 명랑해졌음을 느낀다고. 그녀는 과연 사람은 현실을 살 때 편안해질 수 있다고 했다.

조설근의 『홍루몽』이 세상에 나온 지 벌써 몇백 년이 지났지만, 세상에는 여전히 수많은 임대옥이 살고 있다. 물론 강인한 여성들도 존재한다. 그녀들은 임대옥과는 완전히 다른 스타일로, 부는 바람에 눈물 흘리는 일 없고, 달을 바라보며 자기연민에 빠지는 일은 더더욱 없다. 오히려 스스로를 잘 챙기고 혼자서도 일을 잘 처리한다. 남자에게 의존하는 모습을 부끄럽게 여기고, 독립적이며 자존감을 지키는 자신을 자랑스럽게 생각한다. 나 역시 한때 이런 부류에 속하는 사람이 될 뻔했다. 그때 나는 새 시대의 독립적인 여성이라면 이런 모습을 인생 목표로 삼아야 한다고 생각했다.

그러나 이제 나는 전혀 거리낌 없이 말할 수 있다. 이는 오히려 과유불급이다.

왜 남자를 위해서 그렇게 많이 헌신했건만 이제 그는 예전만큼 당신을 사랑하지 않는 것 같을까? 모두 다 남자를 생각해서 한 일인데, 돈이나 어떤 보답을 바라지도 않았는데 왜 두 사람 사이는 무미건조하게 변해버린 것 같을까?

울면서 그를 향해 소리 지른다.

"내가 그렇게 많은 일을 했는데, 당신은 왜 나보다 못한 여자를 사랑하게 된 거야?"

답은 하나다. 현실에 뿌리박지 못한 감정은 평생 어느 곳에도 멈추지 못하고 날아다녀야 하는 새처럼 결국 공중에서 희미하게 사라진다. 사실, 만족시키기 힘든 여자들과 만나는 남자들은 상대에게 헌신할 때 느끼는 기쁨을 빼앗긴다. 여자가 너무 유능한 나머지 그녀의 삶에 남자가 그다지 필요하지 않은 것처럼 보이기 때문이다.

지나친 의존과 아예 의존하지 않는 것은 서로 상반되어 보이지만 결국 종착지는 같다. 상대방을 압박하고 서로의 감정에 쉴 틈을 주지 않는다는 점에서 말이다. 보통 사람들은 독립적이고 강인한 여성에게는 잘못이 없다고 생각하지만, 그런 모습이 이기적이라는 사실을 간과한 판단이다. 이기적이라는 단어가 적합하지 않을 수 있다. 이 이기적인 마음에는 얼마간의 희생과 헌신이 내포되어 있기 때문이다. 많은 사람이 그런 헌신과 희생을 통해 자신의 사랑이 완전무결해지고, 이에 감격한 상대가 당신을 더 사랑하게 되리라고 착각한다. 그러나 실제는 정반대다.

상대방으로부터 과중한 심리적 부담을 받고 그 마음을 도저히 갚을 수 없다는 생각이 들면 사람들은 오히려 회피하거나 적당히 얼버무리려 한다. 그들이 줄 수 있는 것은 당신이 거들떠보지 않는 것들이다. 그들은 당신이 원하는 걸 줄 능력이 없는데, 당신은 스스로 자신이 충분히 잘해준 만큼 상대도 그렇게 해야 한다고 생각한다. 그들 앞에는 그저 헤어짐이 놓여 있을 뿐이다.

그는 정말 당신을 사랑한 적이 없는 것일까? 당신이 모자라서, 당신이 충분히 잘나지 못해서, 뛰어나지 못했기 때문에 관계가 무너졌다고 생각하지 마라. 완전히 그 반대다. 두 사람을 이어주던 끈을 찢어놓은 것은 다름 아닌 오만하고 완벽을 추구한 잘난 당신 자신이다.

당신은 꽃을 선물하면 낭비라고 나무란다. 당신에게 돈을 주면 진심을 모욕했다고 느낀다. 당신은 혼자 살아갈 수 있을 만큼 강인하기 때문에 상대에게 부담을 주고 싶지 않았던 것이겠지만! 입장을 바꿔서 생각해보라. 이런 당신의 세상에서 상대는 자신의 존재 이유를 찾을 수 있었을까? 당신은 아무런 이유 없이 남자를 사랑한다. 그러나 그 순간 그는 이렇게 비범하고 고상한 사랑을 받기에 자신이 진정 합당한지 그 근거를 찾지 못한다.

자신을 필요로 하지 않는다고 느낄 때 남자는 관계의 즐거움을 잃고 만다. 두 사람의 관계에서 그의 행동은 이미 의미가 없는 듯하다. 당신은 자신의 감정을 공중누각으로 만들었지만 상대는 그저 착실하게 인간의 불꽃을 누리고 싶을 뿐이다. 결국 두 사람은 각자의 길을 가기 위해 헤어진다.

당신은 어려움을 참아가며 여인의 모든 미덕을 드러내려 하지만, 정작 상대의 영혼은 그 가운데서 쉼을 얻지 못한다. 당신의 사랑은 너무 무겁고, 당신은 그를 의지하려 하지 않는다. 그런데 그가 어떻게 당신에게 기댈 수 있겠는가? 두 사람의 영혼은 이렇게 점점 멀어지고 다시는 마음이 통하지 않게 된다.

아마 당신은 대놓고 남자에게 손을 내밀며 뭔가를 얻어내려는 여자들을 경멸할지도 모른다. 그런 여자들처럼 바닥까지 내려가는 삶을 살게 될까 봐 두려울지도 모른다. 그러나 이 세상의 사랑이 영원히 고상할 수는 없다. 엄마와 자식의 관계를 보라. 엄마 뱃속에서 나온 아기는 엄마의 채취에 계속 연연해한다. 그런 모습이 가장 인간적인 사랑이다.

먹고 자는 것은 인간의 본성이다. 이런 속담도 있다.

'한 베개를 베기 위해서는 천 년을 수련해야 한다.'

같은 곳에서 먹고 자며 날마다 정신적으로 하나가 되어가는 것이 바로 부부관계다. 진정한 사랑을 어떻게 칼로 무 자르듯 딱 잘라 정의할 수 있겠는가? 모든 부부는 하루 이틀 함께 자고, 한 끼 두 끼 함께 식사하면서 서로의 감정을 쌓아간다. 이것이 바로 함께 '날을 보내는' 것이고, 몇천 년간 이어진 생활의 '기운'이다.

이것이 바로 속세다. 천이쉰陳奕迅(영화배우 겸 가수)이 쉬하오잉徐濠縈(영화배우)에게 한 말과 같다.

"내가 돈을 벌고 당신이 옷을 사면 우리 둘 다 마음이 편안해."

사실, 이렇게 부부관계가 세속적일 때 모두를 만족시키기 쉽다. 당신 마음에 들든 그렇지 않든 이것은 사실이다.

솔메이트라는 말도 좋다. 그러나 항상 당신과 잘 맞아떨어지는 솔메이트가 세상 어디에 있을까. 솔메이트는 모두 금방 사라져버리는 불빛 같은 존재다.

새로운 시대의 중국식 유머러스한 사랑

"어떤 편집장이 나한테 글을 좀 써보라는데."

"좋아, 요즘도 여전히 글로 먹고사는구나."

"글이 무슨 돈이 되겠어, 웃음을 파는 게 낫지."

"그건 그래. 고기 장사는 더 나을 거야! 내 월급이 한 푼도 남지 않는 걸 보면 알 수 있지!"

이것은 내 친한 친구와 그녀의 예비 약혼자 간에 이루어진 대화다. 다른 부부 사이에서도 자주 나오는 대화이기도 하다.

> "빨리 가자!"
>
> "뭘 그렇게 서둘러?"
>
> "오늘 대문에 꽂힌 광고명함 미녀들은 내 취향인지 얼른 보려고 그러지."

문 앞에 가서 광고명함을 줍고는 한숨을 쉰다.

"에이, 원래는 돈 좀 쓰려고 했는데 오늘은 진짜 내 취향이 아니네. 마누라, 당신이 촉을 발휘해서 미녀를 찾아줘봐."

"아니 내가 왜? 당신도 눈이 있을 거 아냐?"

"당신 안목이 나보다 낫잖아. 난 당신이 찍은 미녀에게 높은 점수를 매기는 게 좋아. 그래야 재미있지."

이런 모습이 80년대생 부부의 전형적인 일상인지는 잘 모르겠다.

전국을 들썩인 영화 〈실연 33일〉에서 항상 립밤을 바르고 다니는 왕샤오젠이 무신경한 태도로 왕샤오센을 가르칠 때 내 마음은 떨고 있었다. 이제 재수 없는 남자의 시대가 오고 말았다.

10년 전에는 남자 친구의 험한 말투가 마음을 들었다 놨다 하는 바람에 정말 열받고 화도 났었다. 유리같이 연약한 영혼은 그의 공격에 만신창이가 되기 일쑤였으니 연애가 제대로 되었겠는가? 억울할 때 그런 말들이 떠오르면 마음을 칼로 도려내듯 고통스러웠다. 헤어져야겠다는 결심을 얼마나 많이 했는지 모른다. 그러나 이제 어른이 된 지금, 그런 재수 없어 보이는 모습이 관심의 표현임을 알게 되었다. 정말 가까운 관계에서만 그런 어두운 모습을 볼 수 있기 때문이다. 관계에 대한 흔들리지 않는 확신이 있기 때문에 지뢰처럼 민감할 법한 문제를 갖고 놀릴 수 있다.

지금 와서는 예전에 사귀었던 남자 친구나 여자 친구 이야기를 두려워하지 않고, 여자 연예인의 가십거리를 가지고 농담 따먹기를 한다. 사장과 직장 동료들에 대한 험담도 하고, 돈 벌기 치사하고 더럽다며 욕한다.

이런 험한 말들을 함께하는 느낌, 그 쾌감은 함께해본 사람만 알 수 있다.

올곧고 바른 부모님 아래서 어떻게 우리 같은 세대가 나올 수 있었는지 생각해본 적도 있다. 내가 같은 반 친구에게 '몸과 마음이 다 붕괴야'라고 보낸 문자를 본 아버지가 놀라던 모습을 아직도 기억한다.

부모님 세대의 사랑은 이렇게 불붙는 욕망과는 다르다. 이들은 상대에게 좋은 것을 사주고, 같이 맛있는 것을 먹으러 가는 사랑방식에 익숙하다. 괴롭히는 것도 일종의 관심이라는 사랑방식을 경험한 적이 없다.

이제는 괴롭히는 태도야말로 험한 시대에 힘들게 사랑을 이어가기 위한 필수 자질이 되었다. 이 시대에 탐구할 만한 가치 있는 일은 너무 적다. 만약 아직도 상대와 함께 고상한 주제에 대해 논하기를 기대한다면 당신은 아직도 이 시대가 어떤 수준에 와 있는지 잘 모르는 것이다.

이 시대의 사랑은 어쩔 수 없는 것이 너무 많다. 너무나 심각한 이야기들이라 어떻게 언급해야 할지 모르겠다. 실연을 당하면 어떻게 하는가? 아무도 모르는 곳으로 숨어 영원히 나타나지 않을 수 있을까? 당연히 불가능하다. 수도세며 전기세는 어떻게 하는가? 월세도 있지 않은가? 각종 고지서들은 한 달에 한 번 오는 그날보다 더 정확하게 날아온다. 현실을 헤쳐 나가지 않으면 어떡하나? 열심히 살지 않는 사람은 고향에 돌아가 밭일할 자격도 없다. 이 넓은 땅덩어리에 갈 곳은 많아 보이지만 정작 자기 몸을 의지할 곳은 찾기 어렵다. 결혼을 안 해도 될까? 부모님뿐 아니라 먼 친척들마저 당신을 보며 안달한다. 마치 시집을 가지 않으면 자기들 모두 고개를 들고 어디 나가지도 못하게 되는 것처럼 말이다.

그래서 자조自嘲하는 방식으로 서로의 인생을 위로할 뿐이다. 괴롭히는 척 가장해서 마비되기 쉬운 마음을 자극한다. 솔로의 날에 보기 딱 좋은 이 영화를 보며 울고 웃은 사람들은 마음속으로 안도의 한숨을 쉬지 않았을까?

이제는 경요 작품에서처럼 소리 지르며 깊은 사랑을 표현하는 시대가 아니다. 생활은 이미 우리를 충분히 거칠게 만들었다. 더 소리를 질렀다가는 지구가 폭발하지 않을까 무섭다.

'너는 바람이고 나는 모래你是风我是沙(드라마 〈황제의 딸〉 OST)'라는 말도 이제는 유머러스한 표현으로 느껴진다. 우리 함께 괴롭히는 남자의 시대를 환영하며 맞이하자. 이것은 이 시대에 우리가 자랑스러워할 만한 중국 방식의 유머러스한 사랑이다.

결혼 전에 반드시 물어야 할 질문

나는 타이완 여가수 황샤오후黃小琥의 노래 '그리 간단하지 않아沒那麼簡單'를 두 번 듣고 그만 질려버렸다. 멸절사태滅絶師太(의천도룡기에 등장하는 아미파의 장문인이며 잔인한 인물)처럼 잔혹한 평가를 하는 심사위원인 그녀가 부른 이 노래는 부드러움과 감동이 없고, 인생과 사랑을 잘 모른다는 느낌을 주었다.

서로 사랑하는 일은 쉽지 않다. 처음에는 사랑하는 상대의 모든 것을 심하게 미화시키기 쉽지만, 나중에 단점이 드러나고 원래 모습을 보면 그제야 모든 것이 착각이었음을 깨닫는다. 인생에서 진정 어려운 것은 서로 사랑하는 것이 아니라 바로 함께 살아가는 것이다.

연애하다가 힘들면 헤어질 수 있다. 아무도 없는 거리에서 대담하게 이별의 키스를 나누고 인연이 아니었음을 원망하며 성격 차이라는 한마디로 이별한다. 그러나 혼인신고를 한 후에는 아무리 말다툼을 해도 같은 지붕 아래서 생활하고 같은 침대에서 잠을 자야 한다. 냉전 상태로 집이 썰렁하다 해도 다른 곳이 아닌 그 집으로 돌아와야 하며 쉽사리 손을 놓고 헤어지자고 말할 수 없다. 멀리 뻗어 있는 저 험난한 길은 연애가 아니라 부부라는 이름으로 아침저녁을 함께 맞아야 하는 현실이다.

한때 '미국 결혼 전문가가 말한 결혼 전 필수 질문 15개'가 인터넷에서 돌아다닌 적이 있었다. 15개의 질문 모두 내가 오랫동안 생각해왔던 질문들이었다. 그러나 아마 아직은 즐겁기만 한 시간을 보내고 있을 여성은 어떤 질문을 반드시 그리고 어쩔 수 없이 직면해야 하는지 잘 모를 것이다.

우리의 돈 버는 능력은 어떠하며 그 목표는 무엇인가? 소비 관념과 저축 관념이 충돌하지는 않는가? 우리의 가정을 어떻게 유지할 것인가? 발생 가능한 위험을 누가 감당할 것인가? 상대의 부모를 중요하게 생각하고 존경할 수 있는가? 부모가 우리 관계를 간섭할 수 있다고 생각해본 적이 있는가? 결혼을 해도 절대 포기할 수 없는 것은 무엇인가? 어떤 어려움도 헤쳐갈 수 있다는 자신감으로 충만한 채 결혼을 진행하고 있는가?

이 질문들에 대한 답을 결혼 전에 다 내야 하는 것은 아니다. 그러나 만약 서로 이런 문제를 생각해본 적이 없다면 공주와 왕자가 일상적인 현실을 마주하는 순간, 12시가 지나면 본래 모습으로 돌아와버리는 호박마차 같은 일이 벌어진다. 그때는 서로 언쟁하는 것 외에는 다른 방법이 없다. 부모도 도와줄 수 없고, 친구들도 의지할 수 없다. 하룻밤 사이에 사랑은 모두 사라진 듯하고, 그저 동화 속 마법사가 찾아와 상황을 돌이켜주기만을 바랄 뿐이다.

인류는 오랫동안 사랑에 대해 지나친 환상을 갖고 과찬을 늘어놓았다. 마치 세상의 때가 조금이라도 묻으면 사랑은 먼지를 뒤집어쓴 거울처럼 다시는 빛나지 못한다고 생각했다.

소녀들은 사랑을 지나치게 연구하다가 결실을 맺는 순간 쉴 수 있을 거라 생각한다. 그런데 그 순간이 오면, 그때부터 진정한 혼란과 마주하게 됨을 발견한다. 그때는 아무리 눈물이 나도 그저 이 악물고 앞으로 나아갈 수밖에 없다. 그렇게 소녀의 마음은 진정한 여인으로 성장한다.

그래서 많은 사람이 결혼을 두려워하고 싫어하며 심지어 그로부터 도망치려 한다. 결혼이란 삶의 아름다운 자유와 완전히 대비되며, 타고난 재주와 지혜를 속박하고, 컬러풀한 삶의 색깔을 단조롭고 무미건조한 회색빛으로 변하게 한다고 생각한다. 그러나 나는 현실생활에 미숙하고 진정한 삶의 묘미를 잘 모르기 때문에 결혼생활의 심오한 이치를 누리지 못하는 것이라고 생각한다.

만약 두 사람이 돈, 이익, 자아에 대한 이야기를 할 수 없는 관계라면 마음을 열어 자신의 이기적이고 협소한 모습을 나눌 수 없다. 그런 두 사람이 어떻게 살을 맞대는 반려자관계가 될 수 있겠는가? 깨끗하고 먼지 없는 곳에 놓인 사랑은 세상의 티끌 하나 묻지 않아 사람들의 존경을 받을지는 몰라도, 갓 태어난 신생아처럼 너무 연약하다. 뜨거운 햇살과 먼지 구덩이에서도 여전히 아름다운 빛을 발하는 사랑이야말로 땅에 뿌리를 내리고 비바람과 눈보라에도 버텨내면서 거대한 연리지로 자라날 수 있다.

많은 이의 사랑이 결혼이라는 문턱에 가로막힌다. 결혼 이야기가 오갈 때가 되면 그렇게 두터워 보이던 사랑도 한순간에 무너질 정도로 나약하고, 내 곁에 있는 그 사람도 평범할 뿐임을 발견하게 된다. 진정한 결혼생활이 시작된 후에 공포가 밀려오는 경우도 많다. 자신들이 상상했던 결혼생활이 아닌 잡다한 일과 말싸움 그리고 냉전이 끊임없이 이어져 머리가 아파온다.

한창 결혼 준비 중인 한 친구는 밤중에도 수차례 나에게 전화를 걸어 눈물을 쏟는다. 남자 친구와 집안 문화가 너무 달랐다. 남자 집안에서는 여자 집안의 요구를 모두 이미 사라진 허례허식으로 생각한다. 그러나 여자 집안에서는 반드시 예를 갖추고 전통을 따라야 한다고 고집을 부린다. 그 사이에 낀 두 사람은 둘 다 불효자, 불효녀라는 오해를 받고 싶지 않다. 결국 그토록 사랑하던 연인이 서로 대립하는 적이 되어버렸다.

"왜 그 사람은 양보를 하지 않지? 왜 부모님을 설득하지 않는 거야? 왜 결혼이 이렇게 복잡한 일이 되어버렸지?"

나는 그녀에게 말했다.

"지금이 바로 두 사람의 진심을 시험할 수 있는 시기야. 도망가고 서로 비난만 하면 상황은 더 나빠질 거야. 잘못한 사람은 아무도 없어. 그렇지만 두 사람이 함께 문제를 직면하지 않는다면 인생에게 지고 말 거야."

그러므로 울거나 두려워하지 마라. 당신의 사랑이 부족해서가 아니다. 두 사람의 진심이 부족해서도 아니다. 그저 이제 막 새로운 길에 들어섰을 뿐이다. 마치 울트라맨을 보면 점점 더 힘센 괴수들이 등장하는 것처럼, 인생도 이렇게 천천히 난이도가 높아진다. 그리고 결혼은 인생을 제대로 시험해볼 효과적인 도구다.

결혼은 사랑의 무덤이 아니다. 당신이 고개를 숙이고 마음을 비운 채 다시 배우려고 하지 않은 것뿐이다. 당신이 잘 활용했던 방법들이 실제 결혼생활에서는 효과가 없는 것뿐이다. 제대로 준비하지 않고 자신감만 충만한 채 시작한 길에서 실패를 맛본 것뿐이다. 두 사람이 허둥지둥하며 사랑을 다시 돌아볼 틈을 내지 못하는 사이 그 감정이 점점 메말라간 것뿐이다.

결론이 난 후에도 아직 가야 할 길이 더 남았다. 누구나 마찬가지다. 행복하고 원만한 생활은 오랜 시간 함께 지켜가야 하며, 행복하기 위해서는 정말 평생 노력해야 한다.

멋대로 살지 못할 때 찾아오는 고독

캐린 보스낙Karyn Bosnak의 안녕, 『쇼콜라 봉봉20 times a lady』이라는 책을 본 것은 마침 웨이보에 다음과 같은 글을 쓰고 나서였다.

'실연당한 일을 곱씹지 말고 아직 젊을 때 더 많은 사랑을 하라. 그래야 나중에 결혼 후에도 아쉬움이 남지 않고 기쁠 수 있다.'

이 책의 여자 주인공 딜라일라는 '사람들이 일생 동안 갖는 평균 잠자리 상대는 10.5명'이라는 기사를 보고는 경악한다. 스물아홉의 그녀는 자신의 '은밀한 숫자'가 전국 평균의 두 배라는 사실에 절망하며, 자신의 상한선을 20으로 정한다. 따져보지 않았을 때는 몰랐던 사실을 알고 나니 깜짝 놀라고 말았다. 자신이 이렇게 쉬운 여자였던가 싶어 죄책감이 들었다. 더 비극적인 사실은 여동생 결혼식이 곧 다가오는데 그녀 주변에는 그 자리에 함께할 남자가 없다는 것이다.

그렇게 오랫동안 남자들을 사귀어왔는데 정작 결혼할 사람은 찾지 못했단 말인가? 그녀는 믿을 수 없었다. 그래서 자기 지갑을 털어 사립탐정을 찾아간다. 두 사람은 낡은 렌터카를 타고 그녀가 예전에 사귀었던 남자들을 하나씩 찾아 나선다. 그 결과, 그녀의 전 남자 친구들은 하나같이 이상한 놈들뿐이었음을 발견한다. 그녀의 진정한 사랑은 그리 멀지 않은 곳에 있었다. 바로 함께했던 섹시한 사립탐정이었다.

전형적인 로맨틱 코미디 소설이었다. 그런데 많은 사람이 소설의 해피엔딩만 부러워할 뿐 그 뒤에 숨겨진 눈물과 웃음에 대해서는 깊이 생각하지 않는다. 당신이 실제로 이런 여자를 본다면 과연 그녀를 좋아할 수 있을까? 저렇게 쉬운 여자니까 저런 남자들을 만나지, 하며 뒤에서 비웃을지도 모른다. 이런 미국식 유머가 담긴 사랑 이야기는 우리와는 맞지 않다. 여자들이 쉽게 자신의 사랑 이야기를 공개하기 힘든 나라이기 때문이다. 한 커플 매칭 프로그램에서 여자에게 질문했다.

"연애 경험은 몇 번인가요?"

"두 번요."

그녀의 답은 훌륭했지만, 남자들 마음속 최고의 답은 항상 '0번'이다.

현실은 그렇다. 우리 가운데 대다수는 옛 사랑을 찾아갈 용기도 없고, 새로운 사람을 만날 담력도 부족하다. 자존심은 높아서 끊임없이 불평하며 까다롭게 '그저 그런' 맞선 상대를 고른다. 그러나 세상에는 당신이 누구와 결혼에 골인하게 될지 정확하게 알려주는 마법 구슬은 존재하지 않는다.

볼품없는 남자들과 잠자리를 가졌던 딜라일라 역시 죄책감이 없지 않았다. 진정한 사랑을 찾지 못하는 것은 아닐까 의심도 했다. 그러나 그녀는 자신의 인생을 즐겼다. 잘생긴 남자의 섹시한 몸매 앞에서 자신도 모르게 침을 흘리고, 멋진 술과 맛있는 음식 앞에서 동물 같은 본능을 드러내며 즐거워했다. 파산 직전인 자신의 호주머니 사정도 돌아보지 않고 용감하게 앞으로 나아갔다.

작가는 마지막에 이렇게 이야기한다.

'예전에는 다른 사람보다 더 많은 시간을 들여서 겨우 진정한 사랑을 찾았다는 사실에 항상 괴로웠다. 내 인생에 가장 엉망진창이었던 일은 바로 너무 많은 사람을 사랑한 일이다. 하지만 그것도 나쁘지만은 않았다. 어떤 도전도 못해본 여자보다는 무슨 일이든 도전하는 여자가 되고 싶으니까.'

딜라일라는 예전 남자 친구들을 찾는 여행을 마친 후 다음과 같이 결론을 내린다.

"인생은 늘 어려운 상황에서 벌어지는 게임이야. 해결 방법을 찾아낼 때까지 끊임없이 도전해야 해."

그렇다. 적어도 그녀는 용감하게 도전했다. 자기 돈을 털어 예전 남자 친구들을 찾아가는 여행 중 그녀는 많은 충격을 받는다. 충분히 사람을 무너뜨려 다시는 일어나지 못하게 하고, 다시는 사랑을 시도하지 못하게 할 만한 충격이었다. 그러나 멋진 승리를 꿈꾸는 사람이라면 실패를 두려워해서는 안 된다.

진정한 사랑은 연애 횟수와 정비례하거나 반비례하지 않는다. 성공과 실패는 모두 당신의 마음에 달렸다. 당신이 사랑에 대한 기대치를 낮추고, 사랑 하나로 인생의 어려움이 해결되리라고 기대하지 않고, 지금의 자신을 사랑하게 될 때 당신은 행복해질 수 있다. 그리고 당신은 쉽게 발견하게 된다. 사랑이 먼 곳이 아닌 당신 곁에 있음을…….

사실, 나는 행복이 하얀 종이 같은 여자에게 속한 것이라고 생각하지 않는다. 실제 주변 이야기를 들어보면 모든 사람은 그 시기만 다를 뿐 언젠가는 인생의 도전을 마주하기 때문이다. 그 시기가 빠를수록 더 좋다. 그러니 당신한테는 평생 그런 일이 일어나지 않을 거라는 요행을 바라며 살지 마라.

나중에 일이 닥쳤을 때 어찌할 바를 몰라 하며 반격할 기운도 없이 무너지기보다는, 차라리 냉정한 눈으로 상황을 판단하고 일찌감치 일격을 준비하는 편이 낫다.

스스로 옳다고 생각하는 대로 살아야 주변 세상도 바르게 돌아간다

어느 날 오후, 한 친구가 토종 계란 때문에 벌어진 속상한 일을 하소연하러 나를 찾아왔다. 그때 나는 마침 맥 라이언이 영화에서 섹시한 내연녀와 맞서는 장면을 보고 있었다.

중산층 워킹맘으로 열심히 사는 이 친구는 시어머니와 관련된 일을 계속 마음에 담아두고 풀지 못한 채 지내고 있었다. 그녀가 임신 중이었을 때 멀리서 공수해온 귀한 토종닭을 시어머니가 바로 요리해버린 것은 참고 넘어갔다. 그런데 이제는 퇴근 후 집에서도 황금빛 도는 토종 계란 요리를 즐길 수 없게 되었다. 그녀는 남편에게 불만을 이야기해보았지만 예상대로 남편은 겨우 계란 하나에 울고불고하는 그녀를 이해하지 못했다.

나는 그녀에게 왜 직접 계란 요리를 해먹지 않느냐고 물어보았다. 주방에 들어가 식용유를 두른 후 계란을 깨뜨리고 계란 프라이를 만드는 데 5분이면 충분할 터였다.

그러나 그녀는 그럴 수 없다고 했다. 그렇게 하는 것이 불효라는 것인데, 현모양처인 그녀가 어떻게 어른 앞에서 불효를 저지를 수 있겠는가?

내가 고개를 가로저으며 책상을 두드린 채 마땅히 할 말을 찾지 못하고 있을 때 그녀가 다시 말했다.

"넌 모를 거야. 넌 지금까지 시어머니랑 지내본 적이 없잖아."

그렇다. 나는 그런 경험이 없다. 하지만 늘 남에게 양보만 하다가는 결국 더 심하게 폭발해버릴 수 있다는 사실은 안다. 왜 드라마에서 괴롭힘 당하는 며느리들은 모두 어질고 귀여우며 상냥하기까지 할까? 왜 드라마에서 성격은 나빠도 눈치 하나는 빠른 며느리는 결국 남편과 시어머니의 사랑을 독차지할까?

이치는 항상 동일하다. 스스로 옳다고 생각하는 대로 살아야 주변 세상도 바르게 돌아간다.

맥 라이언이 용기를 내서 속옷 가게로 들어가니, 내연녀가 자신 있게 거울에 자기 몸매를 비춰보고 있다. 그녀는 목소리를 가다듬고 내연녀에게 부끄럽고 창피한 줄 알라고 말한다. 그러자 내연녀는 오히려 이렇게 대꾸한다.

"당신처럼 완벽한 삶을 산다고 생각하는 부유한 주부들은 남자가 어떤 존재인지, 인생이 어떤 것인지 전혀 알지 못하죠."

부유한 주부인 그녀는 자신을 돌아보았다. 13년 동안 그녀는 성실하게 살아왔다. 디저트나 고열량 음식은 자제하고, 정원을 아름답게 가꾸고, 남편에게도 살갑게 대해왔는데, 결국 자기 앞에 주어진 상황은 겨우 이런 모습이었다.

비극적인가? 소설 『나의 전반생我的前半生』처럼 말이다. 여자 주인공은 그녀의 남편이 저급한 여자를 품에 안고 앉아 있을 때, 세상 사람들이 그녀를 동정하지 않을 뿐 아니라 그 상황을 전혀 의외라고 생각하지 않는다는 사실을 깨닫는다.

좋은 여자의 운명은 이런 것이다. 그녀들은 모든 사람을 만족시키고 싶어 한다. 효성이 깊어 지극 정성으로 어른들을 모시고, 아랫사람들을 잘 가르치며, 남편에게 조언을 하고, 친구들과 친하게 지낸다. 그러다가 어느 날, 주변 사람들은 사실 전혀 만족하지 않았음을 깨닫고 자신의 세상마저 무너지는 심각한 타격을 받는다. 즉, 남들이 즐겁지 않다면 자신은 더더욱 기쁠 수 없는 것이다.

드라마 〈며느리 전성시대媳婦的美好時代〉에 나오는 마오도우도우의 지혜를 배워라. 어쩌면 그녀의 모습은 주부들이 걸어야 할 가장 적합한 길일지도 모른다. 겸손하지만 완전히 자신을 낮추지 않고, 효성은 지극하지만 늘 순종만 하지는 않는 모습 말이다. 어쨌든 가장 좋은 방법은 바로 능력 있는 여자가 되는 것이다. 세상이 너무 권력과 이득을 따진다고 원망하지 말고, 자기 노력의 부족함을 탓하라.

행복의 개념이 변했다

최근 남편과 나는 자주 한 문제를 두고 고민한다.

'우리는 대체 서로의 무엇이 마음에 들었던 것일까?'

남편은 몇 분을 고민하다가 한 가지 단어로 답했다. 부지런함이었다.

나는 화를 내며 말했다. 예쁘다거나 똑똑하다거나, 그것도 아니면 내조를 잘한다고 칭찬할 수도 있을 텐데, 하필 부지런하기 때문이라니!

"그런 거면 파트타임 아르바이트를 하나 구하면 되겠네!"

그러자 그가 씩씩대며 말했다.

"아니, 언제부터 부지런하다는 말이 욕이 된 거야?"

그 말을 듣고 나는 웃을 수도 울 수도 없었다. 그렇다. 이제 여자에게 부지런하고 착하다고 칭찬하면 신시대의 여성을 비하하는 느낌을 받는다. 말만 바뀌었을 뿐 결국 집에서 대접받지 못하는 여자라는 말로 들린다.

그녀들은 아름답고 똑똑하며 날씬하다는 말은 좋아해도 부지런하고 착하다는 말은 듣고 싶어 하지 않는다.

한 남자가 정말로 착하고 부지런하다는 이유로 한 여자를 사랑할 수 있을까? 이런 사랑 이야기를 믿을 사람은 아마도 얼마 없을 것이다.

삶은 이렇게 난처한 지경에 이르렀다. 과거 어머니 세대에게는 열심히 일하는 것이 자랑스러운 일이었지만 이 세대는 더 이상 그렇지 않다. 집안일을 하지 않고, 번거로운 일로 골머리를 앓지 않으며, 자신의 아기조차 집안 어른이 대신 봐주는 생활, 결혼 후에도 여전히 자유롭고 다른 모임이나 여행에 집중할 수 있는 삶, 이것이 바로 사람들이 말하는 행복한 결혼생활이다. 이렇지 않다면 전통적인 사고에 매인 사람이고, 남편이 충분히 사랑해주지 않는 것이며, 집안 어르신들이 이치를 모르신다고 생각한다.

이 시대 여성들은 자신과 결혼한 이상, 상대는 자신을 아껴주고 자신에게 자유를 주어야 한다고 말한다. 자신에게 집안일을 부탁하고, 집안의 대를 이어야 한다는 등의 부담을 준다면 촌스럽게 남성우월주의에 빠져 있는 것이며, 사랑 없는, 이익을 위한 결혼이라고 말한다. 이런 의견들은 주변에서 쉽게 찾을 수 있다. 심지어 '남자의 최대 미덕은 바로 설거지'라는 표현이 웨이보에 올라오자 많은 여성이 그 내용을 리트윗하기도 했다.

그녀들은 결혼생활과 책임감을 연결시키지 않는다. 남자가 결혼 자체를 위해 자신과 결혼했을까 두려워하며, 결혼을 기대하면서도 동시에 그에 대한 공포를 느끼는 모순된 심리를 가지고 있다.

그들은 전 세대의 행복에 대한 사고를 완전히 뒤집고 새로운 행복관을 추구한다. 부모님 세대가 말하는 행복은 우리의 생각과 다르다. 그 원인을 살펴보면 첫째, 여성이 더욱 독립적으로 변했고, 혼자 살 능력을 갖추었기 때문이다. 둘째, 여성의 자아의식이 깨어나면서 자기 운명을 스스로 개척하고 제어하고자 하는 욕망이 더욱 강해졌기 때문이다.

여자들은 어머니가 얼마나 많이 고생하며 사는지 보면서 자랐고, 그 고생이 꼭 아름다운 결론을 맺지 않는다는 사실도 직접 목도했다. 결혼 후에 백년해로를 보장할 수는 없더라도 결혼을 안 할 수는 없으니 다른 가장 좋은 방법을 찾아냈다. 최대한 자기 이익을 챙기며 희생하지 않는 결혼생활이 바로 그것이다.

결혼에 대해 부정적이면서도 어쩔 수 없이 결혼하는 사람들이 꽤 있다. 이런 마음가짐으로 선택한 결혼은 아무리 길어봤자 1년을 넘기기 힘들다.

남자들은 이런 상황을 이해하지 못한다. 그들은 사회적 지위를 잃으면 모든 것을 잃은 것이나 마찬가지라고 교육받으며 자라왔다. 이들은 이 사회의 가치관 속에서 가정을 이루고 사업에 성공하며 집을 사고 차를 마련하는 것에 힘을 쏟아왔기에 결혼에 대해 고민하고 사고할 여력이 없다.

한 쪽은 어떻게든 손해를 덜 보려고 하고, 한 쪽은 필사적으로 덤빈다. 구시대의 가정 체제에서 상처를 받은 두 사람 사이에 충분한 사랑과 신뢰가 없다면, 충분한 인내심을 가지고 관계를 유지하며 서로를 포용하지 못한다면, 당연히 동상이몽의 관계를 계속 유지하기란 어렵다.

결혼의 실상에 대해 이야기할 때, 많은 사람은 앞으로 함께 살아가야 할 오랜 세월과 시간을 장애물로 생각하기 쉽다. 그러나 내가 생각하는 결혼의 실상은 이렇다. 가정 안에서 맡은 각자의 역할을 서로 인정해야 비로소 화목하고 안정된 가정을 이룰 수 있다. 서로를 필요로 한다면, 작은 문제 때문에 서로의 손을 쉽게 놓을 수 없기 때문이다.

여기서 말하는 필요란 여자들은 원치 않는 역할이요, 남자들은 가장 근본적으로 필요로 하는 것이다. 만약 남자가 당신을 사랑한다면 계속 그와 연애를 하면 된다. 그게 뭐가 나쁘겠는가? 그러나 만약 그가 당신과 결혼하고 싶어 한다면 서로 함께 그 관계를 책임질 수 있는지 계산할 필요가 있다. 그것이 바로 남자의 논리이자 여자들이 반드시 직면해야 하는 진실이다.

사랑은 주변 사회와 책임을 무시할 수 있고, 심지어 그것을 등지고도 감행할 수 있다. 그러나 결혼은 주변 사회를 무시한 채 책임감 없이 그저 사랑 하나만 의지해서 유지할 수 있는 독립적인 관계가 아니다. 오랜 세월을 함께하면서 성숙한 태도로 결혼을 직면해온 사람만이 누릴 수 있는 특권이다.

여자의 비극은 가정에만 매여 스스로를 잃어버리기 때문에 벌어진다. 그러나 지나치면 모자람만 못하고, 급하게 마신 물은 체하는 법이다. 직시해야 하는 현실이 있고, 반드시 책임져야 하는 일들이 있다. 이것이 바로 결혼의 법칙이자 실상이다. 헌신도 적당하게 해야 하듯이 자신을 보호하는 일 역시 적정선을 지켜야 한다.

깊이 사랑한다면 함께 많은 어려움을 극복한 후에도 여전히 잡은 두 손을 놓지 않는다. 그러나 사랑이 규칙에서 벗어나도록 도울 수는 없다.

남자든 여자든 상대의 깊은 사랑에 기대어 책임과 의무를 다하지 않으려고 한다면 결국 막다른 길에 이른다. 그 또는 그녀의 사랑이 부족해서가 아니다. 그 또는 그녀가 어찌 세월이라는 거대한 흐름을 거슬러 자신이 살고 있는 세상을 적으로 돌릴 수 있겠는가?

남자든 여자든 삶을 제대로 직시하는 시기가 빠르면 빠를수록 더 행복하다.

고깃국 한 그릇에 녹아버린 마음

결혼을 앞둔 친구가 예비 신랑과 대판 싸웠다. 결혼 전 민감한 시기라 두 사람은 서로 한 치도 양보하려 들지 않았다. 남자는 아침 일찍부터 집을 나서면서 절망에 찬 목소리로 말했다.

"이렇게는 같이 못살아!"

점심때가 되어 배가 고파오자 남자는 어쩔 수 없이 우선 집으로 들어갔다. 집에 들어서자 고깃국 냄새가 그의 코를 찔렀다. 김이 모락모락 나는 국에 예쁘게 부친 달걀 프라이를 띄운 밥상을 본 순간 남자는 귀신에라도 홀린 듯 조용히 식탁 앞에 앉았다. 그녀는 그에게 이렇게 말했다.

"나하고 같이 살 수 있겠어? 이렇게 같이 밥을 먹고 같이 잠을 자고, 그런 게 같이 사는 거야. 당신 이 국 먹고 나면 우리 계속 같이 살게 되는 거야."

그러자 그는 고개도 들지 않고 국그릇만 바라보며 이렇게 답했다.

"어쨌든 난 고기부터 먹을래!"

여기까지 이야기를 들은 양가 친척과 부모님은 모두 배를 잡고 웃었다. 남자도 겸연쩍게 웃으며 낮은 목소리로 말했다.

"아무리 나를 못살게 굴어도 그녀가 차려준 따뜻한 밥상 앞에 서면 더 이상 화를 낼 수가 없더라고요."

난리법석을 피우며 싸운 부부가 그렇게 험한 말을 주고받았으면서도 다음 날이면 사이좋게 앉아 같이 식사하는 것을 예전에는 이해할 수 없었다. 그런데 결혼을 하고 나니, 세상에서 저속하다고 말하는 그 감정이야말로 가장 깊은 마음임을 깨달았다. 몇십 년 동안 같이 밥을 먹고 한 이불을 덮고 생활하면, 생각도 생김새도 서로 닮아간다. 함께 국을 마시고, 함께 이불을 덮고 잠을 자고, 싸우기도 하면서 반평생을 보낸 후에는 결국 서로가 서로에게 없어서는 안 될 한 쌍이 된다.

요즘은 밥할 줄 아는 여자가 드물다고 한다. 동네에 24시간 영업하는 식당도 있고, 각 지역에서 파는 여러 종류의 음식도 쉽게 맛볼 수 있기 때문이다. 그러나 그렇게 몇 년 동안 생활하다 보면 속이 불편해서 견디지 못할 테고, 결국 직접 해먹는 음식이 제일 맛있다는 사실을 알게 된다. 아무리 서양 생활방식을 동경한다고 해도, 나이 들어 외국에라도 나가면 수소문을 해서라도 자국 음식점 위치를 알아내 찾아 나서게 된다.

너무나 당연한 귀결이다. 하루 빨리 날개를 펼치고 고향을 떠나고 싶어 했던 작은 새도 어른 새가 되면 어두운 밤에 고향 품이 그립고 향수에 젖어 돌아가고 싶어진다. 마찬가지로 배낭 하나 둘러메고 세계여행을 떠났던 혈기 왕성한 소년도, 집에 편안히 앉아 부엌에서 풍겨나오는 향기를 맡으며 행복을 누리는 세속에 물든 중년이 된다.

고깃국 한 그릇에 두 손 들고 항복한 남자 이야기에 모든 사람이 웃고 있던 그때, 남자는 솔직하게 자신의 행복을 이야기했다. 사실, 누가 그 짙은 행복의 기운을 느끼지 못했겠는가? 양가 부모는 자녀들이 제대로 된 짝을 만났고, 떠돌던 마음이 제대로 쉴 곳을 찾았음을 알고 계셨다.

우리 부모님 세대는 고향을 등지고 떠났었다. 몇 년 후, 우리도 우리의 작은 도시를 떠났다. 정든 곳을 떠나 자신과 함께할 짝을 찾고, 아이를 낳고, 함께 늙어가며, 이전 세대와는 완전히 다른 삶을 산다. 그러나 어느 곳에서 살든지 그 황금빛 나던 찹쌀떡이나 향내 진동하던 돼지고기며 초록빛 넘실대던 산과 들, 누르스름한 닭고깃국을 떠올리면 마음에 그리움이 물씬 밀려온다.

혹자는 인간의 감각 중 후각이 가장 민감하며 그에 관한 기억이 가장 오래가기 때문이라고 한다. 그러나 나는 기억이 그렇게 오래 지속되는 이유는 아름다운 향기가 세포를 흔드는 순간, 내가 그 시절로 돌아간 듯 느껴지기 때문이라고 생각한다. 맛있는 음식은 배도 부르게 하지만, 행복감도 가득 담아내기 때문이다. 엄마를 생각하면, 엄마가 해주신 음식이 떠오른다. 사랑하는 사람을 생각하면, 그가 끓여준 그 국이 떠오른다. 그러면 내 마음은 더욱 따뜻해진다.

아무리 원대한 포부를 가진 사람도 언젠가는 자신이 고깃국 하나에 쉽게 녹아내리는 사람임을 깨닫는 날이 온다. 위장이 제 구실을 못해서일까? 아니, 문제는 마음이다. 숨기려 해도 숨길 수 없는 마음은 그 익숙한 향기에서 넘치는 사랑을 발견할 수밖에 없다.

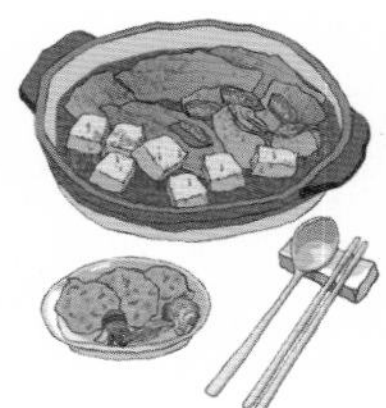

자비만이
모든 사랑의 고통을 이겨내게 한다

한 부자가 바람이 나 사생아를 낳았고, 부인은 그를 용서한다. 흔한 이야기다. 남자는 당당한 태도로 여자에게 말한다.

"마흔 넘은 여자들은 다들 속 좁게 생각하지 않더군. 내가 당신을 속이려고 했다는 건 아직 당신에게 감정이 남아 있다는 뜻이고, 집으로 돌아오고 싶어 하는 것 자체가 가장 큰 사랑의 표현이지."

이렇게 부끄러워할 줄 모르고 당당하게 부인을 하나씩 가르치려 하는 그의 말 이면에는 사실 날카로운 본심이 숨어 있다.

"당신은 누릴 수 있는 가장 좋은 것들을 누리고 있어. 게다가 난 당신의 개인 재산이 아니라고. 여자가 그렇게 탐욕을 부리면 쓰나. 본인이 부귀영화를 누리면서 독점하려고 들면 안 되지."

그렇다. 이러한 날카로운 본심은 비즈니스 논리로 따지자면 허점이 없다. 그러나 적군 1,000명을 물리치겠다고 자기 편 800명을 죽이겠는가. 말도 안 된다. 이런 논리에 사로잡힌 사람들이 과연 자유로울 수 있을까?

결혼에 대해서 이수는 늘 절묘한 한마디로 여자들을 위로했다.

"사랑하지 않는 것은 그 나름대로 좋은 점이 있다."

정말 하나도 틀린 구석이 없다. 남자는 이렇게 생각한다.

'그녀는 더 이상 나를 사랑하지 않는다. 나에게 모든 것을 쏟지 않고, 미칠 만큼 사랑하지 않으며, 더 이상 흠모하거나 환호하지도 않고, 애교도 부리지 않는다. 그녀는 내 애인에게 지지 않고 나 없이도 충분히 잘 살 수 있다. 그러니 나 없이는 못산다며 기대는 애인과 비교할 수 있겠는가?'

그러나 성숙한 여자들은 뒤에서 비웃으며 말한다.

"남자들이 어리석은 짓을 하려고 들 때는 신령님도 못 막아. 사랑이 식은 사람이 무슨 쇼인들 못하겠어?"

하지만 우습게도 너무 사랑하기 때문에 쇼는 엉망이 되고 수준이 낮아지며, 우아하지도 않고 실수만 가득하다. 세상에는 이런 바보가 너무 많아서 다른 사람들이 쉽게 그들을 이겨먹는다.

사랑이 식었다면, 깊은 사랑에 자신이 상처 입을 일도 없고, 죽자 살자 매달릴 일은 더더욱 없으며, 우아한 자태를 유지할 수 있다. 가장 무서운 것은 이런 소식이 마른하늘에 날벼락처럼 닥쳐서 큰 타격을 주는 경우다. 절대 그런 일을 저지를 리 없다고 생각했던 남편이 갑작스럽게 무너지고 그의 인생관과 세계관은 붕괴된다.

많은 여자의 인생 전반부가 이렇게 완전히 사라져버린다. 그녀가 의지해온 인생관과 가치관도 완전히 뒤집힌다.

운명이 뒤집히는 경험을 하는 사람이 많지는 않다. 이런 경험을 하지 않을 수 있는 것은 그들 나름의 복이다. 그러나 이 경험을 한 후 죽다 살아난 사람들에게는 분명 '힘든 일이 지나갔으니 좋은 일이 생길 것'이다. 즉, 무지몽매한 인생은 죽고, 스스로 새로운 삶을 시작할 수 있음이다.

이런 말들이 너무 매정하고 냉정하게 들려 마음이 서늘해질 수도 있다. 그러나 실컷 울고 웃은 후, 우리는 결국 계속 용서하고 계속 이해하는 길을 선택한다. 다모클레스의 검The Sword of Damocles(왕좌의 머리 위에서 번뜩이는 숙명의 검)이 높이 걸려 있다 해도 계속해서 자비를 베푸는 공력을 단련해야 한다.

여자의 이성은 감성 가운데서 그럭저럭 존재하지만, 남자의 감성은 이성이 꾼 꿈에 불과하기에 언젠가는 깨어나야 한다. 그래서 결혼이나 현실에 관해서는 대다수의 여자가 이익만 추구하는 장사치의 길을 택한다. 오직 소수의 여자만이 '사랑하지 않는 것도 그만의 장점'이라는 말의 의미를 이해한다. 이러한 여자들은 더 이상 사랑을 하지 않는 것일까? 사실, 그녀들의 사랑은 뼛속 깊이 새겨져 있다. 그렇지 않다면 어떻게 내려놓을 수 있으며, 어떻게 자비를 베풀 수 있겠는가? 그녀들의 사랑은 이미 일반적인 사랑을 초월하여 자비의 경지에 도달했다. 오직 자비만이 여자로 하여금 모든 사랑의 고통을 이겨내게 하기 때문이다.

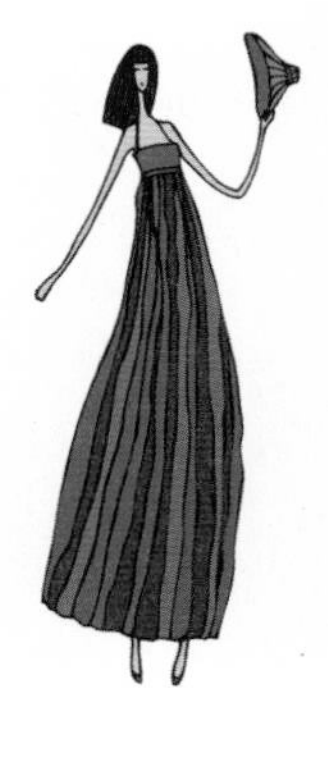

True

사리가 분명한 사람이 되고 싶다면 반드시 스스로에게 칼을 들어야 한다.

불필요한 생각을 잘라내고, 과거에 눌려 웅크린 채 살아온 자신을 일으켜 세워

앞으로 걸어가게 해야 한다.

내려놓아라 사랑한다면

초판 1쇄 인쇄 2015년 8월 20일
초판 1쇄 발행 2015년 8월 25일

지은이 | 스얼
옮긴이 | 홍지연
펴낸이 | 전영화
펴낸곳 | 다연
주 소 | (413-120) 경기도 파주시 문발로 115 세종출판벤처타운 404호
전 화 | 070-8700-8767
팩 스 | 031-814-8769
이메일 | dayeonbook@naver.com
본 문 | 서진원
편 집 | 미토스

ISBN 978-89-92441-68-1 (03820)